MI-LOU: POETRY AND THE LABYRINTH OF DESIRE by Stephen Owen
Published by arrangement with Harvard University Press.
Through Bardon-Chinese Media Agency.
Simplified Chinese translation copyright © 2014 by
SDX Joint Publishing Company LTD.
ALL RIGHTS RESERVED.

Stephen Owen

宇文所安作品系列

Mi-Lou
Poetry and the Labyrinth of Desire

迷 楼

诗与欲望的迷宫

〔美〕宇文所安 著

程章灿 译

田晓菲 王宇根 校

生活·讀書·新知 三联书店

Simplified Chinese Copyright © 2014 by SDX Joint Publishing Company.
All Rights Reserved.
本作品中文简体版版权由生活·读书·新知三联书店所有。
未经许可，不得翻印。

图书在版编目（CIP）数据

迷楼：诗与欲望的迷宫/（美）宇文所安著；程章灿译. —北京：生活·读书·新知三联书店，2014.3（2019.9重印）
（宇文所安作品系列）
ISBN 978-7-108-04804-2

Ⅰ.①迷… Ⅱ.①宇… ②程… Ⅲ.①诗歌－文学研究－世界 Ⅳ.① I106.2

中国版本图书馆CIP数据核字(2013)第274112号

责任编辑	冯金红
装帧设计	蔡立国
责任印制	董 欢
出版发行	生活·讀書·新知 三联书店
	（北京市东城区美术馆东街22号 100010）
网　　址	www.sdxjpc.com
图　　字	01-2013-4092
经　　销	新华书店
印　　刷	北京市松源印刷有限公司
版　　次	2014年3月北京第1版
	2019年9月北京第2次印刷
开　　本	880毫米×1230毫米 1/32 印张11.125
字　　数	245千字
印　　数	07,001－12,000册
定　　价	45.00元

（印装查询：01064002715；邮购查询：01084010542）

目 录

中文版序　1

绪论　7

第一章　诱惑/招引　27

第二章　插曲：牧女之歌　91

第三章　女人／顽石，男人／顽石　114

第四章　置换　180

第五章　裸露／纺织物　263

结语　322

征引文献来源　335

索引　337

译者后记　341

中文版序

我从未想到《迷楼》会被译成中文。我以为它是一部格外难译的书。当我看到译文，看到多少时间精力花在它身上，我更加清楚地认识到这种困难的性质，也更加清楚地认识到文化交流存在的问题。这些问题值得我们深思。

中国读者大概都对汉语的文化纵深和微妙的层次感到自豪：在汉语里，某一字词，某一典故，可以引起丰富的联想。汉语的语言风格范围宽广，变化多端，"大白话"只不过是其中一种极端的可能性而已。与此同时，中国读者似乎很容易就把英文视为意义透明的语言，认为这些意义可以轻而易举地在一部字典中查找出来。事实上，英语也存在同样宽广的变化范围，它可以充分利用悠久的欧洲文化传统，就和某些汉语写作利用中国文化传统一模一样。一般来说，当我就中国文学进行写作时，我并不期待我的读者会理解或者欣赏那样的英语文字，因此，我很少使用欧洲文学和文化故实。不过，当我写作《迷楼》一书的时候，我所期待的读者是熟知欧洲传统的，因此我感到我可以自由地引用这一传统，尽情游戏于这一传统。在把中文翻译成英语的时候，注解往往是必需的；有时，我简直怀疑是否《迷楼》也应该有一些中文的笺注。

第二个问题是关于论述或者论辩的性质。田晓菲和王宇根在校对译文时，都曾评论说很多论述在英文中非常清楚，但是一旦译成汉语，就好像作者在从一个话题跳到另一个话题，其间的逻辑关联并不明显。我听了这番议论，不由得微笑起来，因为我想到在我翻译汉语作品的时候，常常不得不在脚注中作出解释，指出这些论述在汉语原文里十分通达，但如果直译为英文，就变得不知所云。当然，存在这样一种语言，它可以由中译英或者由英译中，其论述脉络仍然可以十分明晰，不至于在理解方面引起困难，但只要其中任何一种文化——中或英——诉诸自己的历史，那个"共同语言"就会立刻分崩瓦解。在英文中，《迷楼》可以游戏笔墨，可以充满跳跃性，可是这种跳跃性并不会给读者带来太大的困难；在汉语里，效果则非常不同。英语是高度隐喻性的语言，追溯一个隐喻的种种变形并不是特别的难题（比如说，女人作为石头，在欧洲诗歌里有很长的历史）。而在汉语里，也许就会显得有些奇怪。

当约翰·多恩要求他的妻子脱衣的时候，他在游戏：游戏于理念、欲望和文字。诗歌和游戏在欧洲传统里总是紧密相连。如我在书的前言里所说，诗的游戏使思考困难的问题成为可能，也使我们得以说出在"严肃"话语里无法言说的东西。"严肃"语言的种种习惯迫使我们把事物归纳进熟悉的范畴，作出司空见惯的寻常区分；诗歌则允许我们看到在"严肃"话语里被压抑的各种关系。在西方传统中，诗歌有时被视为"严肃的游戏"。

《迷楼》一书，旨在成为"严肃的游戏"。这部书来源于我对比较文学现状进行的长期思考，特别是针对在比较语境里阅读中国古典诗歌所带来的种种问题。我发现，当我阅读在它们各自的文学历史语境中对一首中文诗或者英文诗作出的诠释时,我往往能学到一些东西;有时,它使我从全新的眼光看待这首诗。但是与此同时,我也发现,当我阅读一篇比较中文诗和英文诗(或者其他欧洲诗)的文章时,我常常对于其中任何一个传统都一无所获。问题之一,在于如何建构比较的范畴。举例来说,华兹华斯是"浪漫主义诗人",拜伦也是"浪漫主义诗人"。每个读过华兹华斯和拜伦的人都知道,他们被视为"浪漫主义的"这一事实,除了告诉我们这两位诗人以非常不同也非常复杂的方式和19世纪初期英国以及欧洲的思潮具有某种关联之外,对理解和诠释他们的诗歌毫无用处。当我们称李白为"浪漫主义诗人"时,我们把这一范畴变成了一个普遍的范畴,从而放弃了它的特殊历史语境。这样一个宽泛的"浪漫主义诗歌"范畴也许可以指出华兹华斯、拜伦、李白的一些共同点,但是这些共同点太概括,对阅读具体诗歌没有什么帮助。这些过于宽广的范畴,其弊病不仅在于对中国诗人(如李白)和英国诗人(华兹华斯和拜伦)进行比较;在这个层次上,即使我们只是比较华兹华斯和拜伦,也还是一样的有问题。这种比较文学什么也没有告诉我们,甚至忽视了具体诗歌的微妙之处,而正是这些微妙之处,使那些诗歌值得我们一读再读。

关键是:有没有什么途径,使我们可以把中国诗和其他国家的诗歌放在一起阅读,对它们一视同仁地欣赏,同时也从新的角度看待每一首个别的诗?

有一种思考比较文学的常见方式,那就是使用建筑的比喻:中心语词都来自欧洲传统,围绕这些中心语词,建立一个井然有序的结构,好似在一栋层次分明、结构清晰的房屋里,一个人总是知道他在房屋的哪一个部位。大的体裁包括史诗、抒情诗、戏剧——小说是后加上去的。如果中国文人就诗和词作出深刻的区分,这种区分在这样一栋房子里没有地位,因为诗和词都是"抒情诗歌"。

这使我想到一座与此相反的建筑物:隋炀帝的迷楼。在迷楼中,一个人不知道自己到底置身何处,他从一个房间漫游到另一个房间,每个房间都给他带来不同的乐趣。这和欧洲传统里关于迷宫的神话有相似之处,但是也存在着深刻的差异:在迷宫里,一个人总是想要走出去;在迷楼里,这个人却尽情享受留在里面的经历。

其实我本可以把上述观点换一种方式重新加以阐述,使用复杂精致的理论语言,讨论学术界存在的西方概念霸权,并把来自中国传统的迷楼,作为抵抗这一霸权的工具。但是一旦想到迷楼的隐喻,我就必须放弃那种理论性论述,因为它正好会重新生产出它所要抵抗的霸权话语。迷楼需要乐趣和惊喜。我们可以满怀乐趣地阅读中国诗和英语诗以及其他欧洲诗。来自不同传统的诗歌可以彼此交谈,只要我们不把它们分派到一个正式的宴会上,每首诗面前放一个小牌子,上标它们应该"代表"哪一传统。如果我们不去麻烦这些诗,不迫使它们代表"中国诗"、"英国诗"、"希腊诗",它们其实有很多"共同语言"。

不用担心。明天,你就会把这部书看完。然后,一切都会复归本位。"迷"不会持久。留下的也许只是这样一种模糊的感觉:把这些诗分开的东西,内在于我们自己,而不是内在于这些诗。

最后,我要感谢程章灿教授,承担起翻译这部书的困难任务;感谢田晓菲,也感谢王宇根,付出很多努力,解决其中的困难。我相信写这部书要比翻译这部书更有乐趣,但是我希望对于读者来说,它可以再次成为乐趣的源泉。

(田晓菲译)

迷楼 诗与欲望的迷宫

喜怒哀乐，虑叹变慹，姚佚启态，——乐出虚，蒸成菌。日夜相代乎前，而莫知其所萌。已乎，已乎！旦暮得此，其所由以生乎！非彼无我，非我无所取。是亦近矣，而不知其所为使。若有真宰，而特不得其眹。可行已信，而不见其形，有情而无形。

《庄子·齐物论》

何谓人情？喜、怒、哀、惧、爱、恶、欲，七者弗学而能。

《礼记·礼运》

迷楼：使人迷失的宫殿

炀帝（569—618）晚年，尤深迷女色，他日顾谓近侍曰："人主享天下之富，亦欲极当年之乐，自快其意。今天下安富，外内无事，此吾得以遂其乐也。今宫殿虽壮丽显敞，苦无曲房小室，幽轩短槛。若得此，则吾期老于其间也。"

近侍高昌奏曰："臣有友项升，浙人也，自言能构宫室。"帝翌日召见问之。项升曰："臣乞先奏图本。"后数日进图。帝览大悦，即日诏有司供具材木，凡役夫数万，经岁而成。

楼阁高下，轩窗掩映，幽窗曲室，玉栏朱楯，互相连属，回环四合，曲屋自通，千门万牖，上下金碧，金虬伏于栋下，玉兽蹲于户傍，壁砌生光，琐窗射日，工巧之极，自古无有也。费用金玉，帑库为之一虚。人误入者，虽终日不能出。

帝幸之，大喜，顾左右曰："使真仙游其中，亦当自迷也。可目之曰'迷楼'。"诏以五品官赐项升，仍给内库帛千匹赏之。诏选内宫良家女数千以居楼中，每一幸，有经月而不出者。

唐无名氏，《迷楼记》

绪　论

　　我们可以进而让她的辩护者中那些热爱诗歌然而并不是诗人的人，允许他们用无韵的散文为她作辩护：让他们证明诗歌不仅令人愉悦，而且对城邦和人类生活有益。我们会怀着友善的心情倾听，因为如果这一点能够被证明，我们将理所当然地成为受益者——我的意思是，如果诗歌既有某种用处，又令人愉悦……

　　如果这些人为她所作的辩护失败，那么，我亲爱的朋友，就像其他一些人曾经对某些事物情有独钟，当他们认识到其欲望与其利益背道而驰时就反过来自我克制一样，我们也应该追步这类有情人的作风，将她弃置不顾，尽管这样做未必不要经过一场挣扎。热爱诗歌，这是高贵的城邦向我们灌输的教育，我们也曾从中深受激励，因此，我们要让她以最美好、最真实的面容出现。但是，只要她不能够很好地自我辩护，我们的这种看法对我们便总是一句咒语，当我们聆听她的音调时，就会反复念起这句咒语，这样我们就不会像被她俘获的芸芸众生一样，堕入那种幼稚的爱恋之中。无论如何，我们很清楚地意识到，诗歌如我们前所描述的，不能当真认为是能获得真理的，聆听诗歌的人，如果忧念其心中的城邦的安危，就应该提高警惕，抵御她的诱惑，并且把我们的话当成他的信条。

柏拉图，《理想图》第十卷

正是从荷马史诗中，城邦中的孩子们接受了柏拉图在这里谈到的那种教育和哺养（希腊文作 *trophe*，意为"哺养"）。然而，课程的内容是什么呢？尽管史诗道貌岸然地、老生常谈似的传授了一些实用的知识，尽管史诗以寓言式的智谋揭示了隐藏在专断、溺爱、脾气暴躁的诸神的行为之后的严肃真理，事实上，第一部史诗《伊利亚特》仍然是一部关于暴力以及暴力的狂喜的诗篇；是一部关于一座城邦的毁灭的诗篇，是一部关于个人荣誉、关于骄傲、关于欲望的诗篇，凡此种种情感，都违背了群体的利益，并将其推向毁灭或接近毁灭。它是一部关于那些即使通过最好的哺养和教育也无法控制的力量的诗篇：它把诸神毫无理智的感情冲动和一时的心血来潮描写得绚丽煊赫，而嘲弄了凡夫俗子们合情合理的决断。

> 那儿有情，还有欲望，
> 　　和那迷人的亲昵话语
> 甚至偷走了
> 　　最贤明的人的才智。

《伊利亚特》，卷14，行216—217

对人和神的这些危险的冲动补偏救弊的是史诗《奥德赛》，这一部英雄传奇描写一个诡计多端、善于伪装的人，靠接二连三的计谋，总算为自己找到了一个软弱无力的控制感情冲动的措施。

这些诗歌应该以某种方式让一个年轻人做好准备参与 polis 即城邦的生活，并且在经过适当考虑之后，为群体的共同利益作出合情合理的判断。这样的群体在军事上的象征就是盾牌阵，即军士方阵，在阵列中，个人向前冲锋时的荣誉或往后撤退时的安全，必须服从于整个集体的荣誉与安全，二者都只有靠每一个体在阵列中各就各位方可以得到保证。单兵擅自行动，冲到阵列的前头或者逃到阵列的后头，就在坚不可摧的盾牌阵表面留下一道裂缝，留下一个敞开的缺口，暴露在这个小小的裂口之下，每一个人都变得软弱无力，不堪一击。然而，《伊利亚特》中的英雄阿喀琉斯不知何故总是要么冲到阵列的前头，要么落在阵列的后头。

当柏拉图对应该如何最成功地造就年轻人为社会服务进行认真思考的时候，迷人的荷马世界与城邦的价值取向之间这种奇特而不合情理的关系，并没有逃脱他的理性的关注。柏拉图并且以败坏对年轻人的教育为理由，传唤诗歌来进行一场公开的审判，正像他的老师苏格拉底曾经被审判一样。拥护诗歌的人必须为诗歌提供辩护，不要滔滔不绝的雄辩，而要合情合理的辩护。

在这场审判中，公认的智者和那些为公众利益作了深思熟虑的决断的人都坐在权威的席位上，法官宣布："在这里被审判的不是我们。"来到审判席前，就是默认接受其程序、其证据的认定标准及其论辩方式。诗歌的辩护人被迫遵照法官制定的规则进行辩护，他们只能靠最机智的花言巧语和隐瞒真相来为诗歌辩解。如果说在这场仍在持续的审判中,为诗歌的辩护从未彻底失败过,诗歌也从未最终被逐黜出理想国,那可能是因为从来没有一个社会理智清明到不愿意相信那些既有吸引力、从情理上说也似乎不无道理的谎言——这既包括诗歌本身所撒的谎言,也包括我们这些拥护诗歌的人所撒的谎。我们有成堆的做证誓言,成堆的被收买的说好话的证人,企图证明诗歌是高雅可敬的。正是由于诗歌甘愿委曲求全戴上一副谨小慎微的道德面具,才使它得以在社会教育中保留了次要的一席之地。

但是诗歌确实会引导公民误入歧途。它可以说一些甜蜜的、诱人的话语,打动我们,让我们潜移默化。在正规情况下,我们称诸如此类的事件为迷失,我们能够隐约认识到这种迷失中包含着从令人厌倦、老生常谈式的社会价值观中越轨而出的快感,而当有人问起我们,我们总是大声重申我们对那些价值观是信守不移的。不要误解:我们肯定那些价值观,是因为它们就是我们自己的价值观。每当有二三人相聚相处的时候,这些价值观似乎就会不期而至地表现出来。它们恰恰就是我们一致赞成、并且是我们作为一个群体赖以生存的那些至理名言。然而,我们每一个人都拥有欲望的自由,我们什么都不愿意放弃,什么都想要获取。我们厌烦美德加在我们身上的枷锁,我们如饥似渴。伟大的诗歌中可能有某些东西,与我们自认为应当恪守的那些价值观相背离,尽管这些东西外表伪装得风平浪静,实际上却是最为危险的;这些诗歌中可能有某些东西破坏人类的共同利益,却对人心中的野兽礼敬有加。

虽然诗歌会暗中破坏社会的根基,侵蚀其高尚正义的价值观,但是诗歌没有提供另一种乌托邦秩序的前景:这场革命从来不允许获得成功——因为如果那样，我们就要被迫放弃我们的欲望自由。诗歌设想不出哪怕一个理想国；它无法从许许多多可能的、彼此冲突的利益中选定一个。而且，在日常情况下，外在于诗歌的那个现实世界将羞耻感和屈从心之类的清规戒律强加在人心中的野兽身上，诗歌顶着这些清规戒律逆流而上，并从中汲取力量。社会用言词束缚我们，而诗歌也用言词迎头反击：用无懈可击的言词，模棱两可的言词，轻重权衡的言词，与通常被社会驱使得单调乏味的言词相对抗的言词。诗歌用这些言词对我们诉说，并且不动声色地试图侵蚀所有不小心听它诉说的人。危险的状态会被我们看成理所当然，而不理智的激情一时间可能会变成我们自己的激动。这些言词能在某些形象周围洒下一缕欲望之光，而让其他形象去面对愤怒与厌恶。尤其重要的是，诗歌可以用反抗的自由来诱惑我们，从而使所有彼此矛盾的、未曾实现的可能性集合在一起，形成一股强烈的对抗运动。

我们在诗歌中所经历的精神实验，对社会并不造成立竿见影的或实实在在的危害，但是，它们可以使人类心灵潜移默化；它们以饲料喂养那只野兽，使之不致死于社会习俗之手。我们生活在清规戒律当中，无情的自然与人类社会将这些限制强加于我们，而这个人类社会总是千方百计地渴望与自然的必然性分庭抗礼。但是，我们每一个心中都有一只野兽，它不喜欢身上的枷锁。诗歌用言词饲养这只野兽，唆使它恢复反抗和欲望的本性。

自然对我们心中被唤醒的反抗意识漠不关心，这显得有些莫名其妙；虽然我们对它的法则这么深恶痛绝，发现这些法则很不公正，它也并不因此而惩治我们。但是，社会却为此心怀不安，忧心忡忡。对这些忧惧，诗歌会立即作出回应：对公众信仰的神祇大唱赞美诗,对帝王歌功颂德,写一些诗体的箴言,加上其他一些无聊乏味的真理以及精心构撰的谎言,以此来抚慰坐在审判席上的社会。

柏拉图已经清楚地看到,为诗歌辩护势必引出关于教育的问题,而教育意味着我们的可塑性。诗人与诗歌的拥护者曾声称诗歌能培育出更好的公民,诗歌能传播"文化",并将他们的辩护建立在这一基础上,但是,这个一开始只是为了应急而编造的谎言(这样随随便便就被拖到法官席前,除了将全部指控抵赖得一干二净之外,我们还能有什么别的作为呢?)实在显得太过厚颜无耻,不能一劳永逸地用下去。这第一个弥天大谎破产之后,又出现了一个新的、更有冒险性的辩护:我们继而声称诗歌是绝对安全的,无关紧要的,声称艺术与所有事物的实际后果之间是有距离的,声称那只野兽听了诗歌的花言巧语也不会醒来。"每个人都必须承认,"康德在《判断力批判》中说(假设我们当中至少有三个人在场),"任何对于美的判断力,只要掺杂了哪怕最微不足道的一点个人利益,都将变成非常不公正、不纯粹的趣味判断。"他由此向社会证明,不管我们在艺术的核心发现的是哪一种美丽,它都不能触动我们的动物性欲望。

有关诗歌的公共话语传统再三保证诗歌的读者有一块既安全又保险的立足之地。艺术作品是一件东西,审美距离将我们与之隔开,这种观念既是失之片面的真理,又是权宜应付的欺骗,是当着仍在开庭的柏拉图的陪审团的面临时拼凑出来的。任何一个有过艺术体验的人,从通俗音乐引起的大众迷狂到古老诗篇带来的更加深费思量和更为博学多闻的快感,都知道艺术鉴赏和阐释中刻意保持的距离,并不是我们与一篇诗作或一首歌曲发生联系的首要条件。然而，当我们回过头来向社会报告情况时，我们却常常重申这样的距离，向法官保证我们已经处于艺术危险的包围圈之外。我们说我们并未改变，说我们每一个善良正直的公民并没有因诗歌而蒙羞受耻，说我们并没有发现诗歌中的声音变成了我们自己的声音。

私下里，我们可能就不那么自信了。有时候，那些诗句不停地向我们反逼过来，默默地嘲笑那种兢兢业业地履行社会职责的平庸乏味的生活，抑或在平凡的邂逅中激发欲望，这欲望是如此伸手可触，让人如饥似渴。当我们站在盾牌阵中，这些言词在我们耳边喃喃低语，怂恿我们大胆地向前猛冲，或者扔掉盾牌，逃之夭夭。在另外的时候，并没有什么特别的言词，只是隐隐约约意识到，置身于艺术世界的另一些地方，不知为什么我们就不再是从前的我们。诗歌可以唤起我们心中渴望迷失的那一部分。作为一次真正的迷失，当它不仅仅是某些可以预见的对日常规范的越轨，或者仅仅使某些已经存在于我们心中的阴暗面变本加厉时，它是最强有力的。当我们屈服于这种迷失，就会遭遇一个不期而至的他者；而它成为了我们的一部分。

也许社会的忧惧是有道理的：我们发现公民的"自我"可能是柔顺的，容易受外界的影响，而其稳定性则可能是靠不住的；自我也可能只是由常规言词和公共言词守护的一方净土。靠这些言词，我们才能与他人和睦相处；靠这些言词，我们相互间的言行举止才变得可以预期；我们服从社会，隐匿真心，克制自我，将种族的风俗习惯视为理所当然。而其他那些言词，那些诗歌的言词，则打乱重排了人际关系，瓦解了风俗习惯，并且对什么都放言无忌。

反方的声音

不要担忧,——其实这并不是真的——诗歌就是我们对它的阐释,如此而已,而那些阐释是读者隔着一段不可摧毁的距离来考察诗歌时作出的。我向你保证:这都发生在很久以前,发生在别的国家。是我们在作观察和判断;我们觉得是我们自己反过来被诗歌所观察,这种感觉是不对的。不要担忧——我们通过阅读诗歌来"学习",我们从这一经历中"获益";它纯粹是一种阅读的收获,是一种文明的拥有,而对我们一无所求。它既安全又好玩,——它只是艺术。

现在看来,这种熟悉的反方的声音也许是对的,也许我们确实已经从诗歌身边真正安全地离开。没有一场争论会永远陷在僵局里,而在这场延续逾两千年的审判中,为诗歌的辩护可能已经蜕变成一场太过成功的反对诗歌的辩护。就像奥德修斯的桨手一样,我们的耳朵由于塞了蜡而听力迟钝,我们能够从塞壬旁边航行而过,不仅安然无恙,而且甚至全然不知逆风航行的危险。这种危险使这段航程值得一叙。社会对此表示同意:它所有的愿望就是要拥有素质良好的桨手,从头到尾使航船平安顺利地涉险而过,——在这一件事以及所有的事中。

如果情况是这样的话,应该由拥护诗歌的人考虑是否我们本来可以不作某些致命的让步。我们可以发觉,在18世纪晚期,在美学与现代历史观念双双诞生的过程中，有过这样的一次让步。我们自身不仅提出过艺术要完全隔绝的要求，我们也曾允许引入一种历史井然有序地变化的观念，而没有任何质疑；只有现在，我们才能够看清它的负面影响力，看清它那种取而代之废而弃之的法则，看清被迫喝下的那些忘川水。在历史的结构中，社会找到了一种途径以扩张其最珍视的力量，扩张其将我们支配控制并画地以限之的能力。新的版图画出来了，新的边界勾画好了，我们被一一告知我们属于哪里。我们已经得到通知：我们根本上"从属于"我们这个年龄、这个文化、这个性别、这个阶级，而不从属于另一个。我们只能以观光客、文化窥视癖者的身份到别处游历。如果我们相信这样的说法，我们就要接受给我们指定的位置，服从加在我们身上的种种清规戒律，我们希望回到原先的位置，或者待在我们想待的地方，或者甚至改变自我，变为他者，却只能抑制着，除非我们被历史的惯性机器无助地驱赶向前。

　　社会关于"我们"的古老的神话，在其许多分类与再分类中，已经扩展到包括了一个同样神话式的"现在"，与所有的他者隔离开来。来自他时他地和来自任何未经认可的人的言词，都被以一种安全的方式来"理解"，被赋予一个上下文背景，处理成迷人的稀奇古怪或异国风情，对此我们可以听而不闻。那些言词无关紧要，那些他者不会影响我们。在此时此地的浅水中，艺术的颠覆力已经缩减到只有电影与通俗歌曲等几个文艺样式，它们依然在崇高地奋力拼搏，尽管只靠有限的一点资源，以引导个人迷失。然而，不知何故，它们的这种颠覆却早已被扭曲成了为社会服务的驯服工具。

这是一段不愉快的故事。让我们改变故事的结局。也许新近这次最危险的为诗歌作的辩护，仅仅是我们掩耳盗铃的杰作。法官们投票，宣判诗歌无罪。我们讥笑他们：他们被欺骗了；诗歌犯了他们所能想象的最恶的罪。诗歌总是最阴险狡猾的敌人。现在，我们可以贪婪地盯着诗歌看，拔掉塞在桨手们耳中的蜡。诗歌企图引导你迷途而不知返，它的意图是以言词怂恿你，是让你为自己沉闷呆滞的生活感到羞愧，是引诱你变成另一个人，是让你反抗对社会的每一次屈从，是让你做非分之想，并因为得不到满足而饱受痛苦。

我们困倦地打着呵欠，于是放弃了柏拉图要求为诗歌辩护时可以正当使用的散文。我们承认，我们从不信任历史，也从不信任在各个时代、文化以及语言之间精心划出来的那些界限，我们可以到处为家。我们不再遵守那些法则，它们告诫我们无论怎么合理适当都不能把这一首诗放在那一首旁边。我们打算腾空博物馆中所有的抽屉，将碎块断片全都摊在地板上，然后以令人愉快的组合方式将它们重新拼接，从中创造出奇妙的故事。

不，我们一点也不会这样做。我们将循规蹈矩地，正如我们应该做的，以博物馆中最古老的抒情诗片断之一，以最早出现的诗人诉说自身情况的诗作之一，来作为我们的起点。

    有个色雷斯部落的人正在贪婪地盯着
    我的那面盾牌，
    我尽管不情愿，我丢掉盾牌
    丢在灌木丛边——它一点事

> 也没有。就我来说,
> 我已经获救,那我还管什么
> 盾牌——随它去吧。
> 我会再买一面同样好的。
>
> 阿耳喀罗科斯(约公元前680—前640)[1]

即使在我们这些后代人不动声色、老于世故的脸上,这段诗也仍然能引起一层浅浅的蔑视的笑容。我们要发掘这层笑容的根源,追踪牵动肌腱扭动皮肉的脉动力量的来源。

这几行诗保存于希腊罗马时代的传记家与散文家普鲁塔克所写的关于斯巴达城邦制度的一则轶事中。他告诉我们,当阿耳喀罗科斯来斯巴达访问的时候,由于他是这几行诗的作者,他被当即赶出了城邦。至少,斯巴达人明白这个诗人应该真正对他写的那些诗句负责,明白他还不能声称诗歌有一种隐藏的审美距离:这些诗句就是一种言词的行为。即使这几行诗是嵌于一首长诗之中,并因此得到一些缓冲,人们对整首诗也充耳不闻。

坚守自己在盾牌阵中的位置,决不让盾牌失落,这是公民荣誉的本质。另外有一则也是普鲁塔克记叙的著名的轶事,说的是一位斯巴达母亲叮嘱即将奔赴战场的儿子:要么带着盾牌回家,要么死在盾牌上。如果你的盾牌被缴获了,你的敌人就有机会呵斥你,你万分羞辱,敌人则欢喜雀跃。盾牌就是个人荣誉的象

---

[1] 阿耳喀罗科斯(Archilochols),古希腊诗人,约生活于公元前七世纪中叶,以创作讽刺短诗著名。——译注

征，而个人荣誉取决于对城邦的服从。

但是在这里，在我们抒情诗传统的神话式源头上，在最早出现的一首诗人诉说自身情况的诗中，我们发现阿耳喀罗科斯向所有人宣布自己在战场上丢弃了盾牌。没有任何借口。有个半开化的色雷斯人正高兴得手舞足蹈，正在自吹自擂，正在嘲笑他，在他落荒而逃的时候，也许还指着他，引起了他所有同伴的注意。我们不得不纳闷为什么竟然有人愿意公开承认这样的事，更要纳闷为什么他公开承认时还要采用诗的形式。由于采用诗体，这件事才会被一字不落地记下来，被一遍又一遍反复提起，流传开来，以致他后来在斯巴达蒙受羞辱，甚至一直流传到今天，还在展示他的古老的羞辱，让我们获得愉悦。

我们禁不住要注意到，这个抒情的声音，这个以一种与荷马和赫西俄德之类的职业化的和受神权认可的声音截然不同的方式诉说"我"的声音，通过明确表示自己反对社会及其价值观而发现了自我。这个声音为陈说者宣布了价值观，那是与社会的价值观背道而驰的。社会，甚至一个人的父母（就像那个斯巴达母亲一样），宁愿看到他为了捍卫个人服从于集体利益、服从于盾牌阵的原则而战死。在这种盾牌阵中，个人只是他人与他人之间的一个位置，一个有待填充的位置。为他自己考虑，阿耳喀罗科斯可以站在盾牌阵外，保全性命是更重要的——他可以弄到另一面盾牌。

这件事发生在很久以前，发生在另一个国家，甚至比柏拉图召集诗人以及诗歌的辩护者开庭审判还要早（虽然在被赶出斯巴达之时，阿耳喀罗科斯可能已经猜测到这场审判有朝一日终会降临）。自那个时代以来，很少有诗人能够这样简洁明了这样骄傲自豪地诉说"我",能够为他自己开辟一个空间,并诚挚地为那种公然与集体智慧相违背的价值观陈辞辩说。后来的声音被迫变得躲躲藏藏,不得不搞些隐瞒欺骗,当他们为自己陈说之时,我们感到了来自社会的灼灼目光的压力:我们听到了被根深蒂固的社会价值观纠缠不休的自我坦白的声音,或者愤怒咆哮的讽刺的声音,或者急不可待地为自己辩解的声音,或者和谐悦耳的诱惑的声音。

这首诗抛弃了社会价值观,这样做使诗人容易招致社会的愤慨。最为奇怪的是,这样一首自我揭发的诗居然谈到了盾牌以及丢失盾牌和失去掩护。在这几行诗里,阿耳喀罗科斯诉说了他的真实感受,而希腊文中表示"真实"的词语恰好就是 aletheia,意即"揭露"或"揭发"。

追根溯源,我们找到了这样一首抒情诗:它的价值观违犯了社会禁忌,它的词句中诉说了我的"真实"感受,这种真实感受与社会教导我应当产生的感受背道而驰;这首抒情诗宣布将个人和个体生命的价值凌驾于城邦的意识形态之上;这首抒情诗暴露了诗人,说出了那种意味着揭露或揭发的真话,而说这些真话正是在他丢失了盾牌的时候。

至此为止,我们所发现的还只是诗歌的坚硬的外壳。要"揭发"诗歌并说出其中的真相,我们必须意识到为什么阿耳喀罗科斯的实话实说是一种抒情诗的行为。因为这首抒情诗大胆地说出了真情实感,并且它的那种说话方式,让我们大家都颔首微笑,并且暗中承认这不仅是他的真情实感,同时也是我们的真情实感:躲过了同伴们的注意,我们每一个人都会选择生存;我们每一个人都清楚地知道,"宁死不受耻辱"只不过是社会中所有其他人似乎会信以为真的一个原则——但不包括我在内（虽然我也经常像其他人一样大声地信誓旦旦，那只是不想被人看破真心罢了）。斯巴达城邦的公民们被阿耳喀罗科斯的诗激怒了，因为他们察觉到了一种威胁，这威胁只来自真情实感，来自这种他们必须压制、必须防范的东西。那些看起来是个人化的自我表态的诗句，其实是一个当着全体希腊人和将来的人、当着最广大的公众的面完成的行为。正是这种对个人价值观或另类价值观的公开宣扬，使斯巴达的广大民众极为不安，以致城邦公民们将阿耳喀罗科斯逐出了斯巴达，也将所有的诗人（除了那些最驯服的为公众作赞美诗的人）逐出了柏拉图的理想国。

如果阿耳喀罗科斯在某些方面不曾被社会及其价值观束缚过，他是写不出这首诗来的。通过这首诗，他建立了新的价值观，建造了一种新的言词的盾牌，以此进行作战，抵御那一套既定的社会价值观的攻击——甚至当社会发现自身也有同样的价值观时，也可能战而胜之。这种鲁莽灭裂的诗歌行为认识到了社会公众的愤慨，却敢于冒犯到底。作为一次个人价值观的公开宣扬，这首抒情诗填补了某些空白，迎合了某些需要，弥补了丢失盾牌的损失。

没有一首诗是纯粹个人的行为：它是个人对公众的回应。宣称自己与社会格格不入的诗人，同时也正是以一种最特别的姿态重新融入社会。仔细读这首诗：他不是说他不愿再与他们并肩作战；他也没有拒绝进一步去冒生命的危险；他告诉他们他要去拿一面新的盾牌，然后再回到盾牌阵中归位就列。

正是这个双向运动，使得这一片断成为一个伟大的开始：第一次公开宣布自己游离于社会之外并反对社会，但与此同时又寻求重新融入社会，或者回归疆场上的盾牌阵列，或者融入一个新的、由个体组成的颠覆性的群体中，这些个体很不情愿地发现自己身上也有他公开宣布的那种价值观。这些个体可能还站在盾牌阵中，最想炫耀自己"宁死不受耻辱"的表现，然而他们是在撒谎，他们是在扮演一个并不自在的角色，时时刻刻害怕被人揭露而被逐出这个社会群体。

诗歌，散落在博物馆地板上的碎片，是在某种人类交流中使用的古老的符号。拾起这些碎片，我们就陷入了这种交流。这些交流，像人类的所有交流一样，是两面性的：它们是揭露，是赤裸裸的真实，是丢失盾牌而迫使诗人剖白自己；与此同时，它们又以言词填补了空白，取代那些已经失去并正在渴求的东西——失去的荣誉，在丢失盾牌的过程中失去的社会地位。抒情诗，因其承受暴露和隐瞒的压力与焦虑，比史诗或戏剧诗与我们的生活情境更直接相关。当诗人向社会剖白自我的时候，这一行为已经不自觉地掺入了所有这些压力和焦虑。在我们心中有某个东西在微笑，它已被这些言词所吸引，并作出了回应。

但是，我已经让你迷路了。阿耳喀罗科斯是公元前7世纪的一位职业战士，这时，城邦的价值观与盾牌阵正处于形成阶段。阿耳喀罗科斯被逐出斯巴达的故事也许是无稽之谈，也许只是由这些诗句（如果它们确实是阿耳喀罗科斯所作）与盾牌阵时代的价值观之间的紧张关系而引发的一段虚构故事。这些诗句幸而流传到盾牌阵时代。我们永远不会知道这些诗最初的滋味是怎样的，但这些诗即使在社会变化之时也一直在述说着。它们不会作为被更精深成熟的城邦伦理所取代的某种原始抒情许可的一个范例，轻易在历史语境下磨去锋芒。

毫无疑问，这些诗句，甚至在第一次被表达出来之时，在某些方面公然蔑视社会，蔑视英勇的价值观，蔑视阳刚的社会习俗。但是，也许在阿耳喀罗科斯的时代，他的同伴们能够更容易地加入这种并不自在的笑声的行列。几个世纪之后，在盾牌阵的时代，这种公然蔑视的声音变得更能扰乱人心。在普鲁塔克的时代，它又变得迥然不同。普鲁塔克充满渴望地从希腊罗马的世界回眸神话般的斯巴达城邦。这个城邦社会坚守自己的价值观，毫不迟疑地唾弃任何胆敢说出这类危险言词的人。这是最后的一层，也是最令人不安最具讽刺性的：我们最早的抒情之声，虽然那么大胆地自我游离于群体之外，却可以轻而易举地流传下来，其所以能如此，仅仅是因为它对这则有教育意义的轶事和公开提倡美德的散文来说是必要的，而散文以赞许的态度来阐释那个不赞成诗歌并试图使诗歌缄默不语的社会。

吟游诗人托马斯之歌

关于受到吸引、第三条路径的发现、吃禁果以及令诗人难堪的报酬。

> 诚实的托马斯躺在韩特利河边；
> 　举目四望看见了一条小路；
> 小路上一位夫人亮丽明艳
> 　正骑马经过那棵爱尔顿树。

她的丝裙如芳草碧绿,
　　她的天鹅绒斗篷质料精细;
在每一撮马鬃毛上,
　　挂着银铃五十又九只。

诚实的托马斯脱下帽子,
　　鞠躬俯身直到自己的双膝:
"向您致意,天国女王玛利亚!
　　地球上没有人堪与您相比。"

"噢,不,噢,不,托马斯,"她说道,
　　"那不是我的名字;
我只是美丽的小精灵国的女王
　　来到这里为了看看你。"

"弹唱起来,托马斯,"她说道,
　　"和我一起弹唱起来;
假如你敢吻一吻我的嘴唇,
　　我一定甘心做你的所爱。"

"不管幸福降临,还是灾祸发生,
　　厄运也决不会让我惊吓。"
随后他吻了她玫瑰色的唇,
　　就在那棵爱尔顿树下。

"现在你必须跟我走,"她说道,
  "诚实的托马斯,你必须跟我来;
你必须服侍我七个年头,
  无论碰到的是幸福还是祸灾。"

她骑上了那匹奶白色的骏马,
  她带上诚实的托马斯坐在后面;
每当辔头上的铃铛摇响,
  那骏马奔驰赛过疾风闪电。

噢,他们骑着马越走越远,
  那骏马奔驰赛过疾风闪电。
一直远行到一片开阔的荒野,
  人世烟尘被抛在了后边。

"下马吧,现在下马,诚实的托马斯,
  把你的头靠在我的膝上休憩;
你在这儿等待片刻,
  我要向你指示三条路径:

"噢,你可看见那边有一条狭窄的小路,
  路上布满了重重荆棘?
这就是那条正义之路。
  可是很少有人问起。

"你可看见那里有一条宽阔的道路
　　　路上萦绕着百合的芳香?
这就是那条邪恶之路,
　　　可是有人称它通往天堂。

"你可看见那里有一条美丽的路
　　　绕过那片长满蕨草的山坡?
这条路通往美丽的小精灵国,
　　　我与你今夜就要经过。

"但是,托马斯,你要管好自己的舌头,
　　　无论你听到或看到什么;
只要在小精灵国说一句话,
　　　你就再也回不了你的祖国。"

噢,他们骑着马越走越远,
　　　他们蹚过了过膝的河流;
看不到太阳也见不到月亮,
　　　只听到大海在咆哮怒吼。

那是黑漆漆的夜晚,毫无星光,
　　　他们在没膝的鲜血中跋涉,
所有的血都流淌到地上,
　　　流淌过这个国家的泉水清澈。

随后他们来到一座青翠的花园,
　　从树上她摘下了一粒苹果:
"拿这去做你的报酬,诚实的托马斯;
　　它会让你的舌头再不会撒谎胡说。"

"舌头是我自己的,"诚实的托马斯说:
　　"你给我的可真是件好礼品!
我从此再不能做什么买卖,
　　即使我经过市场集镇。"

14　　"我既不能跟王公贵族交谈,
　　　　也不能再乞求美丽夫人的恩典。"——
"现在你闭口莫言,托马斯,"她说,
　　"我已经说过,你必须缄默不言。"

他得到布面平滑的大衣一件,
　　和绿色天鹅绒的鞋子一双;
直到七个年头已经消逝,
　　诚实的托马斯才又露面在世上。

第一章 诱惑/招引

物色相召,人谁获安?

刘勰,《文心雕龙·物色》(约公元500年)

招引出去

有一些古老的诗篇,常常也是最简单的诗篇,我们要返回到这些诗篇。阅读中的每一次返回重读,就像是重复着舞步,带着一种特别的欣喜,贯穿一连串同样的、最为简单的舞蹈动作。不管这舞蹈是简单还是繁复,初学之时,我们总是费劲而笨拙地模仿着舞者的姿势,动作蹒跚,学到终了,那优美的旋转和优雅的舞姿化成了我们的一部分,每一次重复动作,仿佛恰巧都是发自我们的内心深处。这其中就有一种功夫,也许值得花七个年头:一开始,是一个遥远的东西在发出诱惑,召唤我们进入舞蹈者的圈子,接着在第一个动作中表现出笨拙的兴奋,随后越来越得心应手,舒展自如,再后来,厌倦、疏忽和遗忘以及返回的欣喜,都接踵而至。

我们可以细细考量一个人是怎样被吸附到舞蹈上，以及在这种吸附中，舞蹈和跳舞的人各自发生了怎样的变化。从某种方面来说，每一段舞蹈都被我们的舞姿篡改了，而所有其他舞者原来那一套看不见摸不着的标准也因此被篡改，并根据新舞者独具特色的动作来重新设计舞姿。这时候，我们喜欢说我们已经掌握了舞蹈，似乎我们已经以某种方式使舞蹈服从了我们的意愿。但是，我们知道，实际上是我们让自己在这段舞蹈的陌生感的压力下潜移默化。我们很纳闷为什么我们应该这样做。这里必定存在有某种诱惑，某种招引，使我们渴望经历这些变化，从而使优美的舞蹈动作成为我们自己的动作。

> 我来自爱尔兰，
> 来自这个神圣的地方
> 爱尔兰国。
> 好心的大人，我祈求您
> 出于圣洁的慈爱，
> 来与我一起跳舞
> 在爱尔兰。

我们猜测这是一首歌谣；就像通常的歌谣一样，它一定已通过重复获得了许多力量。也许它是那些众所周知的抒情诗之一，无论人们在什么时候听到它，脸上总会浮起一丝笑容，仿佛在聆听一个老朋友说话。它变得熟悉亲近，变成了亲属。像亲属一样，我们时常被迫靠近它，也时常对它漠然视之，有时觉得它亲切温和，有时对它厌烦至极，忍无可忍；但即使在我们厌烦它的时候，它依然是一种声音，决不会在重复中完全放弃对我们的要求。

但是，这是一种奇怪的亲属关系：这熟悉亲近的声音总是以自我介绍开始，宣称它在我们这儿是个异乡人，是从别的地方来的声音。在14世纪初，在这首歌谣被写下来的时候，爱尔兰是说盖尔语的。歌中大声宣布"我来自爱尔兰"（Ich am of Irlaunde），已经经过了某种翻译，企图对我们言说，这种言说的企图总是来自别处。在我们的时代，这熟悉亲近的声音声明它来自别处，通过其古典用法的代词、词语拼法以及优雅的谈吐，这声明得到了更强有力的确认。舞蹈着的爱尔兰融入了遥远的过去，在那里人们一定总是在跳舞。

但是，且让我们假设这是一首通俗歌曲。那个站在我们面前歌唱着"我来自爱尔兰"的人根本不是异乡人，而是我们当中的一个，是这个社会群体中的一员。然而，当她向人发出邀请的时候，这个女人（大多数情况下，我们估计邀请一个"好心的大人"跳舞的声音必出于这个性别）在歌曲开头就把自己装扮成一个来自遥远地方的"我"。如果我们不是已经处于那个地方，那么，我们必定会被召唤去跳舞，这召唤总是来自别处，来自另外一种地方。

"我来自爱尔兰，/来自这个神圣的地方/爱尔兰国。"诗人重复说着她的来历，借以确认我们已经明白：以目前这种声音来看，她不是来自此地的我们都熟悉的人；她的家在别处，那是个"神圣的地方"。我们从未去过那个地方，但是对这一类神圣的地方我们略有所知，比如沃尔特·罗利爵士那篇著名的诗歌中写到的沃尔辛汉圣殿[1]：

> "你来自那个神圣的地方
> 　　沃尔辛汉，
> 难道没有遇见我忠实的爱人
> 　　在你来时的路上？"
> "我怎样才能认出你忠实的爱人？
> 　　我遇见过许多人
> 我来自那个神圣的地方，
> 　　有的人来到这里，有的人去向远方。"

"我怎样才能认出你忠实的爱人？"行人回答问话者，要求他提示一些可以辨认的特征。第一个问题——"难道没有遇见我忠实的爱人？"——显得幼稚无知，这说话者似乎不明白：在朝圣的过程中，行人放弃了他或她在其所熟悉的社会中的位置。在这个社会中，每个人都为他人所知，每个人都认得他忠实的爱人。而在朝圣途上，所有人都是陌路人，需要贴近观察与彼此介绍。

这首伊丽莎白时代的诗歌提到"神圣的地方"，这就指明了行人的朝圣者的身份，像其他朝圣者一样，他来了又走了，并不真正属于这个神圣的地方。但是，那个宣称"我来自爱尔兰"的声音却只来不走，远离她那个神圣的地方，而进入我们这个普普

---

[1] 沃尔特·罗利爵士（Sir Walter Raleigh, 1552？—1618），英国政治家、文人，伊丽莎白女王的宠臣，文学创作以诗歌为主。沃尔辛汉（Walsingham），在英格兰诺福克，有著名的沃尔辛汉教堂，是中世纪英格兰最大的神殿之一。——译注

通通的世界,以便从我们之间挑中一个,招引他与她一同归去。

这个熟悉的人唱着一首熟悉的歌,宣布她自己是一个外来者,是从一个神圣的地方来的游客。接着她转而向我们当中的某个人说话,由此建立一种关系,并吸引这个人脱离他所熟悉的世界,而回到她的家园,回到舞蹈那迷人的圈子里。

> 好心的大人,我祈求您
> 出于圣洁的慈爱,
> 来与我一起跳舞
> 在爱尔兰。

这声音是恭恭敬敬和彬彬有礼的,这是一个进入我们这个社会群体并向我们当中的某个人说话的异乡人应有的口吻。这个异乡人向我们要某些东西——异乡人往往如此——并且优雅地表达了她的请求。"好心的大人,我祈求您"——给一笔钱?接纳我成为你们的一员?但是,这个异乡人并没有提什么司空见惯的要求;她要让我们当中的一个成为她的欲望对象。

这首诗歌我们以前听过好多遍。我们乐意受震惊,受奉承,受诱惑。这个异乡人要乞求的是异乡人通常不会乞求的东西:她要我们当中的一员,要我们做她的陪伴与搭档,带我们远离那个有着彬彬有礼的社会关系和文质彬彬的语言的平凡世界("好心的大人,我祈求您,出于圣洁的慈爱"),回到爱尔兰,回到舞蹈,诗人号称她的家就在那里。这一要求奇怪异常,这个女人出其不意的声音也证实了这一点。这个女人将自己置身于我们这个社会的通常角色之外,她不让自己被我们当中的某一位引诱,那样她就要被迫与我们共享我们那个单调乏味、过分熟悉的世界，相反，她选中了我们之中的一位，招引他回到她那个充满魔力的家中。不管跳舞的地方在哪里，它肯定不是在这里，也不是这里的另一个简简单单的翻版，不是一个等级森严、时刻提防异乡人的地方。他们在爱尔兰那边做的事就是跳舞，即使一个从这里去的"好心的大人"也不会显得不恰当，只要他和她一起去那里跳舞。

这首诗歌的走势，就像舞蹈的动作一样，是环形的、重复的：从一开始她宣布家在何处，到最后一行，略作停顿之后，告诉他这个舞在什么地方跳："来与我一起跳舞/在爱尔兰。"在跳舞的人群中，有人跨出一步，邀请旁观者中的一位与她一起加入到舞蹈中来，于是这个圆圈重新闭合起来。这个动作及其诗歌都是极具诱惑力的姿势，像别处的魔力空间的所有诺言一样。它不需要任何兑现诺言的测试：诗歌的每一次重复，都是永恒的走近和邀请。在誊抄过程中、在保存这首诗歌的一个旧抄本中，同样的动作又一次重复：它是一个小巧并且迷人的抒情空间，抄手或僧侣抄手都渴望遁入这一空间。这种招引带着欲望向某些人言说，但它也可能被偷梁换柱，变成某个仅仅在沉思的他者的声音，也可能被一个热切渴望被这样的欲望劝诱并被召唤而去的人取而代之。

离开爱尔兰

神话传说中的米迪尔国王的第二个妻子伊丹中了米迪尔第一个妻子的魔法，经过多次转世变形，最后投生在爱尔兰，变成了一位凡俗的人间女子。在那里,她成了埃俄基德国王的妻子。为了赢回伊丹,神话传说中的米迪尔国王向爱尔兰国王埃俄基德挑战,比赛象棋以决胜负。赢了这场比赛后,他要求以伊丹的一吻作为奖品。就在他们接吻的那一瞬间,米迪尔和伊丹双双变成了天鹅,飞向那遥远的仙国。在这篇英雄传奇中,米迪尔在象棋比赛开始之前向伊丹唱了这一首歌:

> 美丽的姑娘,你是否愿意跟我一起
> 去那星星闪烁的奇妙仙境?
> 那儿人们的头发就像报春花冠
> 身躯从上到下洁白如雪。
>
> 那儿没有东西属于我和你;
> 那儿人们牙齿洁白眉毛黝黑;
> 那儿款待我们的主人多得令人欣喜;
> 每个人的脸颊都如毛地黄般洁白
> ……
>
> 清甜的小溪潺湲地流过大地,
> 上等的蜂蜜酒和葡萄酒;
> 人们个个高尚而纯洁无瑕;
> 所有怀胎都没有一点罪孽。
>
> 每一方每个人我们都看得见,
> 却没有人看得到我们:

> 亚当犯罪的阴影
> 使我们躲过了被算计在内的命运。
>
> 女人,如果你来到我那生机勃勃的国度,
> 一顶金王冠将会落到你的头上;
> 新鲜的猪肉,麦酒,牛奶和饮料,
> 你要和我一起在那里享用,美丽的姑娘。[1]

这个比爱尔兰还要遥远的仙国,看起来与我们刚才被招引去跳舞的爱尔兰极其相似。"那儿没有东西属于我和你",那里一切都是愉快,所有愿望都心想事成,没有一点恶行或者罪孽。

我们已经明白,这个地方与尘寰世界是隔绝的,只有经过一段魔幻的旅程、或者有人突如其来地招引我们前往,才有可能到达那里。我们尚未明白的是它竟然也近在咫尺。那些跳舞的人环绕在我们四周,逼视着亚当和夏娃的子孙们,而他们自己却没有人看得见。这一瞬间,那些无形的目光让我们感到浑身不自在。

歧路:告诫

他等待着招引,招引却迟迟不来;他迫不及待,于是踏上了

---

[1] 引自鲁斯·P. M. 雷曼之直译本,见其所编《早期爱尔兰诗》(*Early Irish Verse*,奥斯汀:University of Texas Press, 1982),页65—66。

第一章 诱惑/招引

征途：

且子独不闻夫寿陵余子之学行于邯郸与？未得国能，又失其故行矣，直匍匐而归耳！

《庄子·秋水》

招引进来

青青河畔草，
郁郁园中柳。
盈盈楼上女，
皎皎当户牖。
娥娥红粉妆，
纤纤出素手。
昔为倡家女，
今为荡子妇。
荡子行不归，
空床难独守。

中国无名氏古诗（约公元2世纪）[1]

---

[1] 中国有着改写古诗以配新乐的悠久传统，准此，本诗在一定程度上也是照"好莱坞华尔兹"的曲调译写的，二者的惯用语相当类似。汉语中的"荡子"在字面上十分接近于"旅人"，同时也是乡村音乐中比喻意义上的"旅人"。

这是一首古诗，一首人们耳熟能详的诗，是那一些常读常新而又从来没有新过的诗歌中的一首。我们也无从想象它曾经有过一段新的时候。从它在文字记录的历史上第一次出现开始，它就已经被称作"古诗"，包含在一组人们称为"古诗十九首"的诗里。这些都发生在很久以前，而且发生在另一个国家。

这首诗总是因其古老而得到推崇，受到应有的敬重，正如在一封古老的情书中，一片优雅体面的烟雾掩盖了欲望的强制力量以及通奸的悄声召唤。在这一点上，"我来自爱尔兰"一诗显得幼稚无知：它召唤我们背离彬彬有礼的社会习惯，却一点没有注意到有一些牵制可能早已形成了，束缚得我们动身不了；我们很快就假定诗人可以毫无遮拦地去招诱，"好心的大人"可以不受阻挡地接受引诱。那首诗歌说的是跳舞的爱尔兰的魔力语言，这种语言只有一个现在时态和一个将来时态。这种语言是最接近伊甸园的语言，它是一种没有过去的招引："来与我一起跳舞。"但是，它是一种大多数诗歌不能说的语言；普通的诗歌与过去作斗争，而把欲望深藏在一层层的掩盖、置换和偏离之下。甚至这首"古诗"在面临引诱的紧要关头也畏缩不前，它的踌躇是与对往昔、即对其个人经历以及这个女人在社会既定关系中的位置的承认密不可分的。这首诗是"古"的，当然有一个过去，然而，它使欲望与社会的那些陈腐教条礼仪规范相对立。男人的欲望与女人的欲望相遇；但欲望以及随之而来的招引被压制、被置换于诗的表面之下，变成了随后的一片静默。

"我来自爱尔兰"召唤某个人出去，到别一处开阔的地方跳舞；而"古诗"则吸引某个人进来，穿过一层层表面的掩盖。前

第一章 诱惑/招引

者的公开坦率令人惊奇；"古诗"的掩盖则更让人熟悉，更能被人理解。然而，诗歌让我们看到在这样优雅体面的表层下所隐藏的诱惑形态。它遵守矛盾律，将我们的注意力引向它所隐藏的东西。我们对两种相互对峙的力量作出反应——布帛在竭力压制，而肉体则在努力挣脱压制——以我们自己的双向运动：我们被吸引着与之趋近，而与此同时，又与之保持着距离——它只是一个审美客体，只是一首诗而已。

它很可能曾经是一首小酒馆歌曲，不管男人还是女人很可能都唱过这一首歌。[1]因为汉语文本中一个代词也没有用，所以，我们可以将这首诗当作男人的歌唱来听，最后四行中的"我"可以替换成"她"来理解。在这样一种男性的声音里，诗歌变成了回过头来向社会交代她说了些什么或者她可能会说什么的一份报告。即便在它最初的时刻，虽然现在已经流失而无法复原，这声音也可能是一种欲望的声音，偏离正道，想入非非——就像那个在自己的手稿中将请他去跳舞的招引也抄录下来的僧侣所产生的那种想入非非一样。

这篇诗作的诗意表现在它的空白处、表现在那些未说出来的言语里。每一句诗都在本句和上一句之间创造了这样的空白处，创造了被悄悄横切开来的区间。最初，这些空白处只是一些物理运动，这些运动很快变成了方向和注意力导向，最后，这些空间就充满了那些没有说出口的动机、焦虑和期望。这首诗需要一些与众不同的言词，但也只是作为衣裳而已，这样才能精确地勾画

---

[1] 按中国的习惯，一首诗一旦变得"古老"，它就很容易转变成某种类比状态，好比一个仆人对其旧主感到失望而要找一个新主。

出那些隐而未言的东西的形状。言词是看得见的点线，勾画出心灵和身体的动向，但它们并不就是动向本身。

第一句，"青青河畔草"，这个开头好几首"古诗"和乐府歌诗都使用过，也是通常表示离别的某种距离的符号。这首诗后来的注家们已经看出来，沿着河岸蔓衍的青草的辽阔的绿色，正如那绵延不绝的欲望，正如那一幕吸引有欲望者关注的情景：目光都凝视着空廓的远方。或者，他们告诉我们，这样的绿色是草季节性复苏的表现，就像那种渴望每逢日渐熏暖的季节就回归人的动物性一样。但是，这个场景也是一个身体可以穿行而过的空间，在诗中我们看得见这个身体，因为我们随之而动，没有任何东西能引起我们的注意，除了一条河流伸向模模糊糊的某个地方。

欲望是一种情感结构，固定在某种特定的形式上，不是在目光里，就是在心灵深处。要呈现欲望的形状，这个场景最初的那些空白就必须填满：有些东西挡住了我们的视线，阻碍了我们的动作，将注意力引向那些被否定或被隐藏起来的东西。当这种情况发生时，我们就既看到了表面，又看到隐藏起来的表面之下的深层，既看到了掩盖，又看到了裸露的可能性。

夏天的柳树遮住了我们的视线。注家们提示我们，形容这些柳树特点的"郁郁"这一词，意为"繁密而茂盛"，同样也可以用来形容人的心情：忧愁似乎在心中膨胀，一直压迫到表面，并渴望着表达，极力要爆发出来，却又孤弱无助。这些树的名字"柳"，正好与引诱人流连忘返的"留"谐音双关，这些"柳"属于某家花园，这花园必然掩映着一处住所，这住所必然围绕一个人为中心，谁知道，在一个人衣裳的掩盖下或者在其心灵深处还隐藏着有什么样的奇迹?

　　这首诗前四句是注意力凝聚的时刻,促使我们穿过空间,越过障碍:透过茂密的柳树,我们看到了一座楼房,在楼房的高处,打开了又一个缺口、一扇窗户,一个美丽的女子就镶嵌在这扇窗户里。这类缺口正是暴露的图形,是我们集中关注的盾牌阵中的缺口。让我们假设另外有一篇古诗,诗的第一句就把这个女子推到我们眼前:她美丽窈窕,丝毫不相形见绌,但是我们反而不那么被她的美所吸引。在当前这首诗中,我们已经发现了她,历尽千辛万苦终于发现了她,我们穿越重重障碍,终于到达那些隐秘之处。然而,她却一直高高在上,可望而不可及。我们不能对她提任何要求;我们是异乡人,从遥远的地方来,从一切都是开放的外边来,来到这里,看着她,我们是有窥视癖的人。

　　与其说是敏锐的凡俗眼光,不如说是诗歌,让我们在接下来的那一句中看到了她的红颜。我们有一种幻觉,仿佛与她越靠越近,接近那一层敷饰肌肤的薄如蝉翼的脂粉面纱。

　　我们接受诱惑,因为我们浑然不知或拒不注意受诱惑的正是我们自己:我们不想知道,如果不是为了吸引我们的注意,惹起我们的欲望——我们很容易就会这样做的,那么,她为什么在那里当窗而立,她为什么涂抹了最时髦的明艳的红粉。当然,她也是在这个关于距离、隐藏与亲近的舞蹈中扮演了她要扮演的角色。既然我们已经来到她里,下面就该轮到她上场;她的一举一动我们都能看得见。我们的目光集中在她那裸露的白皙的肌肤上,集中在她从窗户伸出的手上。她穿过屏障,向外伸展,以回应我们自己向内靠拢的动作:这完完全全是一个缓慢的舞蹈动作。她摆动的手是这首诗的焦点，也是在言词的表面惟一一个能看得见的动作。它是一个用意含糊的姿势，我们愿意将其解读为邀请："缠绕在你美丽的网中，/被你摘下手套的手势所吸引。"[1]

接触到裸露的肌肤之后，我们就准备透过富有美感的表面，去接近那个举动皆出有心、那个有着自己的欲望、经历和生活环境的人。为了越过这最后的屏障，我们需要一些解释；即将到来的这场性邂逅是有风险的。各种说不清道不明的障碍和距离都向我们表明，这个女人是一块禁脔，在性方面她是不容染指的——无论她尚待字闺中，还是已嫁为人妇。这只是一个潜在的引诱，但是，既然我们已经煞费周折穿越了屏障，并且在她的动作中读出了招引之意，那么就有了另一次隔离的间歇，有了一个焦虑的片刻，使我们踌躇不前，并且想全身而退。如果我们仅仅是有窥视癖的人，这个游戏就是安全的、单方面的——我们是隐身的。但是，当她那只手伸出来时，我们被她看到了。他者从此不再只是一个令人觊觎的表面，当最后一层掩盖揭去，我们发现在这些表面之下别有一个人稳坐家中，这个人使我们成为她的关注和欲望的互动的对象。

  昔为倡家女，
  今为荡子妇。

---

[1] 约翰·济慈，《时间的海已经五年缓慢落潮》。——原注
  约翰·济慈（John Keats, 1795—1821），英国浪漫主义诗人，其代表作有《夜莺》及下文引到的《希腊古瓮颂》等。——译注

荡子行不归，
空床难独守。

诗的最后四句与我们的踌躇正相适应，并驱使我们走向接触，在保证其安然无恙并可望可及的同时，保持了这块禁脔的诱惑力。如今她已经被"掩盖"，金屋藏娇，被深藏起来，不在大庭广众抛头露面；但是，她曾经是一个"倡家女"，也许在唱歌之外还另有所为。男性民俗使我们倾向于这样猜测：既然她曾经在许多男人面前抛头露面，她必定始终愿意多结识一个男人。如果说这种情况与那个觊觎已久的人心中那种难以启齿的焦虑一拍即合，它也正揭示了她难以启齿的动机：既然知道他会怎样理解，为什么她还要告诉他这些。或者，这也许只是他窥伺她之时的推断而已，只是他的欲望的投射而已。

她既嫁为人妇，如今已成了禁脔，但是，我们被这样告知，她的丈夫是一个"荡子"，他对独守空房的女人漠不关心，在本诗开篇那一片广阔的空间里，他已经走得很远很远，再也不回来了。最后四句诗中的每一句都减轻了我们难以启齿的畏惧，减少了我们踌躇的附加条款。按照诗的假定，我们知道她的性渴望由于丈夫不在家而欲壑未填；我们知道她之所以不忠是有理由的（即使不是依据传统道德所说的那种正当理由）；我们知道我们是安全的，根本不会有一个妒火中烧的丈夫突然回来。

这首诗以空旷的空间开篇，亦以空旷的空间结尾；然而这个空间，已经加入了危险和欲望，藏匿于室内：一张空床。

珀涅罗泊[1]的反诗

小路在这里岔开。我们知道我们将要走上哪一条歧路。但是,我们的目光沿着另一条歧路扫视过去,它已关闭了环形通道,并将我们重新带回到起点。

花园中有位姑娘年轻又美丽,
陌生的青年男子经过她身旁,
说道,"美人儿,你可愿意嫁给我?"
作如下回答的就是这位姑娘。

"不,好心的先生,我不能嫁给你,
我已有爱人他在海上远航,
他一走就是长长的七年,
所以没有人会娶我做新娘。"

接下来,这个陌生的青年男子继续试探她,暗示她的爱人即那个"荡子"可能已经遭到不幸,也可能他在长达七年(这正是诚实

---

〔1〕 珀涅罗泊(Penelope),荷马史诗《奥德赛》中主角奥德修斯的妻子,奥德修斯离家二十年,她忠贞不贰,拒绝了很多求婚者,在后代成为贞妇之代名词。——译注

的托马斯在小精灵国女王宫中羁留的时间期限）的外出过程中已经对她不忠；但她面对引诱，始终忠贞不贰。

> 然后他伸手将她搂进怀中，
> 吻了她一次、两次、三次，
> 唱道，"别再哭了，可爱的人儿，
> 我就是你走掉的约翰·赖利。"

畏缩不前

在欲望就要得到满足的时刻，也可能会有一瞬间的犹豫踌躇，畏缩不前。欲望愈是强烈，达成欲望的路径愈是漫长，思维空间就愈有可能在欲望圆满实现的前一刻让位给第二念。欲望的轨迹是勇往直前的，并且控制着我们的注意力：我们就是我们的"第一念"。欲望变成我们生命的完整形式，而在欲望迫在眉睫的达成与完结之余，我们可以看到一段不祥的空白。

我们止步不前。在一段很短、也或许较长的时间内，我们可能停滞不前，既不前进，也不后退。在这个紧要关头，我们在欲望所提出的悖论中听到了嘲讽的笑声：结局只是欲望本身的一个功能而已，只有通过不停的拖延、迷失、保持一定距离，才能获得结局的价值。"一直过来吧，过来"，文森特·亚历山大写道。最后，爱人走近了；他却叫她停下来，不要再向前靠近：

> 但不要再靠近。你灿烂的脸，燃烧的煤炭
> 　　搅乱了我的感觉，
> 搅起了闪亮的痛苦，这时我突然被引诱去死，
> 去在你洗刷不掉的摩擦中燃烧我的双唇，
> 去感觉我的肉体融化、包容在你烧燃的钻石里。
>
> 不要再靠近，因为你的吻持续着
> 就像不可思议的星星的碰撞，
> 就像突然间着火的空间，
> 就像肥沃的太空，在那里世界的毁灭
> 就是一颗心因为爱而将自我燃烧光。[1]

接触的瞬间被不顾一切地推迟了。然而，即使在下达要其停步不前的命令时，语词也在大肆渲染，期待着在火中融化消亡，烧得精光：欲望的达成就是灭绝。在如此亲密的接近中，每一个运动的势都分化成它的对立面，这一振荡化成为诗中的语词，将反对的力量纠合在一处。在接下来的那一节诗里，亚历山大打破了这险象环生的停顿状态，告诉心爱的人继续靠近；但实际情形及其答案都藏在诗的标题中：*Ven siempre*，*ven*，即"一直过来吧，过来"。在这个祈使语气的引诱中，我们几乎听不到那个可以永久延滞她的到来的限定语："一直过来吧。"

---

[1] 斯蒂芬·凯斯勒（Stephen Kessler）英译，见刘易斯·海德（Lewis Hyde）编《渴望光明：文森特·亚历山大诗选》（*A Longing for the Light: Selected Poems of Vincent Aleixandre*），纽约：Harper and Row，1979，页66—69。

诗歌经常试图将我们控制在界限之地，使矛盾冲突持久延续，在心满意足的同时又阻止心满意足。不管是明目张胆，还是偷偷摸摸，它们总是一直努力使各种相互矛盾冲突的动作各得其所，使各种巨大的力量保持精巧的平衡：在结构方面，在言说的艺术方面，在题旨方面。这样保持平衡的反运动经常以说服劝诱的面目出现。

无需任何说服劝诱的招引是最好的招引：纤纤素手伸出来，吸引旁观者踏进舞蹈者的圈子，或者召唤陌路人走入花园，登上那张空置已久的床。它是一种允诺，它充满信心地影响着他者的欲望。正如召唤的声音觉得我们理所当然愿意接受吸引，我们也这样信以为真——没什么危险，这只是一首诗而已。但是，当这声音开始积极主动地展开劝诱，开始明确它的承诺，开始压制反对意见，劝诱的声音就暴露出它对其与生俱来的诱惑力缺乏信心。我们进入一种欲望的交易，相互交换有吸引力的东西。

成为劝诱对象的人受到提醒，提醒其注意他或她的选择，提醒其疑惑与踌躇。劝诱反而造成了它打算要跨越的距离，激起了它原本要压制的反抗。假想的需要得到了诱惑和承诺的回应。召唤的声音肯定他者会畏缩不前：于是它大胆行动，冒着被蔑视的危险，以想象中的吸引力的库存作为掩护。心爱的人被有效地安抚下来了。她的角色已经安排好了：她应当显得勉强而不情愿，并且由于心中勉强，她参预了延迟爱恋与欲望的结局的行动。她的角色就是唱他为她写就的歌曲。

一桶阿尔班酒，窖藏了九年或更久，

满满的立在那里,在我的花园里欧芹的花枝
正当编织花冠的盛期;茂密的常春藤
　　等待,我的菲利斯,

等待你将它盘绕在闪光的头发上;
擦得锃亮的银器在大厅微笑,圣坛,
香草环绕纯洁而恰到好处,只缺少
　　那牺牲者的鲜血;

房子里鼓荡着喧嚣,姑娘们
和小伙子们在混乱中快速跑动,这里,
到处,炉边的火苗闪闪颤动,
　　黑色的烟在盘旋。

现在听听我带你去什么样的欢乐之地:
维纳斯的月份从海上升起,我们干杯
为了十三日,这一天将四月截断,像孪生兄弟
　　一半对一半。

对于我这正是一个公共节庆的日子
几乎比我自己的节日还要神圣,标志着
一个黎明,米西纳斯[1]从这天起计算着

---

[1] 米西纳斯(Maecenas,前70—前8),罗马贵族,巨富,诗人贺拉斯、维吉尔的朋友,热心赞助文学,后人遂以其名字指称文学艺术的赞助人。——译注

他累积渐多的岁月。

但是你热切渴望的那个年轻人,忒勒福斯[1]
他外表整洁没有你的份儿,而且,一个富有的
四处转悠的淫妇已经攻陷他的堡垒,把他关进
　　那微笑的囹圄。

那曾击落法厄同[2]的火焰将恐怖掷向
洋洋得意的希望,珀伽索斯[3]在
尘世的驭者柏勒洛丰[4]的拖曳下,
　　树立了坚强的榜样,

只寻找与你契合的事物,不向往
遥不可及的禁脔,而是放弃
与你极不般配的情夫。那么来吧
　　我最后的爱人,

---

[1] 忒勒福斯(Telephus),希腊神话中赫拉克利斯和奥革的儿子,曾给希腊人出主意怎样到达特洛亚,但又不肯参加远征。——译注
[2] 法厄同(Phaethon),希腊神话中太阳神赫利俄斯的儿子,因误驾太阳车,导致森林大火,河流干涸。为了拯救大地,宙斯用雷电轰击法厄同,使之浑身燃烧而栽进河里。——译注
[3] 珀伽索斯(Pegasus),希腊神话的神马,有翼能飞,被其踏过的地方就涌出泉水,诗人饮之可生灵感,故常作为诗人灵感的象征。——译注
[4] 柏勒洛丰(Bellerophon),希腊神话的英雄,他借助于飞马珀伽索斯射死了喷火怪物喀迈拉,后来他想骑马飞上奥林匹斯山,宙斯大怒,让飞马发狂,把他摔成双目失明的跛子。——译注

>   从今以后不会再有一个女人
>   激起我心中的暖流；来吧，学着唱这些歌
>   以召唤爱情的声音；歌唱能消去
>   我们黑色的忧伤。
>
>   贺拉斯，《颂诗》，IV. II[1]

诗歌就是一种由各种各样的偏离构成的艺术：偏离情感的轨道，偏离言说，以及这里说到的她的关注从他衰老的躯体偏离到诱惑的库存，他所拥有的只是与接踵而来的那个人分享：拉丁文一开始就开列了一个名单："Est mihi... est... est"，即"我有……又有……还有……"像她要在最后唱给他听的歌一样，这里所许诺的迷人前景是相爱的双方能够走到一起的最常见的理由，无须肉体最终融为一体。即使这些偏离的吸引力也只能暂时延缓双方的遇合：它们不是永恒的获得物，而是要等待时机，有朝一日它们会被利用、被实现、被消费，就像那一桶阿尔班葡萄酒已经等了九年。

他约请她去的那个欢快之地，正在举行四月十三日的庆典。四月是维纳斯和性欲的月份（这里顺带承认了他的庇护人的生日）。这将是最重要的时刻，此后，一切都将完结，一切热烈的与未来的爱情都将完结。一个人尽可以永远在爱尔兰跳舞，但是，一旦菲利斯踏进贺拉斯诗中所写的那个庆典的迷人的圈

---

[1] 塞德利克·惠特曼（Cedric Whitman）英译《贺拉斯颂诗十五首》，坎布里奇，马萨诸塞，私人印本，1980。——原注
　　贺拉斯（Horatius，前65—前8），古罗马诗人，诗作主要有《颂诗》、《讽刺诗》、《书简》等。——译注

子，所有事物都将汇聚成一束耀眼的闪光。这些事物将会融合、熔化：葡萄酒将被一饮而尽，欧芹和常春藤被盘绕在她的头发上，她的头发闪闪发亮，映照在擦得锃亮的银器里，银器这时正在微笑，照见她的笑容时，还会再次微笑。最后还有一次未曾提到的融合，那是维纳斯节日的应有收场。正如上面那一首古诗一样，这里也有一个能势，它所隐含的目标也是一张空床。

菲利斯要被花枝盘绕，另外还有个东西也被盘绕起来了——casta vincta verbenis，"香草环绕纯洁而恰到好处"，——纯洁的圣坛也在守候那个流淌牺牲的鲜血的时刻。放血是古罗马宗教祭祀

岔道：商品

欲望的机缘与物理形态或者与这种物理形态的勾勒紧密相关：欲望对象作为一个表层呈现，这表层既是允诺，又是隐藏，并且，在其裸露的空间或轮廓中，展示了什么是它所压制的。人们对此多已耳熟能详。然而，掌握了这一类形态的功能，就有可能创造一个欲望的时机，以唤起他者心中的欲望。在日常世界中，衣着所起到的正是这样的作用；它总在设想中看到自己被别人注视。所有的衣着都有复杂的代码，不管是满口答应不费吹灰之力达到目的，还是道德上的自我检束、不拘言笑、

仪式中正规而且已成惯例的一个环节，这种严格形式化的暴力在罗马制度最奇怪的一环即竞技场上重演。贺拉斯的诗经常归结到牺牲献祭的纯洁无瑕有条不紊，正如它以严密控制的形式压制所有的暴力、激情以及危险力量一样。在这个女人或石头的圣坛上，终将会有一只兽类献作牺牲；兽肉烤起来，肉香让饥饿的神祇们心满意足。

随之而来的后果是黑色的炉烟，黑色的忧伤，黑色的烟灰。有很多东西都在这里熊熊燃烧：炉边的火苗，以及心中最后一次被激起的暖流。菲利斯已经为另外一个人燃烧过了，她的火焰失去控制，就像法厄同驾驶的太阳车失去控制而脱离轨道后那烧遍

漠不关心，或者是甜蜜诱人的轻浮作态，都只不过是走向最终和同的不同的便宜之计罢了。

某些东西、甚而只是一首诗的语词所许诺的东西，也可以形成类似的引诱。就像衣着一样，这样的东西只是要成为一个表面，意在把他者导向那个声称已经控制这个东西的人。这个东西被展现和奉献出来，并成为欲望凝聚的方式；它闪闪发光。这个东西变得就像衣着一样，即使穿着衣服的人已经离它而去，依然保留着诱惑的外形：这个东西只是一个表面，内中别无其他。

这个东西，现在徒有空空如也的外表，变成了一个表记，导向一个被替换或被延滞的结局。一旦我们在欲望的流通系统中承认这一表记的效力，制作表记的过程就变得无休无止——一个曾经因肉体而温暖的空荡荡的地方的表记的表记的表记。

第一章 诱惑/招引

大地的火焰一样。而她所爱的那个男人也为另外一个人燃烧；他也被拘禁在图圈中，*vinctum*，像圣坛被围绕在香草中，守候着牺牲的鲜血。在这个季节，到处都是毁灭性的、充满诱惑的火焰，大小不等的各种放纵的欲望将它的牺牲一一捆绑起来，推向屠宰场，推向爱情的终结。贺拉斯也同样站在悬崖边上：*Age iam, meorum finis amorum*，"那么来吧，我最后的爱人。"这句诗划出一道炽烈的轨迹，是亟待偏离并将其置于控制之下的，正如他的诗作有严格的格律，他的歌声抑扬顿挫控制得也很老到。

任何一个肉体凡胎的菲利斯都不会接受这个邀请并按之行事，也不会在诗歌游戏之外的现实生活中这样做。即使有某个罗

用这些表记，我们希望换来感情，进行交易。如果他者接受了我们举起的表记，那么一笔交易就做成了：欲望已被启动。

被人渴望的欲望率先开始了制作表记的过程，它确实可以成功地激起他者相应的欲望。但是，在欲望的置换或延迟过程中，产生了一个无法跨越的空间，肉体由此得以退回到诱人的表面之后。馈赠表记的人发现，如果他者不当机立断地鄙弃这空荡荡的空间，他者就可能只爱表面，只要有一个更具吸引力的表面，他者就会一直被吸引。虽然被爱者也可能被吸引，他或她却绝不会再靠近一步。在由表记完成的这场交易中，即使肉体似乎有意迎合，表记依然是在他们之间的一层细如游丝薄如轻烟的薄膜，阻止他们亲密无间地结合在一起。

馈赠表记的声音不是天真无知的；它们惧怕痛苦。这种并非天真无知的声音中最高明的就是贺拉斯的声音，它所奉献出

马姑娘隐藏在这个希腊的名字背后,也几乎不起什么作用:她的角色早已安排好了。正是这一点使我们觉得最难以理解诗歌中奇怪的引诱:艺术作品可以设法使自身与其言说的对象隔绝,与假想的以及真实的听众隔绝。它忧郁而温文尔雅地、挑剔而又技巧娴熟地保持着一个距离,这是激情的逆向运动,这个欲望发展到极致便是欲望的终结。

> 那么来吧,
> 我最后的爱人,
> 从今以后不会再有一个女人
> 激起我心中的暖流。

不管她是拒绝,还是接受,二者同样都是终结性的:献祭的牺牲和烧尽一切的大火就潜伏在所有这些富有吸引力的期望之下。在这个引起火焰燃烧的过程中,惟一的解脱方法是使整个运动在某一处停顿下来,将一些片断隔绝开来,使之回环往复。这

来的东西,一旦被人接受,就立刻解体,消失得无影无踪,这些东西是双方共同消耗掉的。但是,我们也会碰到向爱人馈赠表记的其他一些更加曲折的声音。有一种声音是甜蜜蜜的,它举着衣服,用他希望见到爱人裸露的欲望,来换取引发她自己的欲望,她的欲望就是想象她自己被充满欲望的目光所注视,也有一些声音是危险的,它会强迫对方接受表记,要么是为了玷污被爱者的声名,要么是为了给她一点补偿。

第一章　诱惑/招引

永久延滞的命令将性爱的招引转变成一个改头换面的请求：菲利斯应该来，学唱他的歌，再回来把这些歌唱给他听，amanda voce，"用充满爱的声音"。他请她对他唱那些招引的歌——仅此而已。两个情侣就这样不断地向对方靠拢，但却永远无法接触到对方。

> 可爱的年轻人，在这些树底下，你不能离开
> 　你的歌，那些树也不会树叶掉光；
> 　　　勇敢的情人，你无法，总无法亲吻，
> 虽然就要达到目的——且莫要悲哀；
> 　　她不会凋谢，虽然你还没有这福分，
> 　　　你会永远爱她，她会永远漂亮！

这是济慈在《希腊古瓮颂》中提出的解决办法，但是，在"瓮"这个字的另一个意义上，这个经过艺术精心涂饰的特定的古瓮的表面可能只有黑色的灰烬，一点也没有使这种解决办法显得很迫切的噼里啪啦作响的火焰。贺拉斯的诗歌可能会减轻黑色的忧伤，而拒绝燃烧后的黑灰，它属于 carmina[1]，济慈这首诗和所有的颂歌都属于这一类型。从古典的意义上说，它们是具有神奇"魔力"的那种 carmina.

面对火焰，这首诗退缩不前，原地打转，唱着关于歌曲的歌曲的歌曲，以回避空床和达到巅峰状态的欲望。贺拉斯这首诗中

---

[1] carmina 意即"歌"，它的英文词根是"charm"（魔力）。——译注

的菲利斯,就像抒情诗中的山鲁佐德[1],她的性命系于一根没有终结的故事线索中。如果这首歌终止,那些冻结的力量就会被释放出来,情侣们将在火焰中双双烧毁,这个最后的爱情也将永远终结。

以平心静气的忧郁来观察,我们也许会嘲笑这样的偏离,它既没有往回走,也没有直冲向前,而是转了个弯,走上第三条小径,进入一个由诱人的歌声所形成的迷人的迂回。这个诗歌的空间紧贴在亚当和夏娃的子孙们生活的那个世界周围,但是有一个形式的屏障,将诗歌的空间与人世隔离开来。虽然这个循环似乎随时都会被打破,舞蹈者随时可能从舞蹈轨道上被拉回到普通人世间,但是仍然有严刑峻法裹挟着他们,使他们周而复始地循环下去。形式的回弹力是与欲望的力量以及失控的恐惧成正比的。贺拉斯是形式的大师,但是诗作的坚硬的表面只是它所必须具有的一项控制措施而已。诗歌既是乐,又是礼:是一种介于欣喜若狂融为一体和严格划界泾渭分明之间的关系。

题外话:乐与礼

乐者为同,礼者为异,同则相亲,异则相敬。乐胜则流,礼胜则离。合情饰貌者,礼乐之事也。礼义立则贵贱等

---

[1] 山鲁佐德(Scheherazade),阿拉伯民间故事集《一千零一夜》中苏丹的新娘,她夜复一夜给苏丹讲述有趣的故事,而免于一死。——译注

矣。乐文同则上下和矣。

《礼记·乐记》

上古时代，圣王制礼作乐，旨在使礼仪的力量保持一种不稳定的平衡。在每一种礼仪中，每个参加者，包括旁观者，都与他者区别为异，从而发挥其角色作用，使之与其他角色区别开来。正如我们在这世界中的关系一样，与他者的相遇也就是一种疏离：从欲望、动机、意图各方面我们认识到彼此的异。我们威胁他人，也受到他人威胁，试图强制他人，也受到他人的强制。到处都是歧异。

但是礼仪也实现了另一种蕴涵于普通人世间的可能性。我并不是我扮演的那个角色，与他者之间也不是这样一种确定的关系。在礼仪中，我知道他者在我之前扮演过这个角色，在我之后还要扮演这个角色。而且，我理解，对现在所有与我演对手戏的人来说，礼仪是一次共同的冒险行动，是一场严肃正经的游戏。而即使我认真扮演这个角色，我也能感到它的分界线消解了：我知道礼仪的所有其他参加者的所有言词，当他人说出这些言词时，我默默地对自己重述。在表演中，每个演员都扮演所有的角色，同时也与所有其他角色演对手戏。就像在贺拉斯的庆典上，那些歌曲先已写好了。

这里有一种双重性，其间存在着危险，圣王就是为此而给我们制礼作乐的。一方面是异正在消融的危险，是在令人恐惧的融洽中失去自我，失去立足之地，所有的言词通通变成了我的言词，是一种迷狂（ekstasis，脱离自我而存在）。另一方面是彻底疏离的危险，礼仪的参加者完全沉浸在角色之中。这里，礼仪中的其他扮演者变成了真正的他者,而我们发现自己回到了平平常常的生活里,而不是在那个彼此分享的、可以周而复始的礼仪的冒险中了。乐和礼使这些危险因素保持着平衡。乐者为同:它是所有的礼仪参加者共享的,是礼仪的共同基础;并且它经常提醒我们是在同一个事业中同舟共济。礼的正式动作和因袭化言词,加强了在礼仪参加者扮演的不同角色之间,以及参加者与他或她扮演的角色之间的异。

古代的圣王知道,诗既是乐,也是礼。我们分享着音乐,与那些他者比肩而立,我们开口言说,或者听别人对我们言说(甚至动手为我们宽衣),我们观看别人,同时也被别人观看着。与此同时,在诗歌中也有一些程式化的礼仪,让我们有一块疏离之地:我们只是阅读文字,我们什么东西也没有看到;我们什么声音也没有听到,只是一首诗而已。

乐和礼都是补偿的工具。每个时代,每个诗人,都很强调礼仪的程式化,抑或更大张旗鼓地奏乐,这取决于哪一种威胁显得最大。一旦乐的诱惑力过于强大,诗人就加固文本与之对抗。如果礼显得太过矫揉造作,我们便渴望着乐,同时莽撞地相信,我们会心甘情愿勇往直前,响应那个去爱尔兰跳舞的招诱。

直奔伊甸园

那些古老的无名歌者把我们也包括在他们的邀请里。他们留下他们所唱的招引的歌,好让我们能够自己唱起这些歌,或者让我们能够接受别人唱的这些歌。唱这样的歌对我们来说是轻而易举的;它们是正在游戏的那个人的快乐,我们不会误解它们所散发的诱惑和所允诺的欢乐。后来的诗人们就不是这样了。他们似乎召唤某个特定的他者,却只允许我们仿佛于无意中听到;但是,我们知道他们发出召唤就是为了让我们能够听到。如果这里有什么愉悦,那也是一种奇怪的隐藏的愉悦,是一种多少有些误入歧途的愉悦。这游戏变成了一场黑暗的游戏:言说者装作没有注意到我们在场,而被言说的对象则转化为纯粹是一道风景,一层诱人的表面,诗人对着它言说,我们倾听的也是它。这是来自一个堕落的世界的诗歌,是遮遮掩掩的诗歌;知道自己已经堕落,诗歌就盼望着剥掉言词和身体上的掩盖,寻找回到伊甸园的路。

> 来,夫人,我的力不许我歇,
> 直到像辛苦分娩后躺下。
> 常见冤家你站在我面前,
> 未交战我就已挺得厌烦。
> 脱去银河般闪光的腰带,
> 环绕着美丽得多的世界。
> 解下你穿的闪亮的胸铠
> 蠢汉忙将眼盯住不离开。
> 你自宽衣,那钟声的谐美
> 是你在告诉我时当就睡。
> 脱胸衣,我嫉妒它的福气,
> 它竟仍然与你那样亲密。

睡衣脱去,露出美的肌体,
如山影掠过繁花的草地。
脱掉那金属的冠冕,展现
你浓密头发长成的冠冕:
现在脱鞋吧,放心地踏上
这爱的圣殿,这柔软的床。
你穿的睡袍如天使般洁白;
你这个天使,还随身带来
一个穆罕默德式的天国;
虽然有白衣行走的妖魔,
我们懂得区分妖精天使,
妖精使头发、天使令肉体

耸立,让我双手四处漫游,
向上,向下,中间,向前,向后。
啊我的美洲!我的新大陆,
我的王国,安危一人守护,
我的宝石矿藏,我的帝国,
发现了你我是多么快乐!
受这些囚禁,其实是自由;
手放在哪里,约束哪里有。

全裸!所有欢乐都来自你,
心脱离肉体,肉体当解衣,
尝遍欢乐。女人戴的宝石,
像阿塔兰塔球,取悦男子,
蠢汉的目光为宝石一亮,

俗人不知美女只贪宝藏。
像图画,或书的艳丽封面
给外行看,女人亦事装扮;
她们自是秘籍,只有我们
(将因她们的仁慈而贵尊)
必须读透。要让我了解你,
你该坦然,像对着助产士
展示自己:将白衣都脱下,
无可悔咎因你纯洁无瑕。
　　为教示你,我先裸露自己,
男人就是你的全部遮蔽。
　　　　　约翰·多恩[1],《哀歌》之19《上床》

岔道:怀疑

在这个已经堕落的世界里,所有诗歌言说都是扭曲的:言词表现得拐弯抹角,而诗人只能通过中介物唤起他者,而这些中介物正是掩盖其动机并延滞欲望达成的工具。然而,如果这

---

[1] 约翰·多恩(John Donne, 1572—1631),英国玄学派诗歌的主要代表、剑桥大学神学博士,所作有爱情诗、讽刺诗及宗教诗等。——译注

约翰·多恩为我们脱下了他妻子的衣服,全然不回转目光来示意他知道我们在场。我们被设定为窥视癖者,或者更精确地说,是被这个才华横溢的矛盾修辞法的大师设定为失明的窥视癖者,他大声邀请我们围聚到他的寝室门外倾听。他从来不给我们展示赤身裸体本身———一种直接的可以理解的动物性的愉悦——而是给我们一些言词,这些言词沿着一条轨道朝着赤裸的身体急忙忙地奔去,这是一些装腔作势的言词,此时这个添枝加叶的诗人就站在我们与他所许诺的景象之间。我们既被拉拢进来,又被推拒出去:他公开了(在若干种意义上)他妻子一步一步脱衣的过程,而与此同时又紧紧挡住她不让我们盯着看,他还对他妻子评说我们根本无权偷看,他的声音我们完全听得见。我们的眼睛就是所谓"蠢汉忙碌的眼睛",所有这些一层层脱掉的衣裳本来就是要挡住这些眼光的。

些中介物之一恰巧是另一个人,是诗人只是装作对之言说的那个人,那么这种掩盖的侵蚀力就一下子突显出来了。由于事先知道我们在关注他,知道我们在门外倾听,诗人对所爱的人说话时就会受此影响。利用另外的某个人仅仅是为了达到写给大众、写给读者的目的,这可以说是一种陋习,其中最为著名最具自我反省力的例子是罗伯特·洛威尔的《海豚》。这种陋习经常同对这种陋习私下感到羞愧密切联系在一起,同时,它还产生了一种渴望,渴望着简单的亲密关系,产生了一股力势,能使之退回到伊甸园,退回到那种直接的、裸露的男女关系。

尽管他费尽心机装作是对那女人言说,他的言词却将她转变成了不透明的表面;她成了领地,既是"属于我的"(mine),同时也是"矿藏"(mine),从这种"矿藏"中正可以挖出她体表佩戴的那些宝石,宝石吸引了我们这些蠢汉注视的目光,使她的身体免得被人从上到下细细地揣摩端详。但是,我们很快了解到,他完全不是对她言说的;其实他时刻都在细听他自己被我们听到的声音,我们的关注凝聚成压力,他的言说和他的声调会相应受到影响。对他的女人来说,这些言词与其说是招引,不如说是命令,是强制性的,是性爱的催促,他并没有给她什么欢愉的许诺。但是这命令的声音看来几乎没有注意到她可能听得见;它的兴趣是要向我们渲染他的力量,夸张他对她所拥有的权力。这里面确实有性爱的事件,有招引,还有诱惑;然而,受诱惑的却是就站在寝室门外偷听的这首诗的读者。

在诗歌内部,在言说行为周围,疑窦丛生。这种怀疑会产生一种简单得多的逆向运动,而这个运动本身也要求强制。在这种情况下,诗人竭力否认我们的关注的影响力,否认我们这些在门外谛听的人的影响力。这里,诗人以更为极端直接的方式试图重新维护这伊甸园的一对。但是,当我们观察谛听这些相爱的人周遭的动静,他越是努力否认我们的关注,就反而越把注意力吸引到我们暗处的存在。菲利普·锡德尼爵士[1]的

---

[1] 菲利普·锡德尼爵士(Sir Philip Sidney,1554—1586),英国文艺复兴时期的诗人、评论家,代表作有田园传奇《世外桃源》、十四行诗《阿斯特洛菲尔和斯蒂拉》,以及论文《为诗辩护》等。——译注

这是一种对占有的沉溺，自从人类堕落之后，欲望的结构稍作扭曲就产生了这种结果。不是简单地期盼一种有往来有回应的欲望，即希望他人出于他或她自身的需要来要我或找我，现在这种欲望是他人要成为我，要取代我的位置。它仍然是一种对性爱的沉溺：它做着并不舒坦的梦，梦见被人渴求，梦见某种结合，但是这是对嫉妒的沉溺，是对被嫉妒的欲望的沉溺。然而，因为有可能被替换（假如他人真的要取代我的位置），情感就变得复杂化了：他既要煽起他者心中的欲望，同时又要有力地抵抗这些欲望所造成的威胁。自人类堕落之后，诸如此类的人类欲望支离破碎残缺不全的现象在这个世界就屡见不鲜。

要保持这样一种关系，就必须有第三种事物，它充满吸引力，为人人所艳羡，是专为他的享受而保留的：这是一个 *tertium aliquid*，亦即第三角色，正是由于这个角色的引入才产生了成熟

《阿斯特洛菲尔和斯蒂拉》之90：

> 斯蒂拉，别说我写诗把名声图，
> 我求、我盼、我爱、我生都为了你。
> 你的眼我骄傲，你的唇我亲历；
> 你不赞美，其他赞美皆如粪土。
> 我也不会那么充满雄心热望
> 在桂树上为年轻的赞誉筑巢；
> 说实在话，我发誓我愿意不要
> 诗人的名字刻在我的墓志上。
> 就算愿意，我也不这样挣名号，

的悲剧。这个第三者必须展示给他者,又要控制好分寸,与之保持距离。就是这一关系结构彻底排除了欲望满足的可能性:只有使他者的欲望连绵不断,第三者的价值才有可能保持,它必须不断在他们面前展示自己,唤起他们的欲望;同时他者心中被激起的欲望又是一个持续存在的威胁,使这个占有者永无宁日。性爱的欢愉是扭曲的。它是这样产生的:先成功地抵制了他者的欲望,十分招摇地掩盖了第三者,并将其隐藏起来,接着又同样招摇地将其发现出来,并使之不被他者所控制。(多恩博士肯定不会反对我们在"发现"这个词上所做的游戏,他甚至可能提醒我们给予他法律上的"发现权",有了这种"发现权",他就有了合法占有的权利。)

在性爱占有的核心存在着力量的问题。这样的力量就像剧场,眼见自己在被人观看,并需要不断的展示和确认。但是力量的演示一点也不简单,因为声称拥有力量,实际上无异于表示声

> 为了要增加人们对我的赞扬,
> 而从别人的翅膀上拔取羽毛;
> 我的才智或意愿干不出名堂,
> 我所有的文字都写你的美丽,
> 是爱情紧握我的手叫我下笔。

最终,他不能把我们从他的诗中清除;名声降临到这个诗人身上,他装作不看我们,装作无意沽名钓誉,而我们却那么乐意授给他名誉。他知道他是靠不住的,因为他渴求我们的赞美和赞同。他想驱除我们,只有先消除他自己。他声称已经做

称者本人也受到某种力量的强制。他受到他的道具及其观众的制约。他必须不断地注视并提防那个"所有物":他的占有必须是主动的。同时,他还必须随时估量他者的反应,既引诱他们,又防范他们。这幕遮掩与展示的戏剧,这种在占有过程中所行使的力量,对他人,对自己,都是强制性的。在这一过程中,占有者变成了对所有权狂热要求的无助的牺牲品。

聪明的占有者终于认识到占有时的那一阵激动是有缺陷的,是令人疲倦的,而且是不快乐的,他可能希望转身去某所伊甸园,那里既没有所有权,也没有失落的威胁。他还不知道他吃苹果的时候有一个观众就在现场;正是由于发现外界的关注无所不在,他和他的爱人才决定将他们自己掩蔽起来,那关注是一股控制性的力量,逐渐将他的所爱变成一件东西,一件道具。

为了回到伊甸园,他必须将这些关注置之不理,不管这关注是来自门外,还是来自伊甸园上方;不是要脱光她,而是必须脱光他自己。当他这么做的时候,他也就解除了所有能够使他疲软无力而且使他受到强制的力量。最后,他赤裸着身体等候她。幕落下来;在门外谛听的我们被排斥在随这首诗而来的一片寂静中。

但是,要成功地回到伊甸园,他必须从这个世界开始。他从

到了这一点,通过将自己空虚化,将自己变成镜子和中介(就像《伊翁》中那个古代诗人的形象),由此斯蒂拉的美反射到她自己身上,反射到世界上。诗里仍然有个人在"展示",但被展示的这个人是斯蒂拉。它没有成功;斯蒂拉在诗中是看不见的。我们只读到锡德尼大声宣称他和我们都微不足道。

第一章 诱惑/招引

吵吵嚷嚷地要求我们关注开始;他利用这个女人时是冷酷无情的。"来吧,夫人,来":让我们开始干起来。"我的力不许我歇":只有解除这个纠缠不休的性欲累赘,我才睡得着觉。他处于"辛苦分娩"之中,他被迫去完成这个辛苦的任务,以排除身体中的累赘,在将来的某一天,他的妻子也会要排除类似的身体累赘,——在真正的分娩中。他转嫁了他体内的这些强制力,以此来强迫她。而我们知道,所有这些据说是要将他的读者的注意力立即转到这样一个关于男性支配欲和男性力量的演示上来。

但令人奇怪的是,他这种富有进攻性的力的声音却在反复再三地诉说着它的所作所为都是被强迫的。他也很清楚地觉察到那匹驱动了他的兽性的野兽。如果没有这样的性爱强迫性的程式化表演,如果不诉诸读者心中蕴藏的同一种力量,这首诗的直接力量就会失去很多(不妨停留片刻时间,想象一下他在叫他妻子打扫房间而不是叫她宽衣)。"直到我像辛苦分娩后躺下":他的强迫与性侵犯总脱不了干系,这个盛气凌人的声音看来就是试图要把那股作用于他自己的压迫性力量转嫁到他的女人身上。

诗人总是喜爱缕述,而爱情诗人总要缕述许诺给他的女人的礼物,或者,在 blason〔1〕中,以赞颂的口吻展示她身体的各个部位。多恩这首诗多少也有一点 blason 风格,但是,他所缕述的是脱衣舞的服装柜,一层一层地将蔽身衣服充满爱意地脱掉;那些细碎物件被提过之后就次第消失,遁入台面之下归总为一个整体。她是人们期待中的一道风景,一眼就可以看出来,这风景既

---

〔1〕 Blason,亦作 blazon,诗体名,专指欧洲诗歌中一种对身体尤其是女性身体各部位进行精细铺叙缕述的诗体。——译注

像是伊甸园,又像是被发现的新世界,那个"美丽得多的世界"。我们很容易辨认出殖民征服、占有以及开发等专门词语;但与这些词语相竞争的是一个更为有趣的移民冲动。[1]只有现在,只有在渡海之前,他才能从占有的展示中得到惴惴不安的快乐;一旦成为伊甸园里的新移民,那就很难说清究竟是他拥有这块土地,还是这块土地拥有他。我们越是逼近裸露,权威就变得越不确定。由于承认并且夸大了他的不由自主以及他的力量,诗人从此就无法决定自由与无自由的问题。"受这些囚禁,其实是自由"(这是当时神学上的说法,在这里扭曲为性的含义)。如果他把她当作有待开发的领土来对待,那么,开发者必须先从她那里得到"许可"。

他陷入了名副其实的占有的迷狂之中,喋喋不休地使用物主名词,总想要锁闭他开发出的这片国土,并保证它是由我"一人守护"。她是有待"开采的",她的宝石或者宝石之有待开采,不断地打上第一人称的物主代词,到处都打上宣称这领土"属于我"的印记。这些印记也标志着遮蔽和锁闭,因为他声称有权把她掩蔽起来,藏起来不让其他男人看。他在我们面前夸耀自己正在逼近"完全的裸露"。当然,所有这些都是在他到达那些遥远的海岸之前发生的;她的裸露从来没有做到。

宝石可能是从这些新发现的国土的地表之下开采出来的,但也可能是杂乱地散落在地表上的,这种躲藏毫无遮蔽,这种隐藏靠的是让人意乱情迷。

---

[1] 比较并对照巴勃罗·聂鲁达的《小美洲》(*Pequeña America*),见其《首领的诗》(*Los Versos del Capitán*)。——原注

巴勃罗·聂鲁达(Pablo Neruda, 1904—1973),智利诗人,1971年获诺贝尔文学奖。——译注

> 女人戴的宝石，
> 像阿塔兰塔球，取悦男子，
> 蠢汉的目光为宝石一亮，
> 俗人不知美女只贪宝藏。
> 像图画，或书的艳丽封面
> 给外行看，女人亦事装扮；
> 她们自是秘籍，只有我们
> （将因她们的仁慈而贵尊）
> 必须读透。

对阿塔兰塔的神话，这里做了一种特殊的性转换。多恩博士已经忘记事实上谁占有了这些球。以美貌同样也以飞毛腿著称的阿塔兰塔，得到阿波罗的警告，要她绝不可嫁人。当求婚者前来向她求婚，她提出如下的条件：

> 我决不受男人的支配，
> 除了第一个在赛场上战胜我的人：用你们的脚
> 来跟我赛跑，跑得比我快的，妻子和婚床
> 是奖赏；那跑得慢的人的奖品
> 是死亡。
>
> 《变形记》，卷十，569—573[1]

---

[1] 《变形记》，古罗马诗人奥维德所作长篇叙事诗，共15卷，包括250个古希腊罗马的神话故事，后世欧洲许多文学艺术创作取材于此。——译注

许多求婚者与她比赛,在这个过程既输掉了比赛,也输掉了他们的头。有一个叫希波墨涅斯的人一开始认为这太冒险了——直到他突然看到她的脸和她的裸体为止(为了比赛她把衣服脱下来放在一边),*ut faciem et posito corpus velamine vidit*[1],希波墨涅斯决心要赢她,试着用金苹果的巧计,赛跑中抛出一个又一个金苹果。阿塔兰塔对这个年轻人已经产生了命中注定的爱慕之情,她任凭自己被这些金苹果搞得意乱情迷,结果希波墨涅斯赢得了这场赛跑(正如在诗的结尾多恩确实赢了这场脱衣比赛,赢得了伊甸园的状态)。[2]

多恩将伊甸园的苹果转变成"球";他诗中的用典颠倒了故事里的性别;他将人们通常都用以描述女性喜爱金银珠宝之类的小玩物的一个道德化寓言,转换成关于男性同样喜爱这类小玩物的一个事例。这表明有些奇特的力量在起作用。如果我们回想一下这首诗中言说的隐蔽的力势,这些力量就变得好理解多了:"蠢汉忙碌的眼睛",在寝室门外,被衣服挡住而看不到她的肉体,现在却被宝石、被闪闪发光的表面、被纯粹的图画以及封套弄得心慌意乱。当他与阿塔兰塔比赛裸露时,他同时也在与他的隐蔽的听众们在竞赛,"胜过了"他们。而当我们这些可怜的忙碌的蠢汉们因为心中惦记着阿塔兰塔的球而放慢了脚步时,他作

---

[1] 拉丁文,意即"看见了脸和裸体"。——译注
[2] 本章不断提到伊甸园、赤裸的身体、人类的堕落等等。在基督教《圣经》故事中,人类始祖亚当和夏娃最初住在伊甸园中,他们原本赤身裸体,天真无邪。后来,夏娃首先受了蛇(魔鬼,撒旦)的诱惑,引亚当吃了知识树上的苹果,于是他们失去了天真,懂得了羞耻,并学会用无花果树的叶子掩蔽私处。上帝见其智慧已开,遂将其逐出乐园,是为人类的堕落的开始。——译注

为欲望的真正的控制者,却把女人肉体的象形文字当作一本神秘的书来读。(回想一下,多恩的书一页页都是由白色的"麻布"制成的,就像这件最后脱下来的睡衣一样。)

多恩是一位读者,但是他想读的并不是那个隐秘的灵魂:他的注意力被吸引到另一种宝石上,吸引到身体的更幽深之处和人类伊甸园式的最初起源之处:"坦然地,像对着助产士,展示/你自己。"在最后一层遮蔽剥落之前,诗歌戛然而止。这里是一种渴望,而没有表现出任何一点犹豫或者克制。而且,当他停顿下来时,当他认识到伊甸园靠那个更有原罪的人间乐园有多近时,又一个危险的时刻来了。他暂时不能确定她要把他带向何方。"妖魔穿着白衣行走",像这个穿着长袍的女人一样,回想着在伊甸园中女人的肉体怎样被当作魔鬼的力量的工具。他立即克服了这一畏缩踌躇;依然对着门外的观众表演,他把自然强制的最物质性的证据,当成这个穿白衣的女人是一个天使的幻影的证明。自然可能是上帝在尘世的形式,但是在一根勃起的阴茎中读出良心的美好的道德的决定,则是一种异端的神学。像诗人的机智一样,自然在这里既不是中立的,也不是中性的。

诗人要努力回到一个真正的伊甸园去,回归尘俗与神圣的结合。但是多恩的伊甸园(微微带有一点穆斯林天堂的异教色彩)令人难以置信地将人类堕落之前的世界与人类堕落之后的世界结合起来。它将包含一种既是直接涉及性事的又是反思的认知,包含被当作一本书来读的具体可触的肉体:正如锡德尼所描写的,"斯蒂拉,在你的身体上/写着极乐的每一个字。"在这第二个伊甸园里,读书和行动、观看和触摸都熔化了。堕落世界的快乐——拖延裸露、犹豫不决以及惦记着裸露——已经与性结合的快乐融会在一起了。

多恩后退着走进伊甸园,是为了改写神话,并将由于人类的堕落而产生的矛盾抉择统一起来;亦即将伴随着人类的堕落而来的那种快乐多识与在此之前的那种天真无知统一起来。他既乐在其中,也知道他自己以此为乐。为了解开一个咒语,你就要倒着说它;为了取消一种行为,你就要颠倒它的程序。在亚当夏娃堕落之际,女人在男人之前尝了苹果,并教他一层层穿上衣服,一层层地蒙蔽人;现在则是他说服她一层层脱掉衣服,并在前头领路,先于她将自己完全裸露。

听到最后一行,听到了接下来的静默,我们在门外窃笑,继续走我们的路。它只是一场言词的游戏,游戏只是为了娱乐我们的。在约翰作这个小小的表演的时候,多恩夫人甚至不在房间里。我们知道她一直在楼下,正在绣花。它也是一个奇怪的游戏,与人们常说的话大相径庭,甚至与在诗的游戏中应该有的适当的说法也大不一样。某些不只是简单游戏的东西在那里起作用——尽管它仍然还是游戏。对这类真正虚张声势的游戏,我们已经从诗人那里听得够多了,我们深知这个诗人敢于唤起诗歌所玩弄的那些强制力,甚至敢于在这些力量触及其身时盯住看。

宝 石

我爱人赤裸着,她知我的内心,
她一丝不挂,除了叮当的宝石,

首饰富丽赋予她骄人的神情
像摩尔人奴隶在狂欢的节日。

舞蹈中它的声音尖锐而嘲讽,
这个闪烁着金石之光的世界
把我卷入迷狂,我狂热地钟情
这一些声和光交织着的首饰。

于是她玉体横陈,她任凭抚爱,
从沙发的高处她笑得多惬意
因为我的爱温柔深沉像大海,
涨向她身边像涨向悬崖峭壁。

她双眼盯着我,像驯服的老虎,
神情飘渺恍惚,摆出种种媚姿,
她的率真和放荡纠缠在一处
给她的变相带来新鲜的魅力;

她的手臂小腿,她的大腿腰肢,
光润得像凝脂,起伏着像天鹅,
在我锐利宁静的目光前游移;
肚子和乳房,我葡萄树的硕果,

走近我,胜过恶的天使的诱惑,
她要从睡眠中把我的心唤醒,

为了把它从水晶悬岩上抖落,
它曾坐在那里,娴静而又孤零。

透过新的设计,我想我已看出
安提俄珀[1]的腰和少男的胸肌,
她的腰那么突显着她的臀部。
黄褐色的脸上脂红多么鲜丽!

——而灯光终于心甘情愿地圆寂
只有壁炉火还闪耀在这小屋,
每一次它发一声火红的叹息,
就用血浸红她琥珀色的皮肤。

夏尔·波德莱尔[2]

被围困的浩瀚

……如果没有达到那种状态的希望,因为我觉得这

---

[1] 安提俄珀(Antiope),希腊神话中的女神,底比斯王之女,被宙斯诱奸,生下一对孪生子,后嫁于西库翁国王,其父认为她败坏家风,遗嘱其兄弟吕科斯惩治之。吕科斯征服西库翁,让安提俄珀充当其妻狄耳刻的女奴。两个孪生子为母报仇,处死了狄耳刻。——译注

[2] 夏尔·波德莱尔(Charles Baudelaire,1821—1867),法国诗人,象征派诗歌的先驱,诗作的代表是《恶之花》。——译注

是我的权利,我将不复存在,除了在记忆里。

卢梭,《一个孤独漫步者的遐思》

肉体是忧伤,可惜,书我全读了。
走开!从这里走开!我感到醉鸟
在未知的浪花和天空间蹒跚。
无一物,连眼中映出的旧花园
也不能将浸在海里的心拉回,
夜啊!我的空明的灯火的光辉,
照着被洁白守护的白纸的灯,
和那正育儿的少妇同样不能!
我就要走了!海船晃动着桅杆,
起锚航向一个异国的大自然!

厌倦,被残酷的希冀撕得粉碎,
依然相信手帕和最后的别离!
而也许,那些吸引风暴的桅杆
属于风俯吹过的迷失的沉船,
没有桅杆,也没有肥沃的小岛……
但,我的心啊,倾听水手的歌谣!

史蒂凡·马拉美[1],《海风》

---

[1] 史蒂凡·马拉美(Stéphane Mallarmé, 1842—1898),法国诗人,象征派诗歌的主要代表。——译注

诗篇一开始，他就用肉体的忧伤这句老生常谈，接着是对这件事的评论，*hélas*、"可惜"，这是一个修辞学上的反讽，英译时把它变成了一个更加干巴生硬的英式反讽："可惜肉体是忧伤的"。在这种妥协式的译文底下潜藏着一种更加玩笑式的可能性："肉体是忧伤的——太可惜了！"这确实太可惜了，但是这么说——*hélas*，"太可惜了"——比可惜还进一步。这是一种充满了矛盾冲动的声音，马拉美学着把这种冲击力隐藏于他的成熟岁月的玄妙莫测的纯洁清白之中。它栖居在介于欲望（证明肉体不是忧伤的）与已被确认的事实（肉体，很可惜，是忧伤的）之间的空间里。这声音透出与众不同的反讽，是因为它的栖居地既不是欲望，也不是已被确认的事实：前者是不可能的；后者则索然寡味。

肉体的忧伤，虽然肯定是在一个与书本无关的领域里得到证明的，却是一种从拉丁语演化来的书面的说法：*Post coitum omnia animalia*[1]……诗人对书的评论暴露出与他有关肉体的结论相似的那种摇摆不定的态度。声称他已经读过"全部的书"，有某种斩钉截铁的意味，好像在疲惫不堪地向我们倾吐说，所有的都说过都做过之后，他们所带来的满足并不比肉体带来的满足更多。他被诗歌和肉体所迷惑，而它们令他失望；不管他有多么多的愿望，他都不会再聆听他们的甜言蜜语了。而且，在向往超越书本方面，他的幻想显然是书生气的（而且含有隐秘的肉欲，在肥沃的小岛上）；篇终，他通过修辞的华丽辞藻嘱咐他的心，*Ô mon coeur*（啊我的心），去倾听水手那迷人的歌声，去关注那个来自

---

[1] *Post coitum omnia animalia*，拉丁文，意为"一切生物在性交之后感到悲哀"。——译注

于书本同时表现某种超越书本的自由的意象：因为"如果一本书不能带领我们超越所有的书，这本书又有何用？"[1]正如在贺拉斯的那首诗里，这种肉体的欲望虽然被压抑得更厉害，但每个人凭经验都知道它是忧伤的，它最终是以歌声收结，那歌声将我们永远地凝固在充满可能性的门槛上。

正如贺拉斯诗中的歌声推迟了与肉体的遇合，在马拉美这首诗里，歌声也代替了与熟悉的肉体的一次遇合——这肉体，我们注意到，眼下正忙碌着，要将自己贡献给人类的一个年轻成员。此时没有人邀请他踏入舞蹈圈；他受到招诱，现在发现自己又堕回到了常规的世界里，并且被替换了。再也没有周而复始的起点。现在能做的只有向他自己发出邀请，发出一个书生气的邀请，使之在失望和不情愿的幻灭之后，在欲望与对欲望正式疏离之间保持平衡。

言词答应提供感官从未提供过的官能愉悦，这看来是一场骗局；这些言词只是空头许诺而已。这些言词和任何可以通过这些言词表达的许诺之间的背离，在这些邀请中承担了一个更大的角色；言词是丝带和礼品包装纸，把空荡荡的空间包扎起来。但是，对这个事实的恰当评语依然是，*hélas*，"太可惜了"，是从不轻易放弃欲望。为了补偿这些仍有诱惑但又毫无结果的言词，我们将它们造成的这种虚空重新命名为"纯洁"。这些诗里从不缺少表达得赤裸裸的人类渴望；它总是在那里等着被人拒绝："*La chair est triste*,

---

[1] 弗里德里希·尼采，《快乐的知识》，沃尔特·考夫曼英译，纽约，Vintage，1974，页215。

hélas"（肉体是忧伤的，可惜），或者如里尔克[1]写的：

> 陷入爱，年轻人，不是关键，
> 即使声音撬开了嘴，——学会
>
> 忘掉你曾歌唱。它会流逝。
>
> 真诚歌唱是另一类呼吸：
> 虚无呼吸，神吹拂，一阵风。
>
> 《致俄耳甫斯的十四行诗》，1.3

在地平线那一端，爱尔兰消失了，变成了一个抽象的 *là-bas*，"那里"；甚至连目标也被置换，换成了对转换的媒介、招引的言词以及大海的关注，而大海则是一个充满纯洁的转换过程可以永无休止地靠近的空间。

过去的积淀使我们退缩不前："古诗"中的那个女人有一个丈夫，也有一段过去；在笼罩着过去的爱情阴影的最终遇合里，贺拉斯和菲利斯走到了一起；多恩夫人用堕落世界的衣服裹身。而马拉美在这里列举了所有束缚他的事物：在继续凝视的眼睛里映射出来的花园；尚未写上诗句的白纸，如今已被这首诗填满，他选择了写诗，而不是真的离开；正在哺乳幼儿的

---

[1] 里尔克（Rainer Maria Rilke，1875—1926），奥地利象征派诗人，《致俄耳甫斯的十四行诗》是其代表作之一。俄耳甫斯是希腊神话中的歌手，善于弹奏竖琴，传说他的乐声能使树木弯腰，猛兽俯首，顽石点头。——译注

第一章　诱惑/招引

妻子等等；他拒绝这些东西对他的羁束。行为全都变成了歌，这是此时欲望的惟一进程，最后，它被看作是纯粹无能为力，在诗里表现为空白的纸，任其空白，任其被人委弃；但是为了做到这一点，他自己不知不觉地在这空白纸上写下了弃绝的誓言；那种从房子里冲出来并把白纸丢在身后的时刻，从此不再到来。

那种 ennui[1]，那种失望的厌倦，宣称依然相信"手帕和最后的别离"，但是通过这一点我们了解到，它相信的是那种情景，而不是事件。现实生活中没有任何一次海洋航行能够实现那种情景。也没有任何人能够在船板上经历这样一次风暴，经历这样的情景：桅杆低垂，留下浸没在水底的沉船，船只总是在抵达爱尔兰、抵达其他肥沃的小岛之前就失踪了。尚未看见任何陆地，省略号就打断了一切，甚至在诗歌中也是这样。我们已经太逼近欲望了：折回到纯粹诗意的驱动、词藻华丽的心灵陈说以及水手的歌声去吧，这歌声就是欲望在远方的唆使怂恿。

　　　　古老的双桅船
　　　　生锈的绿色船身
　　　　躺在泥沙里……
　　　　风帆片片破碎，它似乎

---

[1] ennui，法语词，意为厌倦。——译注

> 还在阳光和大海中梦想。
>
> 　　　　　　　　安东尼奥·马查多[1],《歌诗》

47　人类一代代繁衍延续,在肉体和书本的诱惑面前,总是有年轻人一次又一次地上钩。但是,艺术就不那么幸运了。它带着不能突破自己的失败的记忆,一天一天老去。在亚当和夏娃的子孙面前,米迪尔和伊丹裸身而舞:一开始,他们很高兴,因为这个世界上没有一个人能看得见他们;接着他们发现,无论他们怎样努力,还是没有一个人能看得见他们。然而,艺术的活力依然存在,虽然有所扭曲,虽然失望的力量受到控制,但并没有削弱:*hélas*,"太可惜了"。它仿佛中了符咒或者受制于人,一次又一次重复着古老的行动。

我们仍然被包围在马拉美的陈说之中,只差一点就可以摆脱出来。诗人们已经习惯于将我们的位置安排在旁边或者门外,装作我们的关注对他们无关紧要的样子;他们只要我们对他们的天才异口同声表示嘉许和赞赏,除此之外,他们对我们几乎别无所求。在马拉美之后的现代诗人中有许多,绝不是全部,都确凿不疑地宣称,艺术虽然不是那么至关重要,但它仍旧是伟大的。

这首诗并没有以与"我来自爱尔兰"相同的方式、也没有以与先前的那些招诱相同的方式抓住我们;它不曾一试身手。但这首诗依然带有他的欲望的一个印记,即那个 *hélas*,它招来了一个

---

[1] 安东尼奥·马查多(Antonio Machado, 1875—1939),西班牙著名抒情诗人。——译注

表示同谋关系的眼色,并求助于彼此心照的理解。(这种彼此心照的两面性的微笑,或许在下面这一句喜剧式的译文中有最佳表现:"肉体是忧伤的——太可惜了!")欲望可能已经变成纯粹文学性的了,但那个日渐老化的艺术也已变成第二自然——我们体内的一种独特官能。那些一般的耳朵绝不可能听见的,文学的心灵,Ô mon coeur(啊我的心),却能听得清清楚楚。"没有一个言词不会得到回应。即使它得到的仅仅是静默。……"[1]

歧路:进入马拉美内室之外的别一种选择

> 许多事看上去非常像真的而实际上是假的,我们知道怎样去说这些事,而假如我们愿意,我们也知道怎样去说那些真的事。
>
> 赫西俄德[2],《神谱》,27—28

随后他们来到一座青翠的花园,

从树上她摘下了一粒苹果:

"拿这去做你的报酬,诚实的托马斯;

---

[1] 雅克·拉康(Jacques Lacan),《语言在心理分析中的功能》,载《自我的语言》,安东尼·威尔登(Anthony Wilden)英译,纽约,Dell,1968,页9。
[2] 赫西俄德(Hesiod),古希腊诗人,约生活于公元前8世纪,略晚于荷马。长诗《神谱》是他的代表作之一,主要叙述希腊神话中诸神的谱系及其故事。——译注

它会让你的舌头再不会撒谎胡说。"

《吟游诗人托马斯之歌》

48 我们必须考虑这样一种可能性,即小精灵国的女王告诉托马斯他再也不可能撒谎时,她自己其实在撒谎;她经常这么做。但是,吟游诗人托马斯觉得他现在被迫随时都要讲真话吐实情(这并不是说他随时都愿意讲真话吐实情)。他不能期望有一个轻轻松松地日渐老化的艺术,不能期望有一间门户紧闭的寝室,没有人在门边偷听,在这间寝室里,他可以一遍又一遍地为自己作曲,歌唱逃匿,歌唱门户的开启。小精灵国女王的礼物已使艺术不可能戛然终止。托马斯的言语有了自己的生命力,它们只对已经征服了他的意志的那种力量俯首帖耳。他不能够控制这些言语,从这个意义上说,这些言语已经不再属于他自己了;但是,在他人面前,这些言语又代表了他的意愿,从这个意义上说,它们仍然是属于他的,这真让他痛苦;他还被迫为这些言词负责:"我既不能跟王公贵族交谈,也不能再乞求美丽夫人的恩典。"言词挣脱了枷锁,逃逸而去。他曾想让这些言词去执行他的使命,去"乞求美丽夫人的恩典",但一旦这些言词到达美丽夫人面前,他再也不能预知它们的行为将会如何。他怀疑它们会迷失,于是他人就听到了出其意外的内容,听到了真情实话。他的言词逃走了——它们本来是被派去执行这个使命的,却只留下了消失的痕迹。聂鲁达向他的所爱表示:

为了让你能听到我,

> 我的这些言语
> 时而淡化消失
> 像沙滩上海鸥的足迹。

在说真话的咒语作用下,他承认他有要他的言词服从自己的意愿的焦虑和欲望:

> 我现在要它们说出我想对你说的,
> 这样你就能听到那些我要你听的。

他试图说得简单明白;他梦想言词有一种可爱的透明性,能够不折不扣地体现他的意图,能够如他所希望的那样分毫不爽地为他人所理解。他梦想言词只是一种纯粹的修辞,这不是马拉美意义上的那种艺术修辞;他梦想言词能够原原本本地说出他心中的所想。

然而,这些言词却总是要迷失而走上歧路。它们的迷失并非表现在引起他人某些迥然不同的理解。这些言词的迷失表现在它们说的是实话,这些真话语意双关,是身不由己地说出来的,与任何节制有度的意图的清晰表面相比,这些真话都要隐晦得多。未来的引诱者被引诱了:言词被欲望的引擎驱动,而欲望的引擎躲在诱惑的脆弱操纵结构背后闪闪发光。他曾经试图轻松而优雅地邀请,而现在却变成了祈求,同时暴露了欲望全部的痛苦和脆弱的真情。"我来自爱尔兰"这一句是在托马斯还没有中真话的符咒之前写的:它的邀请是成功的,因为它的掩盖物上没有一点裂口。我们有一个根深蒂固的错觉,如果"好心的大人"打算拒绝她的邀请（他怎么可能拒绝?），那么舞者就会轻盈地、若无其事地回到舞者的圈子里来。现在，在礼物这个咒语的作用下，他要披露真情实况，他承认在优雅的邀请之后有祈求的声音：

> 古老的口中的呼唤，古老的祈求的血迹。
> 爱侣，爱我吧。别离开我。来伴着我。
> 来伴着我，爱侣……

这些仍然保存在诗歌中的古老的言词和声音的分量，并没有带来马拉美式的茫然幻灭；相反，古老的不可避免的失败的记忆随着冒险一起到来，这冒险总是一个又一个接连不断。

  多恩与那种古老的强制性冲动搏斗，演出了一场热烈紧张的游戏；马拉美则巧妙地将邀请掷还其自身，而他自对自地唱着诱惑的歌。在那两首诗中，欲望的轮廓都透过衣服显露出来。但是，这个声音，这个巴勃罗·聂鲁达的声音，找到了不仅揭露真相而且将真相说出来的力量。

  被声音说出来的真相比单纯的强制性冲动的事实更为不祥：当对着所爱的人讲话时，他向内看，在那里，他发现没有一个东西不被他人的力量和他自己的欲望的力量所陶铸：没有一个自我、没有一个地方可据以控制这些言词。他变成纯粹的关系。更糟糕的是，那种关系还是不稳定的，是由诸种对立面组成的：融入其中的欲望与保持距离的欲望、友好与愤怒，以及对于仅仅成为关系的抗拒。愤怒和有罪的指责都指向他人，指向那个女人，是她给他加上一重强制，迫使他承认自己无能为力："是你，女人,才是有罪的",*Eres tú la culpable*。[1]他承认他已经失去了对言词的控制:"我远远地看着它们",他说,"我的那些言语。/它们是我的,更是你的。"还说:"它们越来越黯淡,染上你的爱情的颜色,我的那些言语。/你占据了一切,一切的东西。"

将所有的力量归属于女人(或者,假如是一个女诗人,比如维多利亚·科罗娜[2],则将权力归属于男人),并且将艺术成功的荣誉、将受苦受难的罪责都归于这种力量,这是西方爱情诗中最古老的态势之一。如果这是真情,那它也是极其徒劳无益的。我们可以有充分的理由怀疑,没有一个情人的召唤曾在这些条件下被接受过,没有一个人,无论哪个性别,曾被这些条件诱惑过。我们会一直跟着那个既不说真话也不会撒谎的女人或男人,这个人要求我们当中的一员远去,永远在爱尔兰跳舞。但这种强制性冲动的宣言,无论其多么古旧,都会引诱人招引人走入歧途,这是一种令人不自在的真情,这个真相保证他人再也不能"听到那些我要你听的"。

但最后,在这一首诗即聂鲁达《爱情诗二十首》的第五首里,还是有一些东西被赢得了:

为了让你能听到我,
我的这些言语
时而淡化消失

---

[1] 上一句的西班牙文写法。——译注
[2] 维多利亚·科罗娜(Vittoria Colonna,1492—1547),意大利文艺复兴时代的诗人,米开朗基罗的朋友。她的很多诗是受了其丈夫之死的刺激而写出来的。——译注

像沙滩上海鸥的足迹。

像手镯,踉踉跄跄的钟声
为你的两只手像葡萄那样光滑细腻。

而我远远地看着它们,我的那些言语。
它们是我的,更是你的。
像常青藤它们攀缘着古老的痛楚。

它们攀缘着翻过潮湿的墙头。
是你,女人,有罪于这场血色的游戏。
它们逃出我黑暗的巢穴。
每一句里都有一个你,每一句。

在你之前,它们已栖息在你的孤寂里,
它们比你更见惯了我的悲凄。

我现在要它们说出我想对你说的,
这样你就能听到那些我要你听的。

痛苦的风还在不停地
  撕扯着它们。
梦的风暴仍时时把它们蹂躏。
你在我痛苦的声音里听着别人的声音。

第一章 诱惑/招引

古老的口中的呼唤,古老的祈求的血迹。
爱侣,爱我吧。别离开我。来伴着我。
来伴着我,爱侣,当这一波痛苦来临。

它们越来越黯淡,染上你的爱情的颜色,
  我的那些言语。
你占据了一切,一切的东西。

用所有的言语我在造一只无限的手镯
为你白皙的手,像葡萄一样光滑细腻。

  古老的强制性冲动试图通过招引或恳求打动其所爱的人。但是,真情被说出来了,于是诗歌就走上了歧途,遭遇失败,接着退回到艺术之中。"可惜肉体是忧伤的"。接下来,就到了决定这个东西、这首诗现在是什么的时刻:是纯粹的另外的可能性和自我封闭的梦想,还是关于它的产生的回忆,那是与他所爱的人须臾不可分的。聂鲁达接受了这种回忆,又更进一步:他把艺术作品作为一件礼物回赠给所爱的人;这礼物就是 *collar*[1],即言语的无限的手镯,它是件环形的工艺品,是那只赤裸的手惟一的装饰。由于这些言语既是她的,也是他的,它们回到她手上,成为一种新的意义上的占有;这个表记既不仅仅是手段,也不是中介。他依然设法把那开始了失败航程的欲望的最初瞬间镌刻在这个礼物之上:注意力集中在光洁的手上,手只是被缠绕,而没有

---

[1] 西班牙文,意即手镯。——译注

被束缚。手就是伊甸园里的禁果，苹果也好，葡萄也好，这禁果缠绕着珠宝，而珠宝则吸引人们去关注赤裸的肌肤，关注那些突显而不是遮蔽身体的外在装饰。

尾声：走入歧途的诱惑之词

　　微之到通州日，授馆未安，见尘壁间有数行字，读之，即仆旧诗。其落句云：
　　绿水红莲一朵开，
　　千花百草无颜色。
然不知题者何人也。微之吟叹不足，因缀一章，兼录仆诗本同寄。省其诗，乃是十五年前初及第时，赠长安妓人阿软绝句。缅思往事，杳若梦中。怀旧感今，因酬长句。

　　十五年前似梦游，
　　曾将诗句结风流。
　　偶助笑歌嘲阿软，
　　可知传诵到通州。
　　昔教红袖佳人唱，
　　今遣青衫司马愁。
　　惆怅又闻题处所，
　　雨淋江馆破墙头。

正像某些有时候也传播诗歌的小书一样，诗歌自身也有其奇怪的命运：它们可以播传于人口，被人诵读，被人歌唱，直到诗人和诗人原来的意图从歌唱者的记忆中消失。在很久以前，诗的背景曾经是很清楚的：在宴集上和年轻的男人们在一起的歌女阿软就是那朵红莲，在她的美丽面前，其他所有女人的美都黯然失色。这些诗句是一次逢场作戏的求爱的一部分，是宴集时富有诗意的优雅的一个小姿态。他称之为"嘲阿软"，这个小心翼翼的嘲戏中隐藏着一个性爱的招引。

但是，一旦他把这些诗句交给阿软歌唱，诗句就脱离他而去。谁知道以后它们会怎样被利用：也许，它们会变成一首在这类宴集场合司空见惯的性爱招诱诗，再后来，当这类集会只剩下回忆，也许它们会唤起很久以前的那些性爱遭遇的回忆；随便哪一个歌女嘴里唱这首诗，这些诗句都可能是对她自己的美丽的骄傲宣示，也许阿软唱这首诗，是要提示所有人记住著名诗人白居易是如何称赞她美丽可爱艳压群芳；一个处于迁谪和贬斥之中的人，也可能会充满挑战性地诵读这些句子，从而捍卫自己的价值。也许，有的人甚至会引用这些诗句去描绘真实的莲花。但是，最神秘难测的是，这些诗句究竟是怎么样被题写在那个阴郁而遥远的南方小城通州的墙壁之上。将诗句题写于墙上，就是赋予它们以特别的重要性，是对某种未知情境表示强烈情感的一种姿态，是留给下一个能文懂诗的逆旅的一种暧昧含糊的信息。题诗于墙上，自然是要表达某些东西，这些东西对题诗的那个人来说无疑是很重要的——但那是些什么东西呢？

接着，元稹来了，白居易最亲密的朋友被贬到了通州；他读到了这首诗，颇为欣赏，就写了一首诗讲述在此地发现这首绝句的经过。他将自己的新作连同原诗的一份抄件一起寄给白居易，白居易认出这些新发现的诗句原来就是他自己写的。诗作回到了他的作者手里，然而，正如一个已经长大成人的孩子，他有一些经历做父母的永远无法理解，这首诗现在也已经变了样，变得有点隐晦，有点矜持。而诗人作为这首诗的父母，当失散已久的诗作重又回到他身旁时，也惊讶地发现原来的诗作已发生了那么大的变化。这首诗的新的复杂性表现在许多重要时刻的情境之间的关系，其中有些情境必须隐藏在幽暗处：原初的场景，如今已是遥远的过去；它对于元稹的意义；它从一张口传播到另一张口，犹如一个歌女从一个男人转到另一个男人手里，其间所产生的谜一般的意味。作者无法逃避诗歌要求作者对它进行的关注，但与此同时他也知道，对于这首诗他已不再有控制权了。它已经变得斑驳混杂，很久以前他创作这首诗时的意图虽然并非那么漠不相关，但只不过是这首诗迄今为止所蕴积的内涵的一部分而已。

他重读这首诗时的第一个想法是关于十五年前那个原来的场景，现在看起来，那场景就像一场梦一样虚无缥缈，是这首诗又将他带回到这样的梦境里。原来那个场景的局限性让他着迷：这首诗是一种有动机的行为，简单地把讯息从一个人传给另一个人，他公开宣称有与阿软亲密接触的欲望，但这种公开也仅仅是在宴集这样有限的圈子里，只是应付一下那个时刻的需要。这首诗不属于诗人通常要保存的那一类作品，实际上它只是为那个时刻而写的，当歌唱结束，笑语沉寂，欲望餍足，它也就随着歌声笑声而蒸腾消失掉了。这些赞美阿软的诗句称得上是老生常谈；他谦虚地表示他对这首诗神秘的流传经过迷惑不解，这种迷惑是合情合理的。他强调这首诗多么微不足道，只是宴集之中"偶助

第一章 诱惑/招引

（笑歌）"，而宴集只是社会整体的一部分而已。从来不曾指望这样的一首诗能在中国各地独自闯荡。当一个诗人很认真严肃地写作，并希望对自己的诗作保留某种控制权，他就可能用信息给诗架设一个框架，促使读者按他所设想的方式来理解这首诗，例如，他可能会起一个很长的题目，极其详细地解释这首诗创作的背景。但这第一首诗的背景和框架都失落了；它只是"传诵"，即通过诵读而流传下来，就像有一种客厅游戏，一句话在房间里低声地传来传去，到它返回最初的那个传话者，已经面目全非无法辨认。在这种情况下，按诗的严格格律而安排的词句丝毫未变；改变的只是它们的含意。对某个人来说，它们一定会有某种特定的含意，为此他或她才在通州的那堵墙壁上题写这首诗，而通州无论从哪种意义来看都离诗的起源很遥远。

白居易暂时放过了这个谜，这个谜是诗人最难接受也最难理解的。相反，在诗的第三联中，他只写下那些他能轻易把握得住的时刻。其中就有那个第一时刻，即诗歌最初传播开来的那个时刻，他写好这首诗，高声朗读出来，并让那个可爱的歌女歌唱——但是，当她第一次唱起这些诗句，它难道不是已经开始在改变了吗？在那一刻，这些诗句所表达的就不再是白居易对她的美丽的爱慕，在她的歌声里，这些诗句变成了羞怯无言的骄傲自得和对白居易的爱慕的认可。这首诗所含的他的隐秘心意已经离他而去。与此相对的是与此平行的第二种情形，白居易想象他的朋友元稹如何发现了这首诗，想象元稹会感觉到些什么。在这个地方，在元稹的阅读和白居易对元稹在阅读中的感受会是如何的体察之间，这首诗不也一样改变了吗？只有诗歌的文本及其诱惑的力量是共有不变的，但是每经过一次阅读和朗诵，招引的条件亦随之而改变。

人与人之间的疏离，要比这儿与通州之间的空间距离或者现在与过往十五年前的那场宴集的时间间隔更为深刻，它具体表现在白居易酬答诗的最后两句中：那毫无遮蔽地暴露于风雨之中的字迹，那再也无法追寻的某些已经失落的含意的踪迹。诗不再是元稹将其工工整整地抄下来并寄给白居易的、可以无限重复的文本；诗已经变成了在通州破墙头的一首特殊的题诗。它在那里存在的形象，在风雨中显得破败而疲惫，并不说明文本有混杂多样的可重复性，而是标志着那个无名氏在墙上题写此诗时那无可推测的情景和心境，标志着它的阴郁孤独，这一定与所题诗的含意有某种关系。事实是，墙壁将会破败不堪，题诗被风雨侵蚀毁坏，这不只是失去了诗的一种抄本，诗是可以一遍一遍地抄写下去的；而且，一个感情极端强烈的神秘时刻的最后一丝踪迹也将就此失去，我们永远无法了解这一时刻，只知道它一定通过这些诗句的题写作了某种自我表述。

第二章　插曲：牧女之歌

每一个人都在思考着在别人身上创造一种新的需要，以便迫使他作出新的牺牲，以便将他置于一种新的依附地位，以便诱使他沉湎于一种新的享乐，进而致使他陷入经济崩溃。

　　卡尔·马克思，《(1844年) 经济学哲学手稿·第三稿》

来与我生活，做我的所爱，
我们将会尝到一切欢快，
那是山谷、树丛、丘陵、原隰
林木，或崇山峻岭的赠礼。

我们一起坐在那山石上，
看那些牧人们放牧群羊，
在清浅的水边，和着瀑布
小鸟唱优美的田园歌曲。

我要为你铺就一张花床
用玫瑰和千种花的芬芳，

> 做一顶花帽,做长裙一袭,
> 全都绣着爱神木的叶子。
>
> 用最好的羊毛做件长袍
> 漂亮的羊身上拔来的毛,
> 衬得软软的拖鞋能御寒,
> 纯金的腰带钩金光闪闪。
>
> 稻草和常春藤芽的带子,
> 钩扣有珊瑚和琥珀装饰。
> 如果这些欢乐让你开怀,
> 来和我同住,做我的所爱。
>
> 牧羊少年为了让你快乐
> 每个五月清晨载舞载歌。
> 如果这快乐打动你的心,
> 就与我相伴,做我的爱人。
>
> **克利斯多夫·马洛,《多情的牧羊人致他的爱人》**[1]

在这个招诱之中,有一种让人放松戒备的甜蜜,这个招诱可能是英语诗歌中最著名的。它以所许诺的田园风物(尽管到了最后,就像贺拉斯一样,他献给她的只是诗歌)来换取少女同意做

---

[1] 克利斯多夫·马洛(Christopher Marlowe, 1564—1593),英国文艺复兴时期剧作家、诗人。——译注

第二章　插曲：牧女之歌

他的爱人。可是，这首田园牧歌中有一种悠闲、沉着镇静和直截了当——清晰地表现了它那里（là-bas）的情景——这使得马洛甜蜜的诱饵听起来就像那些古老的无名歌手的招诱。他丝毫没有试图隐瞒这个田园式的伊甸园只是一首诗，只是猜测性的欲望的建构。他描绘出一个草藤带和金带钩与其全身服装形成完美搭配的世界；我们也不能肯定那些鸟儿们可能会唱的田园牧歌只是比喻意义上的。虽然这个诗的世界是无阶级的，我们注意到往那里移民与跨越阶级界限有某种类同性，这不仅因为少女服装上有那些华丽的添饰，而且因为诗中许诺他们可以悠闲地坐着看"那些牧人们放牧群羊"，欣赏那些"为了让你快乐"而专门表演的、而不是作为一个参与式的集体庆典（"来与我一起跳舞，在爱尔兰"）的田园歌舞。

　　诗中的甜言蜜语让人放松了戒备，在放松戒备中，我们禁不住感到不安。这首诗是有力量的，而我们（甚至可能还有它的歌唱者）都冒着受它迷幻的危险。因为它的招诱实在太娴熟自如了，正是这种诱惑的力量激起了一种矫枉过正的不信任。其他用珠宝装饰的田园牧歌很容易就被漠然淡忘，被本能地降低到仅仅是言词的地位；而这首诗却那么无懈可击地呼唤着亚当和夏娃的子孙们，以至于它恳求有一个反符咒，有一些破除迷幻的保护性言词。这一点，我们在同样著名的、相传为沃尔特·罗利爵士所作的《少女的答复》中也找到了。生活在这个世界的古老时代里，有些东西提示我们应该有所怀疑，这首诗的破除迷幻性就是由那些提示构筑而成的。

　　若世间万物和爱都年轻，

若牧人每一句话都真诚,
美丽的快乐会让我动心
去与你相伴做你的爱人。

但时光把羊群赶回羊圈,
当着河水咆哮山石生寒,
而夜莺不再唱它的歌曲;
其余的抱怨未来的忧虑。

百花凋残了,繁茂的山野
向寒冬任性的肆虐屈节;
甜蜜的话语,怨毒的心地,
是空想的春,悲伤的秋季。

你的长袍、鞋、你的玫瑰床,
你的帽子、长裙、你的芬芳,
瞬间破损,瞬间枯萎遗忘,
愚蠢成熟了,理智却衰亡。

稻草和常春藤芽的带子
珊瑚和琥珀装饰的扣子,
这些都无法感动我心怀
使我走向你做你的所爱。

但若青春长在,爱情长青,

第二章 插曲：牧女之歌

欢乐不问日子，不限年龄，
这些快乐能打动我的心
去与你同住做你的爱人。

《少女的答复》是来自诗国的另外一个省份的回答，在那个地方，人们揭露谎言与幻象，从而道出真情；它讲述的是这个世界的冬天，是肉体的忧伤，并对诗中的信誓旦旦投以"坚硬的"[1]一瞥。但是，当罗利说到这个世界的年龄问题时，尽管他机智地抵制了那些虚幻的诺言，他还是像柏拉图一样留下了一个有可能进行辩护的小小缺口。最终，它是抵挡不住这个诱饵的。我们注意到，诗的最后一节是有条件的，是可以允许诗歌证明其自身真实可靠的例外条款。如果符合了这些条件，少女就会欣然同意。就像在古老的民间传说中英雄们被要求去完成稀奇古怪的赢取新娘的任务一样，诗歌中的牧人也被指定了一个举证的任务，这任务是根本不可能完成的，但是，正是在这个提条件的过程中，"希望"变成了对欲望的支持。

少女的答复抗拒了诱惑，但是，它不是断然地拒绝，然后默默地走开。它是另一种诗的言词建构，是作为这个女人的回答，是具有性别特征的他者的声音，它利用对言词的幻灭，来抵御言词一开始所制造的那种幻象的饵钩。她说出了真情，使得由欲望而产生的强有力的艺术形状暴露无遗，使之感到尴尬难堪，并昭

---

[1] 此处原文为 hard，有坚硬、冷硬、冷峻之意，语带双关，既关涉上一章所讨论的欲望冲动，又与下一章所讨论的顽石相呼应。这类双关词用法书中随处可见，只能随具体语境而译为中文。——译注

示其表面之下的空洞无物。她是坚定的,甚至是坚硬的——脑壳很硬,而心肠则未必硬。

在这个既煽起欲望又抵制欲望、既制造幻象又打破幻象的双向运动中,马洛的牧人和罗利的少女表演了一种非常古老的舞蹈。这两场伊丽莎白时代[1]的表演真正是田园牧歌式的,是根据古典模式改造翻新的,其中的少女和牧人在阶级和权力两方面都大致是门当户对的。然而,这类对话的根源可以一直追溯到中世纪时代的牧女之歌,在这类作品中,往往有一个出身名门的男性,某天早晨他骑马外出,试图用甜言蜜语来引诱人群中的一个年轻女子。牧女之歌的第一阶段与马洛的诗大致相当;不过,女子的回答及其结局却有很多种版本。有时候,他的欲望与她的欲望、与她渴求的那种幻象相迎合,而他正是把这种幻象当作通货来使用的。有时候,当她抗拒他所制造的幻象时,甜蜜的面具落了下来,露出了隐藏在表面之下的自然原始的力量,于是她受到了强奸。但是,也有一些时候,就像在罗利这首诗的回答中,女人用破除幻象的语言作为反动力,成功地抵制了他为迎合她的欲望而制造的幻象。

在第一阶段,男人的言词总是以此为根底:假装她在某些方面与他正相般配,假装她也拥有选择的权利;而我们总是看穿这个谎言。他所使用的婉转恭维温文尔雅的言词,只是他的服饰的一部分,是显示其阶级权力的服饰标志的一部分:男性的力量与贵族的力量被掩盖起来,以尊重这个女人的意愿,并有条件地遵从求爱游戏的规则,亦即温文尔雅的规则。

---

[1] 伊丽莎白时代,即伊丽莎白女王一世时代(1558—1603)。——译注

第二章 插曲：牧女之歌

她用平易朴素的语言回答，揭露出阶级和权力的现实，如果在这场温文尔雅的爱情游戏中，她接受了他所制造的平等的幻象，她就要顺从这样的现实。12世纪普罗旺斯行吟诗人马卡布律，从做孩子时起就"被丢弃在一个富人家的门口"，他特别能以上述这两种语言的较量为乐。

> 我前几天遇到一位牧羊女，
> 在树篱边，一个平民出身的姑娘，
> 但她充满聪明和才干；
> 像村姑那样，
> 她披着斗篷穿着外套和皮衣，
> 厚厚的亚麻衬衫，
> 鞋子和羊毛长统袜。

这类出身名门的年轻人，总是处于一种人在途中的状态，他碰巧路过这里，他是一个渔色之徒，一个"荡子"。他遇上一个年轻女子。除了交谈几句话，他们没有别的什么关系。不过，爱情的召唤变质了：因为权力在其中发挥了作用。她总是青春娇艳，妩媚动人，她出身低寒，贫弱无力，这就意味着她是唾手可得的，就像一个中世纪的 *vilana* [1]。在这首诗的各种欧洲版本中，她通常是乱头粗服，乡下人应当都是这样，而那个年轻男子，就像马洛诗中的牧人一样，提议帮她打扮得雍容华贵。马卡布律告诉我们，她"充满聪明和才干"，正如我们自己会听到的

---

[1] *vilana*，普罗旺斯方言，意为农家女。——译注

一样；但是，一开始，他就将她那容纳了这么些丰富内涵的外表缕述了一番，她的每一件服装都证明她是个 *filla de vilana*，即"村姑"。这不是那首文艺复兴时代的田园牧歌，在那首诗中，稻草的带子和黄金的腰带钩搭配在一起，散发出一种时髦的乡村魅力；这是一首现实得令人掩鼻而退的田园牧歌，诗中的女主人穿着厚厚的保护层，以抵御寒冷的侵袭，其外观的粗质简陋与其体内自然本性的新鲜粗放正相谐调。然而，这些服装无疑是温暖有余的，足以使她在下面这一节诗中对他的关心报以尖锐的嘲讽。

> 穿过草地我走到她面前，
> "姑娘"，我说，"娴雅的人儿，
> 寒风撕咬你让我感到心痛。"
> 这村姑对我说，"好心的大人，
> 感谢上帝和那个哺育我的女人，
> 发际的风我无动于衷，
> 此刻我身体康健其乐融融。"

这首诗一开头，他就说"我"如何如何，我们以为诗人是在说他自己，但现在我们看出来了，他一点也不忠于他那一套骗人的话。他向我们展示这个游戏：他玩这个游戏，只是为了从他者那边套出真话来，只是为了试探她。她"身体康健其乐融融"，她的话表明是他本人在装模作样。他装扮成骑士的样子，只是为了套出她的真话来，为了让她展示她的力量。对他的话，她彬彬有礼地应对，而对隐藏于他的关心她是否舒服背后那昭然若揭的动机则忽略不计。她丝毫没有沉默寡言，也不会逃逸而去，因为她的逃逸会让猎人嗅到猎物的踪迹。她也不透露自己对他所表现出来的"温文尔雅"有一种隐秘的欲望，这欲望会令她向兽性自首投降。她立场坚定，化解了他的言语。他又一次努力。

> "姑娘"，我说，"甜蜜的人儿，
> 现在我离开了我走的大道
> 只是为了把你陪伴；
> 像你这漂亮的乡下姑娘
> 不该，没有人陪伴，
> 放牧这么多牲口
> 在这样一个地方，孤孤单单。"

这是在田园似的伊甸园中的魔鬼的语言：外表甜甜蜜蜜，内里却充满恶意，危险的内容，却有很漂亮的包装。他所说的保护，只不过是一种隐蔽得很拙劣的威胁，这种威胁使她想到她的处境、她的性别以及她的阶级都处于弱势。在这个情爱的封建制度中，保护者与掠夺者的角色之间，只隔着一条她迫不得已表示同意的极细极细的线；在对她施加影响的权力方面，这两种角色是完全一样的。她的同意将只不过给人一种双方权力相等的幻象而已。她依然立场坚定，并用言词反击：她既不屈从于威胁，也不让自己相信表面现象，而是揭露他的许诺徒然是空言无凭。

> "大人"，她说，"不管我是谁，

>   我知道什么是聪明，知道什么是愚蠢；
>   那么把你华贵的陪伴
>   用在它该用的地方，"
>   那村姑这样对我讲，
>   "无论谁自以为能得到你的陪伴，
>   其实她得到的只是表面文章。"

我们试图把握在这里发生了什么事，把握权力的威胁与游戏之间那谜一般错综复杂的关系。这里没有一点实在的危险：诗歌只是言词的游戏，是虚造出来的一种司空见惯的文学遭遇，这种事从来不曾也绝不可能这样发生。在更大一些的诗歌的游戏中，男人和女人以言词为游戏，这些言词将权力的争竞维持在游戏状态，胜负未定。然而，隐藏在轻松斗嘴的表面之下的，却是一场紧张的、全力以赴的游戏；只要言词能够掌控在游戏的范围里，力量也就不会失控。

她明白"不管我是谁"（*qui que'm sia* [1]）的现实。这句不讲阶级分别的实话却能揭示阶级和权力之实况：让贵族出身的陪伴者去陪伴出身高贵的人。他只是装作授权给她，任何一个接受了言词馈赠的女人，也只是接受了言词、幻象和表面现象而已。在受到牧羊女阻止之后，他在"不管我是谁"这句话里听出了一种机遇的暗示，于是试着以一种全新而诱人的幻象，来发起新的一轮进攻，假如她接受这种幻象，这幻象就会颠覆她基于阶级立场而作的反抗，使他们所预期的匹配成为一种同类间的匹配。他

---

[1] *qui que'm sia*，普罗旺斯语，意即"不管我是谁"。——译者

改写了她的家谱,以便她与他显得门当户对。但是,她依然立场坚定,并且骄傲自得地宣布她的家世真相,从而将森严的等级制度变得对他不利。

"姑娘,论身份你出身名门,
你的父亲是个骑士,
他和你母亲生下你,
她出身农家却高贵娴雅,
我越看越觉得你可爱,
看到你欢欣我容光焕发——
要是你再和婉一点那该多好。"

"大人,我查考了全部家世
追踪我的血统
只追查到镰刀和犁耙,
好心的大人,"那姑娘对我说,
"既然有人能扮演骑士,
他来扮演我们一定会更好,
一个星期里六天要辛劳。"

她游戏于 faire(行动、劳作、扮演)这个字的多重含义。他扮演骑士的角色,*se fai cavalgaire*,[1]在这个人与这种很适合这个用漂亮言词将自己装扮起来的人的社会角色之间是有分离的。她

---

[1] *se fai cavalgaire*,普罗旺斯语,意为扮演骑士。——译者

和她的乡下亲戚，他们只要劳作（也是 *faire*），只要行动，而不要"扮演"什么角色。她的声音是一种表里如一的声音，没有一点幻象，因为没有幻象的外表，所以她不为诱惑所打动，坚硬得像石头。然而，她的声音，讲出真话的声音，不会是孤零零的；它需要他那种幻象的声音，以此来带出她自己的声音。它需要他那种司空见惯的骗局，以激起它撕破伪装的力量。诗的真实是一种行动，化解虚伪，在一个堕落的世界中回归真实。他的世界依然是一个两面的世界，他的语言暧昧双关：

> "姑娘，"我说，"一个高贵的精灵，
> 在你降生时就赋予你
> 光彩熠熠的美丽
> 任何村姑都无法企及，
> 又赋予你双倍的娇媚可爱
> 但愿我能有一次看到我自己
> 在上头而你在下面。"

她的挑战诱使他以其特有的诗意的双关的方式，说出了希望两个人身体叠合的真话："我自己在上头而你在下面。"这是一个含有色情挑逗的眼色，它把社会等级制度、性别等级差别以及性事体位都结合到一起了。

> "好心的大人，你把我这样夸奖
> 我要成了大家嫉妒的对象；
> 既然你提高了我的身价，你，

好心的大人,"这村姑对我讲,
"分手时会得到这个奖赏:
'待在一边傻看着吧,你这蠢货!'
整个下午你只会一无所获。"

此刻,她向人们表明,假如受到压力,她也会说这种语义双关的话,不过,她的说话腔调略有不同。这里没有什么诡秘的东西,只有一种讥刺,在讥刺中她所用的比喻语言立即暴露了自身的虚诳,表明了自身的空洞。他与她讨价还价,但是他的通货只是外表,只有一种言词的幻象。她加入这个游戏,等价交换,以空对空。她向他展示她自己,同时报以讥嘲:垂涎欲滴地、痴痴傻傻地盯着你那可望而不可即的目标去吧;我向你展现外表、外观、不为诱惑所动的表面。他施压越有力,她变得越坚强。她是不可攻陷的。他把她解读为自然,只等着被他的人类社会力量所驯服。此刻他仍然以言词来讨价还价,不过在言词之外,还许以实质性的交换。她拒绝这场交易,拒绝被人购买,而她拒绝的理由几乎是嘲讽性的:它会损害外观。

"姑娘,一颗拒绝男人的狂野不羁的心
会被男人慢慢驯服。
从这儿路过时我就深知
一个男人会成为'珍贵'的伴侣
伴着你这样的一个村姑
以内心深处的感情,
如果一方不背叛另一方。"

> "大人,一个被狂热紧紧驱赶的男人,
> 才会信誓旦旦、恳求和立保证:
> 这就是你许给我的'敬意',
> 大人,"这村姑对我说;
> "但我一点也不愿做交易,
> 把处女换成一个妓女的名声
> 只得到这么少的一点价钱。"
>
> "姑娘,每一种生灵
> 都要皈依其自然本性:而我们俩
> 将会成对成双,
> 你和我,乡下姑娘,
> 牧场那边有片矮树林
> 在那儿你会更放心大胆
> 做一些非常甜蜜的事情。"

这几节诗的最后一节最为奇怪:它诉诸本性,诉诸藏在衣服底下的生灵相互之间那种没有阶级属性的关系。社会权力有可能调停并败坏这场追求,但是隐藏在引诱背后的动机却是一种不认阶级的欲望。他声称共有的动物本性暴露出来了:生物与其同类配对交配。然而,她依然不为所动。阶级和权力的现实也是真相的一部分,虽然她同意每个生物与其同类匹配的价值,但对她来说,这仍是一个阶级身份的声明。那些有权力的人可以不费吹灰之力而放弃权力,尤其是为了满足当下的条件;而那些落入他人权势网罗之中的人却不会那么轻易地忘记权力。

第二章 插曲:牧女之歌

"你说得对,好心的大人,但这才恰当,
傻子追的是傻对象,
官里人想的是高雅的艳遇,
乡下小伙子求的是村姑;
谁要是失去了身份感
谁就不能举措得当——
古时候的人这么讲。"

她即以他的观点来反击他,更精确地指出了门当户对的匹配的那些特征,这些特征将使得她与他的匹配遥不可及。沮丧之余,他最终恼羞成怒,气话不择口而出,他斥责她的诚实其实是欺骗,她的忠实其实是虚伪:

"姑娘,我从未见过别的女孩,
外表比你更能欺骗人,
心肠比你更为狡黠。"
"大人,猫头鹰替你算好了卦:
有个人正垂涎于那幅图画,
另一个正盼望着吗哪[1]。"

这是一个含义隐晦的结尾,它让笺注家们困惑不已,这是可

---

[1] 吗哪,原文为"manna",出自《圣经》,本意是指以色列人逃出埃及后,在沙漠中上帝赐给他们的食物。后比喻不劳而获的食物或不期而遇的好事。——译注

以理解的。被斥责为"欺骗"之后,她在答复他时使用了一套独特的比喻语言——那种揭示重重遮蔽背后的真情实况的神谕式的语言,那种自然本性的语言。她既没有向他撒一个扯得很圆的谎,也没有使什么暧昧双关的眼色,而是用了一个发人深省的比喻:有个人觊觎着别无他物的外表,盯着绘饰过的表面,还希望有食物从天上免费掉下来,这样人就不需要一周劳作六天了。

在中国版的牧女之歌中,从来不是引诱者说着诱惑的甜言蜜语[1]。相反,倒是歌唱者以女人的美丽形象来诱使我们落入圈套,来引诱听众分享那个出身高贵的过路者所感受到的那种欲望。我们读《羽林郎》一开始就是这样的:

> 昔有霍家奴,
> 姓冯名子都。
> 依倚将军势,
> 调笑酒家胡。
> 胡姬年十五,
> 春日当酒垆。
> 长裾连理带,
> 广袖合欢襦。
> 头上蓝田玉,

---

[1] 关于中国与西方的牧女之歌更为详备的比较,参看桀溺《牧女与蚕娘:论中国文学的一个题材》(Jean-Pierre Diény, *Pastourelles et Magnarelles: Essai sur un theme litteraire chinoise*),日内瓦,1977。

> 耳后大秦珠。
> 两鬟何窈窕,
> 一世良所无。
> 一鬟五百万,
> 两鬟千万余。

冯子都仗着别人的权势行事,他的权力是挪借来的;每一个人都知道他是谁的下属("瞧,那个将军的家奴冯子都来了")。但是,权力是一种传染病。一个人一旦成为权力控制的对象,为了寻求解脱,就会把他或她的顺从传染给另外一个人。在这个传染过程中,小型的等级制度就会应运而生。每个新的一心想当主人的人,都是从他自身的直接主人那里挪借权力,以强迫他人顺从。对拥有控制权的渴望是强制性的,所以,它必须排除那些靠无所谓和"自由"(这其实与我们所说的强制过程中最后的那个否决时刻是同义词)的幻象来发挥作用的力量。冯子都正是这样调笑小酒店的胡姬;正如马卡布律歌中的骑士一样,他把自己的追求装扮成游戏的样子,主要是为了表明这个一心要当主人的人自身并没有被欲求所支配。

小酒店的胡姬被放置在诗的展台上,歌唱者将我们的注意力引向她的外表、服装以及首饰,而这些东西诱使我们觊觎其内中所包藏的一切。她一边对他回报以上下打量,一边品头评足,并就此加入诗中的这场引诱游戏。

> 不意金吾子,
> 娉婷过我庐。

> 银鞍何煜爚,
> 翠盖空踟蹰。
> 就我求清酒,
> 丝绳提玉壶。
> 就我求珍肴,
> 金盘鲙鲤鱼。
> 贻我青铜镜,
> 结我红罗裾。

通过冯子都的双眼,我们已经看到了她的美丽可爱;现在,她回应这个羽林郎,语气中透露出女人的欲望迎合男人的欲望,她还品评了他的举止风度和车马装备,这使我们受到了鼓舞。我们准备向前走去,"前进一步",穿过这片危机四伏的空间,走向对方。酒馆是做生意的场所,预计顾客的欲望在这里将得到明白展示,并且将令人满意地得以实现。接下来,诱惑的礼物进入了交易系统。它是一件物超所值的商品,是一件最为奇特的表记物:一面镜子,在镜子里她能看到自己,就像她被别人看到一样,在镜子里她能看清自己在轻佻挑逗的言词往来和礼物交换之外的身价。

> 我真乐意杀死
> 那第一个造出镜子的人。
> 每当我想起它,
> 我没有更可恶的敌人。
> 她照见自己的那一瞬间

就明白自己价值倾城，
我就再没有机缘享受
她或她的爱情。

伯那特·德·封特多恩〔1〕

镜子拉开了一段无法跨越的距离：他只能站在那里，痴痴地注视着。伴随着他碰到她的罗裙的那个身体动作，同样的一段距离也就同时产生了，因为这个动作亵渎了这个相互倾慕的游戏，它假装只是跨过这个空间而走向对方。他向自己的强制冲动屈服，伸手想抓住那个人，而对方却突然后退，他抓了空。外表变回了纯粹的外表。

不惜红罗裂，
何论轻贱躯。
男儿爱后妇，
女子重前夫。
人生有新旧，
贵贱不相逾。
多谢金吾子，
私爱徒区区。

---

〔1〕弗雷德里克·戈尔登，《行吟诗人的抒情诗：诗选与诗史》(Frederick Goldin, *Lyrics of the Troubadours and Trouveres: An Anthology and a History*)，纽约：Doubleday，1973，页150—153。——原注

伯那特·德·封特多恩（Bernart de Ventadorn），中世纪普罗旺斯行吟诗人。——译注

前进被阻挡住了,被逼退回来了,被羞辱了:投机冒险的想入非非碰上了不为所动的顽固脑袋,这个头脑坚持其所有,坚守着阶级的界限。在这层表面背后有一个人在,她是不可染指的,也是权势之手所抓不住的。

最奇怪的事是,我们居然也为胡姬的抵制、为羽林郎的沮丧感到欢欣,虽然我们自己也已经被卷进去了。在这个欲望和欲望被扑灭的游戏中,我们,特别是这首诗的男性读者,能以哪里为立足点呢?在《陌上桑》这首最为难得、最是可爱的牧女之歌中,有一个答案。

> 日出东南隅,
> 照我秦氏楼。
> 秦氏有好女,
> 自名为罗敷。
> 罗敷善蚕桑,
> 采桑城南隅。
> 青丝为笼系,
> 桂枝为笼钩。
> 头上倭堕髻,
> 耳中明月珠。
> 缃绮为下裙,
> 紫绮为上襦。
> 行者见罗敷,
> 下担捋髭须。
> 少年见罗敷,

脱帽著帩头。
耕者忘其犁,
锄者忘其锄。
来归相怨怒,
但坐观罗敷。
使君从南来,
五马立踟蹰。
使君遣吏往,
问是谁家姝?
"秦氏有好女,
自名为罗敷。"
"罗敷年几何?"
"二十尚不足,
十五颇有余。"
使君谢罗敷,
"宁可共载不?"
罗敷前置辞:
"使君一何愚!
使君自有妇,
罗敷自有夫。
东方千余骑,
夫婿居上头。
何用识夫婿?
白马从骊驹。
青丝系马尾,

> 黄金络马头。
> 腰中鹿卢剑,
> 可直千万余。
> 十五府小史,
> 二十朝大夫,
> 三十侍中郎,
> 四十专城居。
> 为人洁白晳,
> 鬑鬑颇有须。
> 盈盈公府步,
> 冉冉府中趋。
> 坐中千余人,
> 皆言夫婿殊。"

这首诗在这个上前勾引并遭到拒绝的简单游戏之外,开辟了新的疆土。首先增加的是一个为听众准备的围廊,是欲望的最初置换,将人导向艺术所产生的高雅距离:我们听众被置于一般平民百姓当中,既能够注视这个女人,内心充满着渴望,同时又可以嘲笑我们身边那些人所表现出来的欲望。我们已经学会了,也许很不情愿地,满足于站在原地痴痴地注视着。这根本不是简单的心如止水:罗敷的美打乱了社会秩序;看到她路过,干活的人都停下了手里的活;男人们看到她,就想起自己家里的女人不如罗敷那么美丽可爱,于是两口子开始吵架,每个女人对男人的这种欲望都愤恨不已。这种欲望和社会秩序的打乱像传染病一样流播开来,它既是真实的,又是喜剧性的;在内心的喜爱与其不可能性之间存在着一个紧张的空间,人们禁不住在此低声笑起来。这空间是我们所拥有的;它是不可跨越的。每个人都可以痴痴地看着,但没有人上前勾引。在由集体爱慕的距离所构成的框架里,这个女人被巧妙地保护起来了。

这时来了一个使君,一个陌路人,一个途经此地的"荡子",一个有权有势的男人。他越过这个界限。他的勾引照例被断然拒绝,而我们为此感到欣喜。不过,在这种情况下,从这个女人无法打动而又诱人的表面背后发出来的声音,不是以前那个保持清明理智和维护阶级标准的女子的声音。罗敷用言词、用她自己的反幻象压倒了使君,她在言词中描绘了一个权力更大、更为可爱的爱人,让使君相形见绌。她是否真的有这样一个丈夫是无关紧要的:他存在于她的言词中。她以一种欲望的诗歌来与另一种欲望的诗歌抗衡。

第三章　女人／顽石，男人／顽石

在我们待的这个人间剧场中，
我的爱人像个观众那样悠闲：
她注视我，在种种表演之中，
我想尽办法把我的不安遮掩。
有时碰上快乐时节我也开怀，
欢笑中假面像在演一场喜剧。
转眼之间，我从快乐跌入悲哀，
我痛哭，哀伤演成了一场悲剧。
而她注视着我一直目不转睛，
我欢笑她不喜，我痛苦她不悲：
我欢笑，她报以嘲讽，我的哭声，
她付之一笑，更关紧她的心扉。
　　什么能感动她？悲欣无能为力，
她绝不是女人，是无情的顽石。

斯宾塞，《小爱神》，54[1]

---

[1] 斯宾塞（Edmund Spencer, 1552—1599），英国文艺复兴时代诗人，其诗注重形式，讲究格律与音乐性，被称为"斯宾塞体"。《小爱神》是其著名的十四行组诗，共88首，为纪念他向妻子伊丽莎白（Elizabeth Boyle）求爱而作。——译注

第三章 女人/顽石，男人/顽石

……我们想象有一尊雕像，其内部组织构造与我们自身一样，有一个被褫夺了所有思想的精灵赋予了它生命。我们进而设想雕像的表面全都由大理石构成，不允许它动用任何一种感觉；而我们自己则有了这样的自由，可以任意启动雕像的那些感觉，使其感知那些可以感知到的各式各样的印象。

孔狄亚克神父，《论感觉》(1754)[1]

女人/顽石

这是关于石头的第一个故事。受到抚摸之后，女人在肉体上就会俯首听命，她被人洞穿了。抚摸是与众不同的一种测试方法，因为在所有的感觉中，据说只有触觉容不得半点欺骗。如果事情真是这么简单，那么我们就可以将其忽略不论。但是，只在一些短暂而焦急的场合相互碰得到的生殖器肉体，是在整个身体的坚硬和柔软中得到表现的；它变成了一种坚硬的思想意识，在艰难关头它得到了证实，并在我们这个世界的隐喻中成倍地增

---

[1] 孔狄亚克神父（Abbe de Condillac，1715—1780），法国启蒙思想家、神父、感觉论者，写于1754年的《论感觉》是其代表作之一，对后代心理学家有很大的影响。——译注

长。[1]这种坚硬的思想意识最为关注的是其坚硬或柔软尚存疑问的那个性别,而男性则惧怕任何身体的或精神的疲软的可能性。

为人所惧怕并且受到抑制的柔软带有性别的色彩,并被转嫁给女人。在这柔婉的领域里,男性的坚硬要受到测试,并得以证实,而女人的柔软则有待被人夺取,而这种夺取必须是一种积极主动的穿透,是大张旗鼓地行使男性的意志。社会风俗要求这种柔软必须具有一种超越身体的特性:即围绕女人的一切东西都必须是柔软的,正如坚硬被保留作为男性的标志。

每一次对抗性遭遇中的男女区别的重演,都是一个仪式,旨在遏制那个有危险性的反面:女人/顽石,身体和心肠同样坚硬得无法穿透。拒绝她的爱人的女人是铁石心肠,像石块一样坚硬,像冰块一样又冷又硬。在另一个极端的是夺取而不是允许自己被夺取的那种女人,是欲望众多而且对象混杂或者不愿意在情感上被动的那种女人:这样的女人已经"硬化"了,甚至已经变得像金属一样"厚颜无耻(brazen)"。

女人的坚硬有与其相辅相成的反面:男人融化了,变得柔软了,变得虚弱了,变得疲软无力,变得"失去了男子汉的气

---

[1] 即使在难以捉摸的思维世界中,我们也会区别什么是很有活力而又坚硬者,什么是柔软乃至过于柔情似水者。比如我们说,外面的世界是一个"坚硬"(hard,双关语"艰难")的世界;在这个硬科学中,与人文学科的软科学恰恰相反,只有坚定有力,同时避免软弱思维和拖泥带水的论点才能得分(用击剑来作比喻,touché,即"触摸",亦即击中对方);在战争年代,总有一些敌方企图穿透的防线,而游击战由于没有明确的(hard)敌我分界线,就会变成一个泥潭,将整个国家都拖进去;为了避免被消解,我们面临对我们有威胁的思想意识时切切不可心软。

概"。在她冷冰冰无动于衷的注视底下,他可能会成为一个变形者:

> 我的爱人像个观众那样悠闲:
> 她注视我,在种种表演之中,
> 我想尽办法把我的不安遮掩。

这种本该会引起男人身上那种必不可少的坚硬的强烈欲望,被遏制住了,随之而来的反而是柔软和可塑性。斯宾塞把这里的戏剧化看得清清楚楚,这场戏,这个不顾一切地改变外形的艺术,是针对他所爱的人的冰冷坚硬的外表的,徒劳无功地盼着这块石头会软化。她是一尊雕像;他则是一个变形者,他想方设法以各种姿态形状去触摸她,想打开一个缺口去接触她。

在被爱的人的皮肤之上,也发生过相互变化的变形神话:一个故事讲的是柔嫩的肌肤变成了石头,另一个故事讲的是冷硬的外表如何软化,变得顺服。这两段神话双双见于奥维德《变形记》第十卷。[1]首先,奥维德讲到两个女人,即普罗波俄提德斯姐妹,是如何藐视维纳斯的权力。受了轻侮的女神维纳斯施神术让她们变形:普罗波俄提德斯姐妹被赋予了淫欲的力量,成为最早的与男人乱交的女人。于是,她们变得不知羞耻,不会脸红,或者,像奥维德说的,"她们脸上的血凝固起来了",*sanguisque*

---

[1] 奥维德(Publius Ovidius Naso,英语中写作 Ovid,前43—后17/18?),古罗马诗人。长篇叙事诗《变形记》是他的代表作之一。——译注

induruit oris。维纳斯又追加了一个小的变形,使她们变得更为坚硬,直到彻底变为石头为止,才停止了诅咒。[1]

紧接着的另一段神话,讲述的是艺术家皮格玛利翁的故事,他厌恶淫荡成性的普罗波俄提德斯姐妹(这也促使另一位艺术家即奥维德就势染上了厌女癖):

> 皮格玛利翁见过她们,她们在邪恶中生活,
> 她们受恶德驱使(自然把所有的
> 恶德都植入女人心中),因而他过着单身的日子,
> 没有妻子,床上长时间缺少伴侣。
>
> 同时他奇妙的手艺极为成功,他
> 用雪白的象牙雕个美人,没有女人生来
> 这么美丽,他爱上了自己的作品。
> 姑娘那逼真的脸——你会觉得它栩栩如生
> 它渴望被感动,只是被贤淑端庄所阻止,
> 他的巧艺把艺术掩盖得这么好。
> 　　　　皮格玛利翁惊异了,
> 对人体幻象的激情占据了他的胸膛。

---

[1] 这些人石互变的变形神话故事在一个希腊文的双关语中也得到了印证:"诗人的欢欣"是由 laas 即"石",与 laos 即"人"的混合变化而表现出来的,而人则是由丢卡利翁和皮拉扔到身后去的石头软化而形成的。——原注
　　丢卡利翁(Deucalion)是普罗米修斯之子,他与妻子皮拉(Pyrrha)逃脱了宙斯发起的大洪水之后,双双从肩头向身后扔石头,石头变成男男女女,重新创造了人类。——译注

第三章 女人/顽石，男人/顽石

> 他常用双手试探着摸这件作品看看
> 是人体，抑或象牙，他也不能叫它象牙；
> 他吻着它，想象自己被回吻、听它说话、被它牵住，
> 仿佛他正在触摸的手指陷入了它的四肢，
> 只怕被抚摸的关节上有伤痕产生。

在这个故事中，对这个百依百顺的象牙雕像，有许多次触摸、许多次亲吻和许多爱的甜言蜜语（她是多么好的一个听众！）；当他的手指揿压着雕像坚硬的表面，他很担心会不会留下一道伤痕：力量在这里起着微妙的作用，触摸既能穿透坚硬的表面，也会伤害它。他试图去感化象牙雕像，寻找其归顺服从的迹象。她可能"渴望被感动"（被感动之感官上与情绪上的特点，既体现在拉丁语里，也体现在英语里），但她显得被动而正经，即使在他爱抚的刺激下，她的欲望也藏而不露。这个女人纯粹是个表面，而皮格玛利翁的情感，不管多么强烈，却除了想象中的回应之外，什么也没有得到：他受到了一次肉体的反省教育。[1]

这段故事的结局是众所周知的。在维纳斯的节日里，这个艺术家，深受欲望的煎熬，心爱的人的确对他一直"石头心肠"，他向女神祈祷——不是为了这尊雕像本身，而是想要一个与他所

---

[1] 歌德在《罗马悲歌》中这样写道：
难道我不是教育了自己？当我摸清了
爱人乳房的形状，当我伸手抚过她的臀部。
我平生第一次真正懂得了大理石：我思想，我比较，
我用有触觉的双眼注视，用有视觉的手触摸。

塑造的那个象牙女人完全一样的新娘。他本来宁愿要这尊雕像的，可是他却显得 reverentia，即像雕像自身一样"正经端庄"——他的脸皮还没有磨炼得足够厚硬（hardened）——在他的祈祷中，他隐藏了自己的真实欲望，而只托出这个欲望的仿制品。但是维纳斯深知艺术家的意图，正如她能使女人硬固化为石头一样，她也能使石头软化为女人：这个不可穿透的未来的新娘终于顺从了。

> 现在试试，象牙变软了，坚硬消失了，
> 顺着他的手指，温顺服从，就像希米提安的蜡
> 在阳光下重又柔软，柔曲成千姿百态
> 靠拇指的手艺，使它有用于世。

据奥维德的叙述，从此以后他们两个人就过上幸福的生活了。

欲望与艺术之间这个实在过于粗朴的关系是一段令人不安的神话：一尊雕像越过艺术与我们所处的日常世界之间的界限，皮格玛利翁对雕像的触摸，也许太深刻地触动了那扎根于两个世界之中的我们自身的幻想行为：

> 这千真万确，我们所谓丘比特的箭
> 是一个形象，我们为自己而雕成它，
> 并且，多傻呀，把它供在心灵的圣殿。
> 　　　　菲利普·锡德尼爵士，《阿斯特洛菲尔和斯蒂拉》

不管是在皮格玛利翁的神话还是在锡德尼的诗行中，当幻想

第三章 女人/顽石，男人/顽石

的产物不再只是一个表面的时候，当我们在硬壳之下发现另有一个人在的时候，不安也就随之而来了。当她有了生命，那雕像中的人会是个什么样的人，这个问题超出了我们的想象，也超出了奥维德的想象。[1]

它应该令我们感到不安。皮格玛利翁赋予石头以生命的神话提出了一种可能性，这种可能性在艺术中经常出现：艺术创作可能只不过是艺术家的渴望和读者的渴望的象征而已。在一个越来越受压抑的世界里，任何关于这一类令人震惊的满足的暗示，一定都会遭到更有力的抵赖。康德为现代辩护作了经典性的理论表述：真正的美的呈现，只有在所有利益、嗜欲和欲望都缺席的情况下，才会发生。可是我们还是感到饥渴。

要否认我们的欲望，就需要接受巧妙的训导。我们观赏裸体画和裸体雕塑，它们像皮格玛利翁的雕像一样诱惑我们去触摸它，我们得到的教导是只看其形式。而我们的眼睛却被吸引到胸脯、后颈、臀部以及腹股沟。手渴盼着抚摸那冷冰冰的胸膛，或者伸到无花果叶底下，看看在坚硬而冷冰冰的表面的另一面是否还藏着什么东西，是否还有什么东西可以摸，可以捏，可以碰，

---

[1] 约翰·马斯顿改写这个神话时，这个活起来的女人只不过是由一系列充满欲望的身体部件聚合而成的，这些部件是她的欲望的"代理者"，而她的欲望则映照着皮格玛利翁自身的欲望："接着玉臂、明眸、双手、舌唇以及淫放的大腿，/是心甘情愿的爱的淫逸的代理者。"（《皮格玛利翁雕像变形记》，37节）萧伯纳重写这个神话时，由于允许在这个文化"艺术品"背后发现一个大活人，于是这神话立刻就变成反讽了。——原注

约翰·马斯顿（John Marston, 1576—1634），英国文艺复兴时期讽刺作家、剧作家。萧伯纳（George Bernard Shaw, 1856—1950），英国著名剧作家。——译注

也许还可以使之软化，或者使之变得激动兴奋起来。欲望跑到了大理石的性感区域；艺术的训导驱使我们站在一个反躬自省的距离点上，由此可以把握全体（而不是把握某些特定的"身体部位"）。如果雕像能够回过头来看我们观赏时的表情，它所看到的肯定是欣赏时沉着冷静这一无法穿透的外表。[1]

这些就像一场舞蹈中有来有往的动作：梦想着触摸与被触摸

---

[1] 即使是那个最为激烈的禁忌修正论者阿多诺，也时常领略到这种诱惑："艺术中最重要的禁忌也许是那种禁止以动物似的态度对待对象的禁忌，比如，想吞没抑或征服对象于其体内的欲望就是一种禁忌。现在，这样一种禁忌的力量与受到压制的冲动力量是势均力敌的。因此，所有的艺术自身都包含一个它力图要摆脱的消极点……确实，艺术创作的尊严取决于能在多大程度上把利益从艺术品里剔除出去。这一观点还大有讨论的余地。"见 T. W. 阿多诺（Adorno），《美学理论》（*Aesthetic Theory*），C. 伦哈特（Lenhardt）译（伦敦：Routledge and Kegan Paul, 1984）页 16。惟一的问题，我想，在于决定哪一个是"消极点"。"尊严"是一种靠不住的品行，它是绝望的惟一一种文饰。它僵硬得不容许你有半点放纵，即使在其自我否认的痛苦之中。

审美距离并不是艺术经验中否定欲望之惟一可能的途径。靠近和退缩之双重性就刻写在诗自身之中：欲望先是被承认，然后又在嘲讽的坚硬锋芒中被摧毁，正像萧纲（503—551）在《乌栖曲》（之四）中描绘屏风上一个可爱女子的画像：

　　织成屏风银屈膝，
　　朱唇玉面灯前出。
　　相看气息望君怜，
　　谁能含羞不向前？

这是一个被人渴望着的没有深度的外表，是一个诗人明知是幻象的幻象。但是，即使在他嘲笑自己的欲望和无能为力，嘲笑自己无法激活画中人的冷淡忸怩之时，他的呼吸仍然变得急促起来（the breath comes hard）。在爱情的游戏中，他必须从坚硬的表面后面走出来；游戏本来要求两个人参与，如果只有一个人单独玩，那就变成反讽了。——原注

　　T. W. 阿多诺（T. W. Adorno, 1903—1969），德国哲学家、音乐学家，法兰克福学派的主要代表人物。——译注

(触觉是惟一一种真正有来有往的感觉,触摸的人在触摸的同时也被触摸了);或者靠近受到了阻遏,接下来就是退缩和沉思的拘谨或者受到挫折的思慕。这些阶段勾画出了情感神话学的轮廓;情感的运动集中在一个不确定的皮肤表面——一个屏障,一堵墙,一件衣服——坚硬抑或柔软正是在这里接受检验,得到证明。

女人/顽石进入了情感神话学——这个对象抗拒被拥有,抗拒成为欲望的对象,这种坚硬拒绝被穿透,而在这么做的时候,它却赋予欲望以生命。

> 而我的欲望并未褪去绿色,
> 它在那坚硬的顽石上扎根
> 顽石会说话有感觉就像是女人。

这几行诗出自但丁的"石头诗",*rime petrose*,是针对女人/顽石的抱怨。女人/顽石的拒绝支撑着他的欲望和艺术,他违背自己的意愿而扎根于女人/顽石之中,就像某些柔软的绿色植物总能在石头上顽强地蓬勃生长。从她的坚硬不化和他的受阻滞的欲望之中,又产生了艺术行为即诗歌的第二种坚硬现象。纵观整个西方传统,对诗歌技巧的掌握始终是通过雕塑的隐喻来描述的,如贺拉斯的 *limae labor*,即"用锉刀干的辛苦活儿",在中国传统中则比喻为雕虫篆刻。

歧　路

事实上可能是，出现在坚硬塑像中的被爱者的形象并不完全是他者，同时也是自我形象的映现。而且，能出现在这一类镜子中的自我也绝不是中性身份的模型，而是一个充满渴望地目不转睛地注视着他者形象的自我。关于自我与他者之间的界限，这里有相当程度的含混和不确定。其中一条歧路通向艺术家皮格玛利翁变为那喀索斯[1]的那种变形。关于那喀索斯，已故拉丁诗人彭达丢斯写道：*quodque amat ipse facit*，"他的所爱，是他自己所塑造"（比较奥维德写的皮格玛利翁"爱上了他自己的作品"）。另一条歧路见于聂鲁达的诗，在这首诗里，艺术家所创作的没有一件是真正属于他自己的：

　　它们越来越黯淡，染上你的爱情的颜色，
　　　　我的那些言语。
　　你占据了一切，一切的东西。

在这一条歧路上，我们先让雕塑家米开朗基罗来讲一讲：

---

[1] 那喀索斯（Narcissus），希腊神话中的美少年，他拒绝回声女神 Echo 的求爱而受到惩罚，死后化为水仙花。此词因而亦指水仙花。——译注

第三章 女人/顽石,男人/顽石

假如是这样,在坚硬的石头上
人们把所有他人的形象都比作自己,
我就让它变得灰白,常常是苍白,
就像我也被她弄成这样。
因而我曾以我为原型,
打算让它成为她。
人们很可能会说石头
像她,成为我的模型
以她的无比坚硬;
至于其他,我,
憔悴而受人嘲讽的我,只知道
雕刻我自己受尽痛苦的肢体。
但假如艺术能唤起
美丽于岁岁年年,我将乐意
使她青春长在,从而使她永远可爱。

《诗》,109·53

这个雕塑不再是皮格玛利翁式简单的欲望形象:它已经完全变成了另外的东西,这个东西既是自我和他者的融合,又是其混淆。确实,这可能是惟一一个地方,只有在这里,在艺术品没有深度的坚硬外表之下,两性体破裂的两个部分才会遇合,重新融为一体。但是,保留在雕塑之中的他者的这个区别性特征也正是媒介的特征:媒介即是坚硬的石头,它所象征的只是被爱的人与爱她的雕塑家之间的关系。同样,与被爱者遭遇并融合的自我的主要特征,是再现于苍白的大理石之上的苍白皮肤,是因为与她的关系而变形的他自己的外表。每一点都完全存留在他们的相互关系性之中;受到阻滞的欲望之看得见的原因和后果,被永久的不满足捆绑在一起:痛苦扭曲、凝固不动的肢体。

雕像是一个奇怪的东西,对立的双方在此相遇。它既是愿望的实现,又是对实现愿望的无限期延滞。她是坚硬的,*dura*,在这石雕坚硬的外表下,艺术家决定使她的坚硬持续下去,*durare*。他给予这个雕像可爱的外表,这只是一个权宜之计,意在使两个相爱的人永久地融为一体,或者融入于一个表面,这个表面因其永远无法穿透而赋予欲望以永恒的形状。

皮格玛利翁的神话在后代经常被复述;在故事的各种变形中,它总是在到达软化为有生命的物体并"从此过上幸福的生活"的结局之前就偏离了方向。从被阻滞的欲望中产生的石雕,就是那个女人/顽石的形象,被精心打磨修饰。但是,魔法的时代已经过去了;再没有一个好心的女神会俯视人间,去了解艺术家的隐秘欲望,并以软化那不可穿透的顽石表面来回应他的祈祷。艺术品被搁置下来,永远是个半成品,是个未曾实现的隐秘希望——*ars interrupta*:我们被拦在一定的距离之外,我们不能去触摸。(这里有种种复杂的平衡。习俗禁止我们去触摸能触觉得到的艺术形式,去触摸裸体的雕像,但是只要把形式抽取出来,我们就可以打破这一禁忌。在那种情况下,邀请我们去触摸的现代雕塑已经成功地将身体隐藏起来了。)

皮格玛利翁与所有后来的艺术家都不一样,他只需要搞一次艺术创作;他的艺术一旦完成,他就可以因此而一千次地"拥有"这个欲望的对象。后代的雕塑家们创作出成百上千的雕像,诗人们创作了成千上万的诗篇,他们总是试图创造出一个完美的作品,可

是一次也没有达到他们想要达到的目的。正如彼特拉克[1]在《诗集》第78首中说的:

> 皮格马利翁,你应当备受赞誉
> 为你刻的那尊雕像:我只想得到
> 一次的东西,你已得到一千次。

后代的这些艺术家们不可避免地创造了没有深度的表面、平面、仅仅是形象或艺术再现的"影子":

> 把我比作对雕像爱昏了头的皮格马利翁,
> 因为,像他那样,我仍受欺讹。
> 分派给我的只有这个人影,
> 她的实体早已把我的实体剥夺。
> **巴索罗缪·葛利芬,《贞洁多于好心的菲德萨》,25**

这是一件奇怪的事:在"影子"反复产生的过程中,缺席的实体吞食了艺术家的实体。尽管前此有种种覆辙,人们仍然在艺术上不断冒险,而艺术却逐渐摧毁了艺术家:

> 真是不幸啊,虽然我的欲望
> 我曾把它刻画于心灵的丰碑上

---

[1] 彼特拉克(Francesco Petrarca, 1304—1374),意大利诗人,文艺复兴时期人文主义的先驱人物之一,代表作是抒情诗集《歌集》。——译注

> 我却因为我自己的艺术而消亡。
>
> 塞缪尔·丹尼尔[1],《德利亚》, 13

相邻秘室一瞥

看看神如何引领心灵走出石头的洞穴,以及一个几乎大功告成的艺术行为如何由于艺术家软化并充满欲望地回顾而功败垂成。或者,也许这一事件只是铭刻在浅浮雕石上,而诗人却试图赋予这一事件以生命。

> 那是深埋的神异的魂灵的矿藏。
> 像银矿的矿脉,他们无声地
> 穿过沉沉的黑暗。鲜血涌上来
> 沿着根须弥漫,涌向人间世界,
> 而在黑暗中它看来硬如顽石。
> 此外没什么鲜红。
>
> 那儿有悬崖峭壁,
> 和雾霭形成的森林。有桥梁
> 跨越虚空,和那壮阔灰色的暗湖

---

[1] 塞缪尔·丹尼尔(Samuel Daniel, 1562—1619),英国文艺复兴时期诗人,最著名的作品是十四行诗集《德利亚》。——译注

第三章 女人/顽石,男人/顽石

它垂挂在远处的湖底之上
像雨天的天空垂挂于地面之上。
穿过平缓而没有险阻的草地,
一条苍白的小路展开像棉花带子。
顺着这小路他们走来。

前面,一个修长的男子披着蓝色斗篷——
缄默无言,神情急切,望着正前方。
他的脚步贪婪、囫囵吞枣,大口大口地
吞噬着小路;双手垂在两边,
挺直而沉重,从下斜的臂弯处,
浑不觉有一支精致的竖琴
已在他的左臂生长,像一枝
玫瑰嫁接到橄榄树上。
他的感觉仿佛一分两半:
视觉像一条狗在前面飞跑,
停下、跑回,接着又冲出去,
急切地站在小路的下一个转弯处,——
而听觉,像一阵气味,滞留在身后。
有时他觉得这听觉似乎
又转身追上另外两个人的足音
他们追随着他,沿着长长的小路回家。
但再一次,只有他自己的脚步的回声,
或者斗篷里的风,发出声音。

他自言自语,他们必须落在后面;
他大声地说,听着声音渐渐消逝。
他们必须落在后面,但他们的脚步
是不祥的轻柔。只要他能
转过身来,只需一眼(但回眸
会毁掉这整个工程,它即将
大功告成),他就不能不看到他们,
那另外两个人,那样轻轻地跟在身后:

那速度和传递远方音信的神,
他双目炯炯有神头上一顶行人的兜帽,
细长的权杖伸在他前方,
小小的翅膀在脚踝部拍动;
他的左臂,差一点碰到它:她。

一个如此被爱的女人,竖琴中吹出
比所有悲痛的女人更多的悲痛;
一个完整的悲痛世界冉冉升起,于此
整个自然界重新展现:森林和山谷,
道路和村庄,田野溪流和牲口;
在这悲痛的世界里,甚至就像
在那另一个地球上,有太阳转动
和布满繁星的静谧天空,一个悲痛的
天空,也有它自己的污损的星星——
她是如此深受钟爱。

但此刻她走在举止优雅的神身边,
她的脚步被拖沓的尸衣牵绊,
摇摇晃晃,轻举漫步,不急不忙。
她沉思冥想,像一个怀有身孕
的女人,她没有看到前面那个男人
也没有看到那条通往生命的陡峭小径。
她正沉思冥想。死亡
占据了她使她无能为力。像个水果
充满自身的神秘和甜美,
她被巨大的死亡湮没,死亡那么新,
她还不明白死亡已经发生。
她又获得一次新的童贞
而且不容玷污;她的性欲早已禁闭
像夜幕降临时一朵年轻的花,她的手
已经很不习惯婚姻,连神
指路时无比轻柔的一碰
也伤害了她,像不受欢迎的一吻。

她不再是那个蓝眼睛的女人
曾经在诗人的歌声中回响,
不再是宽大的床上的香气和孤岛,
也不再是那个男人的财产。
她已经像长发一般松弛,
像倾盆大雨一般倾泻,
像无尽的宝藏给众人分享。

她已经是根。

这时,突然间,
那神伸出手拦住她,说道,
声音中带着忧伤:他回头了——,
她不明白,轻声答道
谁?
　　　远远的那边,
亮闪闪的出口前面的暗处,
有人站着,面目
无法看清。他站着看
究竟怎样,在草地间这条狭长的小路上
用悲哀的眼神,那传信的神
默默转过去目送那纤小的身影
已经沿着小路回去,
她的脚步被拖沓的尸衣牵绊,
摇摇晃晃,轻举漫步,不急不忙。

拉伊纳·马利亚·里尔克,
《俄耳甫斯、欧律狄刻、赫耳墨斯》[1]

---

[1] 斯蒂芬·米切尔(Stephen Mitchell)编辑并翻译,《拉伊纳·马利亚·里尔克诗选》(纽约:Random House, 1984),页48—53。——原注

俄耳甫斯(Orpheus):见第72页译注。欧律狄刻(Eurydice):俄耳甫斯之妻。她在新婚之夜被蛇杀死,俄耳甫斯以歌声打动冥王,许她复活。冥王要求俄耳甫斯在欧律狄刻走出阴间返回阳世的路上不得回头看她,不得与之说话。俄耳甫斯没有遵守禁令,结果她又被带回阴间。赫耳墨斯(Hermes):希腊神话中为众神传信并掌管商业道路疆界的神。——译注

走入歧途

最好的艺术家无所不能
所有的意图都可以借大理石料
表现,这一点要想做到
只须让手服从于心灵。

我要逃避的恶,要追寻的善良
到你身上都藏起来了,你骄傲任性
的姑娘,女神;因为我不再有生命,
我的艺术与预期效果对抗。

我遇到这个失败过错不在爱,
不在你的美丽、坚硬、倨傲,
不在你或我的命运、运气。
你把毁灭和优美一起藏在
内心,低能的我已被燃着,
却只知道从中只能攫取一死。

米开朗基罗,《诗》,83

"最好的艺术家无所不能,所有的意图都可以借大理石料表现。"这里表现了对高超技艺的骄傲自豪。那双技艺娴熟而且随心所欲的手,完美地传达并清晰地反映了艺术家的意图,并将其从三维的石头上剥离下来,其中含有艺术家所能想象得到的所有内容。但是,正如皮格玛利翁的故事所显示的,艺术行为与人类的欲望并不能截然区别开来。在实现他的意图的时候,有些东西偏离了正道。"Contraria ho l'arte al disiato effett":我的艺术与预期效果对抗。这个爱人是雕塑家,那个女人是顽石,有一颗冷硬如石的心;爱情的可能性存在于那个石头心肠里,但必须将控制那只雕塑之手的艺术意图和艺术才干结合到一起,才能塑造出爱和亲切融洽。但是,不知为什么,雕塑家的高超技艺却没有奏效。

在石头上雕刻是一门冒险的艺术:凿子的每一次凿刻都是决定性的,要么暂时成功,要么彻底毁坏,要么优美,要么毁灭。此刻他说话之时已经历了失败和毁灭,在皮格玛利翁当年的成功之地他已遭遇挫折,他企图将女人/顽石塑造成一个生命体,能够回应他的欲望。这失败反弹到他身上,他不是什么"最好的艺术家",而是一个有缺点的人才,他"已被燃着",情感的力量将这个冷静淡漠善于自制的能工巧匠引入歧途。他缺乏审美距离;他被点燃了。凿子从手中滑脱,大理石料破裂了。

或者说,这个艺术家高举镜子对着自然,这镜子同时也是他自我保护的盾牌。这面反射镜盾牌的表面磨得闪闪发光,照见了美杜莎[1]本人凝视的目光,这目光使她本人也化为石头。这个

---

[1] 美杜莎(Medusa),希腊神话中三个蛇发女妖之一,因触犯雅典娜,头发变成毒蛇,任何人看她一眼都将化成石头,其目光所及之物也都要化成石头。她被杀死后,头颅被割下装在雅典娜的盾牌上。——译注

神话故事有多种多样的变形。

一般诗人们都会责备这个姑娘心肠冷硬；这个诗人却因她冷硬如石的顾盼之火而遭受毁灭之苦。但是，石头是米开朗基罗的媒介，他有信心运用艺术技能来创造体现自己意愿的完美雕像。而在维多利亚·科罗娜身上，他遇到了桀骜不驯而又无法穿透的他者；艺术控制在此摇摇欲坠，而他只能自我责备：basso ingegno，一个"低能的人"，才能不足在此暴露无遗。

米开朗基罗那个时代的艺术理论家经常将艺术家的工作说成是以创造性神力为模型而完成的：艺术家是一位小小的神，创作出诗中那异常的世界，或者从虚空中创作出物质的形式。就像神力一样，艺术家绝对控制全局，他是一个微型的亚里士多德所谓的第一推动者，而这个第一推动者本身却是无人推动的。

但是，在这里表演的不仅有艺术家及其作品，还有另外一个人。让我们想象她正在读这首精心构撰的十四行诗，诗篇以奇异的方式重申了艺术家的绝对控制力：他企图在第一次创造出来的已经独立存在的物体身上进行第二次创造。他甚至连一般的十四行诗人都同意给予其所爱的那种力量也拒绝给她。她的美丽、她的冷酷，或者她以爱情的力量把他管制得服服帖帖的那种能力，要说这些东西没有一点点举足轻重的作用，那就是恶意地赦免她的罪过；对雕塑家来说，冷硬如石的她是个没有生命力的原材料。在她读诗的时候，我们注视着她的脸。我们发现，这首十四行诗在艺术上已经莫名其妙地偏离了其作为一首爱情诗的本来意图："我的艺术与预期效果对抗。"即使是在它对她讲述那个雕塑家爱人在艺术上如何没有取得成功的时候，这个诗家爱人的艺术也没有达到预期目的。

一首爱情十四行诗就是一个不管是真实的还是虚假的求爱仪式中的格式化表记。它的严格形式是男人和女人共同拥有的，在这种严格的语言中，难以表白的欲望能够得到宣示、获得理解，还可以相互妥协。这样一首十四行诗的常见步骤可以安排得恰到好处，使这个爱人的意图暴露无遗，但他既没有创造也不能完全控制这首诗；相反，他学会按照诗的严格规则来说话。于是，这个爱人服从了诗性仪式的共同语言，并向其所爱承认他甘受它的束缚（男性必须温文尔雅地向女性"效劳"和"失去权力"的规则，伪装成是对男性享有的社会权力的一种补偿）。这一类十四行诗的字字句句都是根据作者对她的阅读的眼睛和聆听的耳朵的期待而塑造成形的。

但是，对这个诗人来说，这些言词不仅仅是求爱仪式中的格式化表记；它们还是未加工的坯料，就像一块大理石料，还有待于根据人的意愿削刻成形。对他来说，这些言词不算致词，他无法听悉对方必须如何听闻这些言词。他只是那个与原材料打交道的神圣的艺术家，他掂量着这些言词的属性，而对艺术作品在人类世界中的运作却没有丝毫感知。在盛怒之中，她把这首十四行诗撕成碎片。但是他已经留了一份副本。他打算继续在字斟句酌上下工夫。

作为向另一个人致词的一种行为，这首十四行诗在艺术上是失败了，而它所谈论的却恰恰是另一个比喻意义上的艺术行为的失败。正是在这个未能实现意图的双重失败时刻，这首十四行诗在另一种意义上却成为艺术。我们很容易理解，它从求爱十四行诗那种一目了然的劝诱游戏中撤退下来，却获得了更好的东西；但是，只有同时也对完美地实行这个假冒神祇心中所存的那些艺术企图弃置不顾,这一结果才可能发生。在断言有可能做到绝对控制的时候,它却失去了控制,摇身一变,变成了他根本没有想要它成为的那种东西。它总是受到诅咒,去揭示它没有打算要提示的东西。"我既不能跟王公贵族交谈,/也不能再乞求美丽夫人的恩典"——

这种类型的十四行诗通常以第一句诗而得名:"Non ha l'ottimo artista alcun concetto"[1],意即最好的艺术家没有任何意图。在最强烈地声称有能力控制艺术意图的地方,真相无意间被发现了。那个使所有艺术意图获得力量的双重否定的后半被拖延得太久了。完全的权力与完全失去权力联袂而出。

这种理应要控制艺术行为的意图就是concetto[2],菲利普·锡德尼爵士称之为诗人的"腹稿",即艺术创作已经有了通盘考虑成竹在胸。所有外部的艺术产品都只不过是落实了这种内心思考而已。艺术的这一根本观点适用于雕塑,适用于米开朗基罗所选择的这一门艺术。在雕塑中,外部材料只是一块石料,但它在某种意义上已包含了艺术品有待发现的潜在可能性。女人/石头,那个维多利亚·科罗娜就为他充当了这样的材料,她脸上的表情和她心中的感情,就成了他在她身上所发现的那些欲望的形状。

---

[1] 上引米开朗基罗诗第一句的意大利语原文。原诗头两行是一个双重否定的长句,意思是说最好的艺术家没有任何意图不是在大理石料中所包含的,双重否定的后半部分直到诗的第二行快结束时才出现,诗一开头好像在说"最好的艺术家没有任何意图",这句话无意之间泄露了一个真相,即上一段所说的在断言可以控制的时候反而失去了控制。前面翻译时为了迁就诗行和声韵作了意译。——译注
[2] Concetto,米开朗基罗诗原文所用词,意即意图,期望。——译注

按这种说法,艺术家只是一个使外部材料脱胎换骨焕然一新、而他自身却没有被改变的人。如果他被他者触动,被点着燃烧起来,他的控制力就受到损害,他就可能变成一个拙劣地修补着自己的变化的力不胜任的神。正是欲望的摇摆不定,使俄耳甫斯失去了控制,并回头一看。但是另有一段故事,讲的就是艺术家失去了控制:在对话集《伊安》[1]中,苏格拉底总结道,诗人越是失去控制,他的艺术就越是完美,就像米开朗基罗诗中的艺术家认为艺术家越能控制,他的艺术就越完美一样。苏格拉底的说法有可能被人理解为反讽,按他这种说法,只有避开诗人有缺陷的凡人的意图,让神凭附到他身上来发言时,才会出现伟大的作品。"最好的艺术家没有任何意图。"

一般十四行诗人通常也是这样主张的,尽管在这么说的时候,他也偷偷地企图操纵,企图将他的恋人勾引上床。决定普通爱人如何措辞的被认为是爱神厄洛斯,或者是爱神厄洛斯借以行使其神力的那个了不起的被爱者:

> 我能说或能做的一切
> 都要感谢她,她给了我
> 知识和判断力,由此
> 我成了优美的诗人;而且
> 甚至当我度身塑造
> 我从她身体上得到的甜蜜快乐

---

[1]《伊安》(Ion),柏拉图的文艺对话集之一,假托苏格拉底与伊安的对话,阐述文艺思想。——译注

第三章 女人/顽石,男人/顽石

与得自她心上的忧愁烦恼一样多。

培尔·瓦达尔[1],《歌》

诗人可以声称他的艺术是由他的所爱所决定的,自己无法控制。当他如此这般声言的时候,他已服从了求爱交易中的那些原则;但是,他也可以由此而了解先前的意图和欲望,并赢得他的女人。也许,在这首十四行诗中,也是爱神或爱之女神凭附到米开朗基罗身上发言,他诉说艺术的意图是怎样偏离了正道,如何驱使他以最美妙动听的方式说出不应当说的话。我们不能够判断艺术家究竟是完全掌控局面,还是彻底失去了控制,但是,我们知道,在爱和艺术当中,不能确定是否有完全控制力就是我们滚骰子时不得不下的赌注。

骰子一旦掷下去,就可能往一个方向,也可能往另一个方向滚动。一个决定就将由此产生,它会压制其反面,于是我们就有了一种阐释。但是,随便哪一种阐释,只要轻轻地压一下,就会演变成它的反面。

我们很容易就会卷入权力的问题中去。在每一次声称已被感情所控制的背后,我们都能看到操纵控制的影子,站在这影子背后的,就是操纵着这些操纵的欲望力量。声称有控制力,能不为其所爱所动,结果却变成了失控。彼此对立的双方持续不断地变换位置,我们惟一可以确定的是,不管控制还是被控制,控制本身都是举足轻重的。控制的问题是由与女人/顽石的遇合(若是

---

[1] 培尔·瓦达尔(Peire Vidal, 1180—1206 年间在世),12、13 世纪时法国普罗旺斯行吟诗人,其爱情诗最为著名。——译注

在维多利亚·科罗娜的十四行诗中，则是与男人/顽石的遇合）而造成的。那坚硬的、隐藏真相的表面，那为阻止接触而设置的障碍，不仅是欲望的物理形状，同时也是不确定性和威胁性的具体表现。当爱人被有力地拉向那无法穿透的表面，接着又被排斥驱逐，他就从权力的问题中得到了教训。

艺术创作是这一问题赖以提出的基础。但是，在许多种艺术形式中，都有偏离正道的欲望力量与艺术控制力在拉锯争战，其中，爱情诗的文学技巧占据了一种奇特的双重位置：它既是一种艺术的产物，又是对其所爱的倾诉；它先将欲望的舞蹈转移到其本身的世界，然后再回到我们这个普通的世界里来跳舞。

停顿：幻想达到目的与误入歧途

皮格玛利翁把手按在那坚硬的表面上；米开朗基罗凿出了那个所爱的人的心灵脾性。但是，艺术力量最隐秘的希望是要进入到表层皮肤之下。因此，龙沙曾梦想以维纳斯令人再生的神力，进入那冰冷僵硬的血脉，使冷硬的血脉软化，并按自己的意愿为其定形。

> 一百遍我渴望自己能够变形，
> 变成隐身精灵，这样我就偷偷
> 躲在你心底，将你的脾性摸透
> 是它使你对我这么残酷无情。

第三章 女人/顽石,男人/顽石

  如果在你体内,我至少能掌控
  那种使得你嫉爱如仇的脾性;
  我要将你皮肤下的脉搏神经
  都探清,这样我就能把你看懂。

  尽管你和你多变的心在抱怨,
  我要摸透你的心境你的心愿,
  我要从你的血脉中驱逐冷漠

  让爱情火焰将你的血脉照亮。
  当看到血脉中尽是火在流淌,
  我就变回男人,而你会爱上我。

龙沙[1],《玛莉的爱》

  这首诗写的是一个不折不扣的关于穿透的优美痴想;这是变形者的剧场,最后,女人的冷硬态度迫使变形者变成一个纤细轻灵的东西。如果说米开朗基罗是要雕刻心灵的形状,龙沙就是要穿过皮肤,去调整身体的内部机制,在那里点燃欲望的火苗。这两个人共享这样一种对权力的虚弱幻想:"如果在你体内,我至少能掌控",控制她那乖戾倔强的脾性,进而控制随着她那已经燃起的欲望而来的种种软弱。他的目的是要理解她,理解她的心,理解她的身体。但是,惟有在想象中侵犯她,

---

[1] 龙沙(Pierre de Ronsard,1524—1585),法国文艺复兴时期诗人,也是七星诗社的主要代表。——译注

才能获得这样的理解。这样他就到了一个自我矛盾的边缘,他期盼以强求获得爱情,而爱情又只有当它是自由自愿地给予的时候才成其为爱情。他必须再次现身,以接受他自己创造出来的这份爱情;他必须再变回男人,变成她的欲望的对象,以解除与顽石遇合时的痛苦。但是,这首诗至此戛然而止;诗句都已经用完了,它不敢再对这令人不安的礼物胡思乱想——这礼物即是他者,但此时它已不再是他者,而只是他自身意图的一种建构。这个艺术即使获得了完美无憾的成功,也已经走向其预期效果的反面。

进 攻

当狂野的爱情猛然扯住我的头发把我拽起来

佩特罗尼乌斯[1]

一个女郎走了出来
在圣胡安节的前夜
去呼吸凉爽清新的空气
在海边的开阔地。
她注视着那些船桨

---

[1] 佩特罗尼乌斯(Gaius Petronius, ? —66),古罗马作家,传世作品有喜剧式传奇小说《萨蒂利孔》。——译注

第三章 女人/顽石,男人/顽石

船桨在那儿拍击
桨上全都覆盖着鲜花,
覆盖着橙子花。

一个男士走了出来,
走到了海岸边,
他跟她谈起了爱情
言语温婉华丽。
她回话坚决推拒;
他把她搂进怀里,
生怕被他抓住不放
女郎飞快跑离。

这时出来另一位男士
途中拿她打趣,
男士趁机要拉住她,
抓她玲珑可爱的双臂。
她躲闪着终于逃脱
在途中她遗失了
那副珍贵的耳环;
他们假装在寻觅。

"就让我在这儿大声哭泣
在这海滨之地!"
"它们在这儿。""我看到在那儿。"

87

"不对,它们应该在这里。"

那个女郎正在哭泣,
找不到这些东西
两个男人东瞧西看
想把女郎诓欺。
"就让我在这儿大声哭泣
在这海滨之地!"
"它们在这儿。""我看到在那儿。"
"不对,它们应该在这里。"

"取走这金子吧,女郎,
不要继续哭泣。
因为人间所有的女郎
都是从取得中诞生的;
那些拒不取得的人
总有一天会哭泣
痛哭自己没有取得
当着青春的年纪。"

洛佩·德·维加[1]

我们是顽石;我们"像个观众那样悠闲",无动于衷冷眼旁

---

[1] 洛佩·德·维加(Lope de Vega, 1562—1635),西班牙著名戏剧家、诗人。——译注

观着这出游戏。但是有时候，游戏规则会被打破：女人/顽石被捣毁了；而身处墙壁环绕的长廊里的我们坐立不安，我们知道这不是对随便一个活生生的女人的侵犯，而是对我们的侵犯，是强行击穿那堵介于我们与诗歌之间的安全墙。只有当诗歌按规则游戏之时，艺术的距离才会存在。

我们已经获知，诗歌创造其自身所独有的空间，在这个空间里，言词可以自由进行游戏，不需要拘守我们所处的日常世界的那一套价值标准。诗歌有特许的自由：它不是别的，只是在一个框架之内所有可能性的大游戏，在这个世界里无论发生什么，都应当与我们习惯性的道德判断隔离开来。大多数诗歌在捍卫其特权时，只提出一些宽泛的伦理标准，并希望以这种方式分散对诗中隐秘行为的那种敏感的道德注意力。

不错，在诗歌中，确实有某一种特有的与真实社会分离的空间，某些诗中多一些，另外一些诗中少一点。但是一直以来，这种特别保留下来的诗歌空间只有与这个世界更为普通的空间发生联系时才有意义。浪漫主义批评家们梦想着"奇巧构思"，这是一种纯属随心所欲的、毫无意义的游戏艺术，它无足轻重，却有着甜美的自由；但即使是这么极端的希望，也只有当它成为从充满压制、没有自由的外部世界的最绝望的退缩时，才显得有趣。阿多诺曾说"艺术就是社会的社会对立面"，他的意思与此相近。在一个现实世界里，这些行为是"有效"的，但却遭到压制；在艺术世界里，则准许某些行为原封不动地表现出来，因为它们是无效的。在言词游戏的表面下，可能有一种粗暴野性是游戏的界限差一点就要控制不住的。我们根本不能肯定这究竟是我们日常世界中存在的、而为诗歌所反对的那种粗暴野性，还是在我们日常世界中受压抑、而诗歌却允许其出现的那种粗暴野性。而且，这样展示我们的粗暴是有痛苦的：我们无法泰然自若地指责、压制或者否认那股强烈兴趣，它会立即激起我们身上的社会道德感的反冲力。

有时候，诗歌也会允许游戏中危险的双重性浮现到表面上来；在诱使我们相信这里的一切都很安全很可爱之后，它就让面具滑落。"取走"，诗里那个男人说道，他在做言词游戏，诱引她去获取商品，进而促使她去获取性关系。他的言词游戏道出了真相，但这是关于这个世界种种权力关系的赤裸裸的真相，是一种当我们关注着这个受惊吓、受羞辱、也许还被强奸的海滨女郎时不想听到的真相。

那首诗一开头就温柔地轻轻抚摩着我们的头发："好心的大人，我祈求您，来与我一起跳舞，在爱尔兰。"诗一开始就玩起了爱情游戏和诗歌游戏。但它只是在诳骗我们；游戏变得阴暗起来，终于我们发现我们不是在游戏，而是被游戏了。原来那只轻轻抚摩的手，突然之间一把抓起我们的头发，使劲拽着，迫使我们的眼睛盯住那张咧嘴而笑的脸。在那一刻，它微笑的双唇依然重复着诗中的老话，重复着爱情与诱惑的诗句："花开堪折直须折"。但这些话现在已经变味了，也许其所隐含的真相丝毫未减，但却是一种关于粗暴野蛮力量的真相。

这首诗选自洛佩·德·维加的一部戏剧，开始时它是作为一首民歌，说的是一个年轻女郎在圣胡安节前夜走到海滨。那个突然到来的男士，那个 *caballero* [1]，也属于这民歌的世界；而我们

---

[1] 西班牙语，意即男士。——译注

期待的一场浪漫故事，一段艳遇，结果却以那个女郎的悲伤和被遗弃而告终。男士与她攀谈，我们知道他一定会这样做的，他用"温婉华丽"的语言，这是求爱的语言，是诗歌中那种程式化的面具。

这是一个抉择的时刻，在诗歌的世界里，总是会有这样的抉择。男人提出某种要求，女人则要作出决定。

> 花园中有位姑娘年轻又美丽，
> 陌生的青年男子经过她身旁，
> 说道，"美人儿，你可愿意嫁给我？"
> 作如下回答的就是这位姑娘。

在诗歌的世界里，少有那种说一不二的威严的家长，几乎没有什么强奸，更难得见到什么优柔寡断；欲望一旦爆发出来，在几行之内，它要么实现，要么被导向顽石。诗歌的世界与日常的世界不同，这里有很大程度的自由。

这女郎选择了羞怯；她逃避了他，而他却要"把她搂进怀里"。这时我们虽然还处在爱情诗歌的潇洒自在的世界里，但已经滑到它的边缘了：在爱情的甜言蜜语和姿态的舞蹈背后，不管这些甜言蜜语是成功还是失败，都有一股力量跃跃欲试地想取而代之。他想要获得她，在性的方面占有她，这种占有在某种意义上又不知不觉地变成对对象的物质占有。在这种自由和选择的游戏中，言语试图隐藏或延宕物质的力量，正如宫廷爱情的言语仪式试图掩盖社会关系中的男性权力一样。但是，只有在底下包藏有赤裸裸的肉体时，外衣才成其为外衣。

诗歌欢快的节奏仍在继续,但是这诗中的事件脱离了通常对诗歌世界的预期,此时其风格变得充满嘲讽和不谐调了。这就是转折点,就是需要作决定的时刻。这个女郎没有按照诗歌中男女邂逅的一般规则来对这个事件作出反应:她既不向感情屈服,也不用石头般的语言来阻止他的感情——她跑掉了。她的反应带着恐惧,当她看清了力量隐藏在谎言之下的事实,她是很应该恐惧的。这个猎物嗅出了恐惧的气味。当第二个 caballero 出来阻拦她逃跑的时候,司空见惯的爱情诗的幻象被打碎了,这首诗从此踏上歧途。

　　"年轻的女郎"和"男士"都属于姓氏身份不明的类型,但诗歌表现情爱遇合的幻象时却要求人物身份是独一无二的:某个特定的男人渴望得到某个特定的女人,或者某个特定的女人渴望得到某个特定的男人。只有通过这种特定的选择,才有希望在短暂性遇合之外建立某种关系。这里被掩盖的是一系列取得,是一系列对欲望和力量的粗野展示,这使男人和女人降为可以置换的形骸。第二个姓氏身份不明的 caballero 的出现,脱掉了这一掩盖的面具,向我们展现了这样的一个世界:男人和女人只是各自性别的代表,所有的人都想取得所有东西。

　　现在,那些"温婉华丽"的爱情谎言和罗曼蒂克的劝说被另一种撒谎的语言替代了,这一嘲讽的语言为其有能力撒谎而欢欣鼓舞。这个游戏变成残酷的儿戏:"它们在这儿。""我看到在那儿。"/"不对,它们应该在这里。"她无法从这游戏中逃脱,也无力让他们走开。他们的话是对诗中装模作样地要为心爱的女人效劳的嘲讽。

　　她失去了耳环,或者传统习俗所珍视的另一件东西,那就是珍贵的童贞。如果,如我们所猜测的,她所失去的确实是她的童贞,那么,他们装模作样帮她寻找她所丢失的东西,在诗歌语言的贬值方面又达到了一个新的水平,在他们装模作样的"寻找"中,这个已经死亡的隐喻(童贞的"丧失")又充实起来了。但是在这里正如在结尾一样,也有令人不快的真相:这种丧失绝不是真的丧失,只是一种幻象而已。

一场交易就此提出。她已被羞辱,她的身体降格为一个物体,她身上一件珍贵的东西被人拿走了。意识到在她的身体里确实有个人在,这两个男人觉得必须补偿由他们所造成的她的损失:作为东西的处女膜,作为东西的名誉,作为东西的女人,从她那里暂时偷走的、她作为另一个人的身份。如果力量将围绕它的世界转变成物体,商品交易的规则就试图给充满物体的世界加上一条束缚的法则,让所有这些物体都可能屈服于粗暴野性的力量。他们提出给她金子,用一件贵重物品交换另一件贵重物品。这两个男人第三次玩起了言词游戏,现在他们玩的是 *tomar*,即"取走":"取走这金子吧,女郎。"他们使她降格为物体之后,就会进而完成使她堕落的过程,教唆她加入那个一切都是经济、而性就是取得和占有的世界里。

现在,他们告诉她力量的真相,这个真相诗歌本不应该提示我们,也不应该提示她:她的存在正是来自于取走——某个男人取得某个女人,也许是相互取得,也许是暴力的被迫的取得,也许是为了交换金钱、或地位、或安全感的那种取得。自然并不在乎她的父母是否跳过舞或唱过爱情歌曲。没有那种取得,她就不会在这里被人取得。她不是一个特殊的人:她是这个动物类别的一员,是一个种类——"女郎"——像所有女郎和 *caballeros*(男士)一样,都是从取得中出生的。爱人间的许可和相互回应的欲望是一种脆弱的仪式,我们试图通过这种仪式,从粗暴野蛮而且不自由的自然中赢得某种自由的幻象。但是结局依旧相同,最终我们又回归了自然。

在她降格为一个物体、并被迫亲眼目睹力量的真相之后,选择权就又被送回到她手中:要么在已经堕落的力量世界里甘当一件任人取得的物品,要么投身其中,进行一场经济实惠的交易,为她自己而取得——取得金钱,取得男人,并且在取得的过程中取得快乐,变成铁石心肠。

最后,他们对她唱起了引诱诗歌中那些最古老的歌词:取走吧,趁你现在还年轻,因为一旦你人老珠黄,你就没有任何机会取得什么;商品也就变得毫无价值,就像烂了的水果。爱情诗歌老调重弹,重新回头来收结并构建这首诗。如果我们只读诗歌的开头和结尾,就决不会明白它究竟如何踏入歧途。但是,既然已经随着它走上歧途,我们发现爱情诗歌中那些轻柔的老生常谈已经扭曲,变得丑陋不堪。一旦诗歌甜言蜜语的面具滑落下来,使我们看到面具下的脸,那些光滑的表面就开始具有另外的意义。

> 夫刍狗之未陈也,盛以箧衍,巾以文绣,尸祝齐戒以将之。及其已陈也,行者践其首脊,苏者取而爨之而已。
>
> 《庄子·天运》

> 天地不仁,
> 以万物为刍狗。
>
> 《老子》

第三章 女人/顽石,男人/顽石

喜剧性的插曲

在这插曲中,粗暴野蛮的"自然"袭击了和尚/顽石坚不可摧的表面。

> 檐前朝暮雨添花,
> 八十吴僧饭一麻。[1]
> 入定几时将出定,
> 不知巢燕污袈裟。
>
> 秦系(八世纪),《题僧明慧房》

这个和尚也是一位有意图的艺术家:他的意图是通过入定来超越生死循环,脱逸于自然力的作用之外。他是雕塑家,他正在入定的身体就是他的雕塑。神通广大的维纳斯女神将雕刻的象牙变成柔软的肉体,这个僧人则要把柔软的肉体变成雕石。虽然外形还保留着,但里面一个人也没有:一切皆空。

但是,春天是一个侵略性的季节:万物复苏,郁郁葱葱,充满性感。燕子们是春天的代理,它们在屋梁间作巢,在这里吃喝拉撒,生儿育女,生下一大群小雏燕。寺庙屋檐前的树都开花

---

[1] "八十吴僧"英译作"eighty monks of the southland"。此处"八十"似乎指僧明慧之岁数,而不一定是指僧众数。——译注

了，在雨水的滋润下显得丰饶肥沃，充满美感的树色在湿润中变得更加明丽。这座寺里有八十个和尚，他们都秃着头，身披袈裟，努力湮没其身份个性。他们排成队，吃着粗淡简朴的素斋。诗的头两句要求在两个世界中作出选择：一个是外面的世界，一个是里面的世界，一个是丰饶的、性感的，色彩明艳，生机勃勃；另一个则戒律森严，不分性别，清苦简陋。但是，两个世界之间是有隐秘联系的：诗人描绘和尚时，通常是描写他们做法事时的种种情形，而不是像这样令人难堪地退而描写其动物本性——吃饭。

中国诗歌建立于均衡对举的基础之上：每个步骤从一开始就守候着其结果的出现。吃饭也是有后果的，即使是清苦的一顿芝麻餐——那是很好的鸟食。这可能是我们这位百无聊赖的诗人（他从外面的世界来拜访明慧和尚）在观看这些好和尚们吃饭然后虔诚地入定静修时心里产生的一个想法。也许他想象的是在身体躯壳里进行的那个自然过程：那芝麻正努力穿过体内的消化管道。如果他想知道什么时候他们从入定中出定，那么他这么追问的一个动机肯定是由于这个来客急不可耐，另一个动机则可能来自对自然向内心发出的那些呼唤的反思，而入定应该会使身体对这些呼唤无动于衷。对于梁间的燕子来说，芝麻籽在它们体内的加工消化是很迅速的，一点都不神秘——噗的一声，粪便一次又一次落在他们静坐不动的袈裟上。

诗人在诗的语句中注意到这些，这一事实让人回想起诗的一条原始原则：拉丁文中有一句谚语：*ubi dolor ubi digitus*——"痒处须搔"（用罗伯特·伯顿的译法）。诗的语句也是一个自然过程的结果，它们是以拐弯抹角的方式，从那些诗人所关心的、引人注目的、煽情的东西中得出来的;从他必须抓搔的那些地方,我们看到了诗人的痒处。这里确实有一种奇妙的东西,能够煽起诗人的情感:这个诗人从尘俗的世界来,在这里碰到了这些安然静坐在另一个世界的边缘上、不仅被禁止搔痒(在字面意义上同时也在比喻意义上)、而且甚至期望超越痒的感觉的人们。

像这个诗人一样,这些燕子在两个世界之间穿越,它们从富于美感的春天飞来,飞进这个禁欲苦修的寺院,并与僧袍进行了更具实质性的接触。即使没有那些更坚硬的燕子粪便的沉积,这些来自尘俗世界的侵凌也是一种玷污。从某种意义上说,春天以及春天的燕子是这场遭遇的胜利者,它们将和尚们贬抑为嘲笑的对象。但是,自然的代理者们并没有像吸引诗人的注意力那样轻易地吸引和尚们的注意力。在被弄脏的皮肤和袈裟表面之下,一个佛教的真理也同样获胜了:和尚们确实浑然"不知";两个世界间那无法逾越的界限保存下来了,带有自然的嘲讽的"液态排泄物"也无法触动他们。自然环绕着他们跳舞,试图吸引他们注意,试图穿透和尚/顽石的表面。诗人犹豫不决地注视着,也和着自然的笑声一起欢笑,然而面对他们僵硬如石的冷漠,他却感到困惑不解。

这首诗就像一阵风,而那道介于诗的喜剧性空虚与佛教严肃的空虚之间的界限可能无法发现。幽默暴露了隐藏于所有价值与紧张(包括清苦修行)之下的空虚,暴露得比坐禅那种漫长的苦修更快。幽默是攻击,也是攻击的偏离,它粉碎了由梁间燕子带来的那些义愤和轻微尴尬的泡沫。幽默甚至排遣了那个受忽视的客人、那个来自春天世界的客人的愤怒。我们在界限两边跳舞,一方在躲藏，另一方则在敲门，企图穿越而过，这舞蹈中可能有一些可笑的东西。

抗辩：力量得到抑制

  提出某个观点让别人判断而在此过程中却不因提议的方式本身而败坏其判断是多么困难啊。如果一个人提出："我觉得它美"，"我觉得它不清楚"，或其他与此相似的陈述，他同时也是在引导着他人的想象，要么使之作出与其相同的判断，要么诱使之作出相反的判断。最好是干脆一言不发，那么，他人就要根据事物的本来面目来作判断，这就是说，根据当时的情况，根据事物所处的、提出建议者无法影响到的其他方面的情形来判断。至少，他不会加以干预，当然除非他的沉默也会产生某种影响，作判断的人会随兴致所至，来解释这一类沉默，并据之作出判断，或者，根据他从动作、面部表情或声音语调——就他是个相术之士而言——中得出的推想来作判断。让判断处于它自然的位置而不发生位移是多么艰难，或者再进一步，既可靠又稳定的判断是多么罕见啊。

帕斯卡，《思想录》[1]

---

[1]《沉思录》，拉福马（Lafuma）译本，页529；布隆斯维克（Brunschwicg）译本，页105。——原注
  帕斯卡（Blaise Pascal, 1623—1662），法国科学家、宗教哲学家，《思想录》是其代表作。——译注

第三章 女人/顽石，男人/顽石

在他对这一显而易见的真相的发现中，我们察觉到一种寂静的焦虑：一种想退缩的欲望，而在退缩的每一阶段，这一欲望都意识到退缩如何根本不可能，意识到提出来供人判断的问题如何不能摆脱环境、关系甚至提议本身的纠缠。问题提出之后，即使提问题的人突然从地球上消失，也会对他人的判断造成压力，而且压力也很大。判断是"软"的——一点也没有可靠或稳定的东西——它在两个人相遇的情形中成形。"提出某个观点让别人判断"：他们两个人面对面地站着。在那温软的会腐败的肉体里，早已存在着败坏的因素。然而，像米开朗基罗一样，帕斯卡也不承认他人对他产生的影响力；他只认识到自己的存在对他人产生的影响力。他对自己的力量吹毛求疵，感到很不自在；他想退缩回来，想抽身而退，想藏起自己的力量。他被迫保持沉默。随后他认识到即使沉默也是不纯净的，认识到周围环境如何偷偷介入——十一月的早晨的冷风，他人急急忙忙赶赴约会，纷乱的落叶在脚下旋转。更糟糕的是，他认识到正是由于他保持沉默，所以对他人作决定形成了一股强大的压力，对方紧紧地盯着他脸上的表情、他手上的动作，寻找蛛丝马迹来窥探他的动机或看法。

这里存在着某种类似于企图辩解的东西：至少我并没有主动去干预。他把自己的脸板得冷酷如石、僵硬、不动声色；他试图淡出。他对自己能主动影响他人的能力有绝对的信心；他的自我抑制只不过是这一信心的影子而已。他的这种能力会在运用过程中遭到破坏，但在试图排斥这种力量的过程中，他却发现这力量加强了，而且依然活跃。

他为对自己的影响力有这样的信心而感到骄傲自豪，由于他沉浸于这种骄傲自豪中却不自觉,他很少注意到这种影响力如何在二人的相遇中被消解。很奇怪,他观察到的诸种因素都是不确定的:他给出的看法会渗透到他人的判断中去,但他说不出是如何起作用的,究竟是靠迫使其赞同呢还是使其起而反驳。他人是怎样理解他的沉默、他烦躁不安地抖动着的双手、或者他生硬而没有表情的脸——谁能说得清?这判断绝不会脱离与他人的关系,但也不可能以任何一种确定的方式预知并操纵。这里没有什么是坚定或稳定的:这种相会总是软性的,易受外界影响,它有一个多变的表面,两个哺乳动物在这里进行接触,形成了肉体贴近肉体的关系。

他在这里所逃避的是修辞这一关于人类自信的科学,是他能以言语操纵他人的那种荒唐的信心。也许他部分看出了在固执的尝试与放弃之下所隐藏的错误。想要施加(或不施加)影响的人受制于这一特殊的欲望的程度,超过了他本应对其产生影响的他人可能受制于那些很有影响力的言词的程度,当此之时,还有什么影响可言呢?余下的惟一一点可以确定的是,每一方都在这种关系中并被这种关系改变:没有原因,也没有结果,因为对一个人来说是原因的东西,同时也就是另一个人的结果。这里没有什么是稳定或坚定的。

有个人向你走来。他的声音一开始显得急迫、激动。他有了一个发现,想让你说说你的看法。你听着。你思考这个问题时,他的脸一直很严肃,他一句话也没说,他对于你会说些什么非常关注,生怕他的关注会给你造成压力,使你不肯说出自己的真实想法。你不能不注意到他在退缩。在那个寒冷的十一月的早晨,你从他脸上和快速嚅动的嘴唇上听出的话外之音都有些什么?又是什么意思?那里面一定有某些含义,因为他说的话不期然之间又回到你耳边,在新的情境里——但是,即使那个时候,也还是能够找到一丝痕迹:他一开始说话的方式,以及那一刻它是如何打动你的,以及你迫不及待地逃开,急急忙忙地赶去约会,还有从你脸上掠过的冷风。但是,每一次它再回到你耳边——即使现在,当你想知道,在那时候,在那样的天气里,除了有人在向你说话这个情势之外,还有些什么东西——它都是由某些新的情势引起的,它不可能摆脱将它召来的那种情势。

言词之中可能有某些类似于意义的东西,但这本身并不是真正极其重要的——它只是为这一瞬间、为这次遭遇、为这个关系而将各种情形聚集到一起的一种方式。

而那些诗作:你并不是真的关注它们的意义何在,它们也并不仅仅是审美的客体,不管它们怎样努力以那样一种方式呈现在你面前:默不作声,不动声色,面无表情。重要的是,这些言词用什么方法能够攫住你,拿住你,*tomar*。当它们攫住你的时候,要么,你也许会反抗,并试图逃逸,或者冲上去,以欲望迎合欲望;要么,你也许会躲藏在坚硬如石的表面之下,看着那些言词围在你身边跳舞,想办法吸引你的注意,却装出一副若无其事的样子。在这些言词的另一面,有一种东西就像一个人一样。意义也好,艺术也好——都只是为了掩饰从言词中所含有的挥之不去的亲昵意味中感到的令人尴尬的快感的借口而已。

迷楼：诗与欲望的迷宫

致　词

已故的保罗·德·曼[1]所著《阅读的寓言》一书中关于里尔克的那一章，是他的评论文章中最为奇特而又引人入胜的篇章之一。令德·曼感到不安的，是里尔克诗中充满的诱惑性，是那么多读者心甘情愿地臣服于这种诱惑，让里尔克的声音变成他们自己的声音，是他诗歌中充满诱惑的亲昵的招引，以及隐藏在这种招引之后的那种不诚实。德·曼急于展开自己的工作，即描述与心灵透明度之间的关系已经变得问题重重的修辞机制。但他认识到，他必须首先面对诱惑性这一谜团本身，同时确认这类诗歌所通常占有的地域，不管他多么希望将它们转移到一个较为安全的地方。

不管读者们是一心一意地信任里尔克，还是通过解除诗歌的神秘、明确揭露它的不诚实，从而挣脱他的控制，他们都已经陷入了一种与这个诗人之间既密切而又不同寻常的关系。即使当德·曼攀登到了脱离这种危险关系的一块更加坚实的地面，他也承认他的行动的起因乃是对别人不那么清醒的反应的反动。自相矛盾的是，正是他的强有力的克制禁欲，使他成了关系最为亲密的读者，而他对诗歌的甜言蜜语的抵制则完完整整地勾画出了其

---

[1] 保罗·德·曼（Paul de Man, 1919—1983），美国耶鲁大学教授，著名的解构主义批评家。——译注

第三章 女人/顽石，男人/顽石

诱惑力的形状。他想要像帕斯卡那样，让他人独处一旁，他想让里尔克的诗作能够摆脱它强加于我们身上的一切具有破坏性的私人关系，而独立展示其自身。那大概是不可能的。除了这样的一种关系之外，可能就没有什么东西了，或者说，没有可以从这种关系中解脱出来的什么东西了。没有一个地方让我们立足，可以让我们面对那些提给我们、要我们判断的问题时，作出中立的判断，或者可以让我们谈论"不诚实"。只有我们失落的爱情。诱惑只不过是我们给关于力量的种种幻象起的名字而已——这些幻象或者是关于我们自身的力量的，或者极为迷人，乃至将我们推到一个危险的境地，同时引起对他人动机的不信任，并产生一种逆向运动。

这一类欲望和这一类危险关系，在里尔克的诗中经常是非常地逼近表面。我们立即明白了为什么我们会认同他，明白了为什么意义、美、真、艺术、修辞以及语言全都彻底地无关紧要了。这个诗人身上没有什么东西是足够稳定和足够坚定的，因而就连不诚实也变得不可能了。

> 你，比邻而居的上帝，如果太多次我
> 长夜尖厉的叩门声打搅了你，——
> 那是因为我很少听到你呼吸
> 因我知道：你在里面孤单寂寞。
> 如果你想要点什么，身边没一个人，
> 你按个键，就为你端水服侍：
> 我随时听你召唤。只要一点小小的暗示。
> 我就在邻近。

98

> 只有薄薄的一堵墙把我们阻拦,
> 这多么偶然;有这样的可能:
> 只要你或我口中发一声呼喊——
> 它就会应声坍塌,
> 无声无息,没一点喧闹。
>
> 它是由你的众多形象所筑造。
>
> 你的众多形象,像名字一样站在你前面。
> 一旦我体内的光焰燃起,
> 借着光焰我心深处辨识出你,
> 光焰耗尽,只映出它们的轮廓黯淡。
> 而我的感官,这么快就致残,
> 无家可归,从此与你分离。
>
> 选自:里尔克,《时辰之书》

　　这首诗一开头就是一段口吻亲密的致词,正如诗歌的通常写法一样,开门见山地宣布了这首诗产生的背景、我们所处的位置以及诗人所处的位置。他一开始就为自己找了一个借口,装作很关心的样子,这与我们所能设想到的人与上帝之间的关系截然相反,因此一眼就可以看穿,与米开朗基罗把他的女人的心称为雕塑家未曾雕刻的大理石料相比,这一修辞手段的文采一点也不逊色。

　　在这种透明的伪装中,我们被允许听到一种羞怯和缄默。他不能以自己的名义要求得到上帝的注意,只能假借他人的名义,靠假装关心上帝的骗局或自我欺骗,来鼓足勇气前去敲门。这有没有可能就是我们在里尔克的作品中所看到的不诚实的镜像:表面上他似乎对我们有兴趣,而实际上他只对我们给予他的关注感兴趣?或者,是不是由于他承认了这些倒置以及支配这些倒置的力量的外部标志,使得他根本不可能不诚实?即使躲藏在假惺惺的关心背后,这声音也仍然是羞羞答答、充满歉意的。但是,从它有能力打破缄默并向上帝致词这一点中,我们读到了它的需求的力量。诗歌叙述者的孤独寂寞变成了"你在里面孤单寂寞",而那个"只要一点小小的暗示"的请求几乎无法掩饰,在他自己所声称的看看上帝是否一切正常、是否还需要什么东西的动机背后,原来是他自己需要慰勉。

  他允许我们透过这些言词,看透它们的动机与具体情境。他就像一个剧作家一样,把那些无法骗人的透明骗局摆在我们面前,一个赤裸的身体在透明的纱幕底下依稀可见。如此这般地"看透"之后,我们就被引入了关系亲密之地。这就要求允许我们穿过那层呈现在世界的其他人面前的、并不透明而又充满掩饰性的表面。伪装矫饰和表面文章都是必要的;没有衣服,也就不可能有脱衣的动作。

  致词的形式——作为一种有待穿透的表面的言词——在诗歌的中间部分变成了明显关注的对象:那堵墙可以轻而易举地摧毁,那堵墙只是 durch Zufall,[1] 即偶然地存在。自我与他者之间的这层障碍是不自然的,是多余的,是脆弱的(尽管我们知道,为了获得打破障碍的快乐,这层障碍就必须存在)。那个许诺也

---

[1] durch Zufall,德语,意即偶然地。——译注

是一种欲望。墙的表面是 Bilder[1]，是形象，是图画，是艺术作品——是没有深度的表面。这首诗引出了深度，引出了藏在墙的另一面的人。那些形象被重新命名为"名字"，也就是言词，这些言词似乎既要将上帝的位置取而代之，同时还是这首诗的言词。

在诗的结尾处，纱幕几乎已经掉下来了。颠倒完成了；他承认自己的孤独和需要，"无家可归，从此与你分离"，感官被那层障碍弄得残缺不全，变得麻木迟钝。要求帮助上帝，变成了要求上帝的帮助。《时辰之书》里还有一首诗，一开头也是关切的口吻："Was wirst du tun, Gott, wenn ich sterbe?"[2]（你将怎么办，上帝，如果我死了？）结尾则是："Was wirst du tun, Gott? Ich bin bange"（你将怎么办，上帝？我很害怕）。矫饰被剥去了，衣服被脱掉了，而他依然在大声呼唤，无人响应。皮格玛利翁的雕像一动也不动。

突然转向：幻灭

读里尔克这首诗的时候，我深深被他致词的强烈性所吸引，总觉得诗是专门为我写的。我浑然不知在我周围有一群人正站在观众席上；我忘记了这是一场公开的表演。接下来，我注意到了

---

[1] Bilder, 德语，意即形象。——译注
[2] 此与下句都是德语，意思如括号中所译。——译注

其他所有的人，每个人都像我一样感觉自己被包容在致词的亲密氛围里。我已经被卷入、被背叛。我气愤地宣布：它完全是在故作姿态——它只是一场公开的表演，它是给所有的人阅读的。我作宣布时的那种腔调暴露出一种特殊的不信任：这首诗向我保证它对我特别有兴趣，试图靠这种方式将我套住，我的腔调表明了我对这种方式的反抗。

我们听到他在对着那堵墙讲话时，为自己找借口，矫揉造作，同时提出一些假设性的解释。但是，仅仅因为我们看出了这样的话语是如何构成的，并不能就说它失败了。当然，我们不能完全听信它的自我表白，但是，我们又曾经听信过哪一种话语的自我表白呢？它已经在诗中承认它自己欺骗别人，也欺骗自己；它已经坦率地向我们展示了隐藏和深度的第一结构；如果我们发现了其他的亲密和深度，我们也只是继续被吸引走向亲密而已。或许我们会感觉到我们已经被操纵，被玩弄于股掌之上；于是我们退缩回去，剥下其神秘的外衣，表明其亲密的吸引其实是诱惑的一种手法，揭露其不讲对象混乱不堪。但是，这中间也有了一种关系；我们一点也没有少被它吸引。

为什么他要这样一心一意地引诱我们走向亲密呢？我们已经知道。那是因为我们这些读者对他来说很重要。在这里，他渴望着与所有的人都发生亲密的个人关系；他既是上帝，又是唐璜。[1]这首诗是写给我们的，不是写给上帝的。没有人会发表一首写给上帝的诗。它的读者人数太有限了。而且，上帝也没必要读这样的诗：表

---

[1] 唐璜（Don Juan），西方文学中的一个传说人物，因其风流成性，通常被用作风流浪荡子的代称。——译注

面也好，深度也好，对上帝来说都不存在。

事实上是，即使我们看出那个潜在的诱惑者要操纵我们，即使那个诱惑者相信其操纵是有效的，他在这件事上所投入的精力也暴露出引诱者对我们的需求。在这里，里尔克向上帝的致词是他对我们的致词的影像。我们这边也对那种需求作出回应；我们渴望着他所许诺的亲密的私人关系。诗人展示两个孤独的人，试图跨越言词的障碍。我们发觉自己处于上帝的位置上，在墙的另一边，我们也许被那个侵犯我们的独处却又装做对我们表示关心的人搅得心绪纷乱，也许没有。无论在哪一种情况下，他都是我们的邻居。

这里一无所有，只有关系的舞蹈：欲望、分隔以及对背叛的畏惧。在里尔克的其他诗作中，我们确实发现在其共享的亲密关系中有某些内容更加实在，比如两个相爱的人正在谈话；他们所讲的内容只是一个外壳，言词交易可以以此外壳为舞台而翩然起舞。但是，在这首诗中，舞台上是空荡荡的，除了两个轮番上场的舞者。它做的正是它所说的：它迫使关系形成。它是一首猿猴一样的诗：抓来挠去、到处抚摸、搂搂抱抱、戳戳捅捅。

101 以自己的人称进行写作的作者，有权充当他乐意充当的人或物。他绝不会是个一成不变的人，也不会有什么固定的或真诚的性格；而是根据各种场合进行自我调适，以便合读者的心意，近来的风尚正是如此，对读者他时常要加以爱抚，并且连哄带骗。一切都以他们两个人为转移。正如遇上一场风流韵事或情书交易一样，作者同样也有特权把自己打扮一新，修饰得整洁潇洒，同时殷勤求爱，并努力取悦他向之倾诉的那一方。

安东尼·库柏（舍夫茨别利伯爵）[1]，
《人、风俗、意见及时代的特征》（1711）

关于一个只有嗅觉的男人的梦与寐：男人/顽石

那么，让我们假设一首诗就是一场通过一堵石墙进行的关系的游戏。在这种关系之外，没有一个地方可以立足；除非在这一关系之外不存在任何人。每一种刻意装出来的疏远关系或拘谨矜持（当他的爱人戴着宝石赤裸着身体在他面前跳舞，波德莱尔高悬在水晶峭壁上的灵魂），都只是逆向运动，只是某些来之不易的负面张力的荣耀而已。在这种负面力量的极端处，有可能设想出一个彻底的隔绝，即最坚硬的石头外壳。在顽石之内，一个人将会成为什么，将会梦见什么，只有通过微积分学才能知道；总会有某些无穷小的空间，将我们对孤独的探究与孤独最终臻于完善隔离开来。在这样的空间里，言词还是有可能存在的。

"现在我是，就这么着的孤零零地在这个世上……"

---

[1] 安东尼·库柏（舍夫茨别利伯爵，Anthony Cooper, 3rd Earl of Shaftesbury, 1671—1713），英国哲学家、自然神论者，主张人有天赋的道德感与审美感，可促进个人与社会的和谐，其论文多收入 1711 年出版的《人、风俗、意见及时代的特征》。——译注

> 我本来会热爱人类的,不管他们怎么样。只有当他们不再成其为人类,才能躲得过我的情感。所以,他们就这么着的,成了陌生人,素不相识的,现在终于对我来说什么也不是了,因为这正是他们所求之不得的。但就我来说,一旦与他们、与一切事物分离,仅靠我自己,我又算是什么? 这就是有待我探究的一点。不幸的是,在进行这一考察之前,先要粗略看一下我的境遇。这一想法我必须想通了,才能从谈论他们转到谈论我自己。
>
> 卢梭[1],《一个孤独漫步者的遐思》

"现在我是,就这么着的孤零零地在这个世上","Me voici donc seul sur la terre"。"就这么着的",*donc*,是一个总结性的词语,似乎在对某个正在进行的思考过程作一个结论。这是一个假想性的时刻,它闭合了石头外壳上的最后一条缝隙。然而,在它致词的修辞中,这一"闭合"的事件又将其召回到它目前正在撤退的空白历史中。

这个总结性的词语与这一句子的这种位置是相违背的,此句位于该书的第一句,它作出一个精心策划的姿态,以此来吸引读者的注意,奠定这一次文学遇合的基础。这就是那个从戏剧一开始就已上场的角色,他对我们说着话,好像我们刚刚走进剧场,就听到一段正在进行的独白。

"现在我是,就这么着的":虽然这声音将自己定位于彻底孤

---

[1] 卢梭(Rousseau, 1712—1778),法国哲学家、启蒙思想家,《一个孤独漫步者的遐思》是他与自己心灵的对话以及对心灵的解剖。——译注

独的状态，它讲述的是省察，也邀请我们去省察。它仍然以某种方式陷在关系里——一个动物为了求爱而展示自己，它陈献自己，让人嗅闻，任人眉目传情，它让自己成为人们欲望的对象："我在这里。"而且："现在我是，就这么着的孤零零地在这个世上。"这是对一种处女般的封闭、一种公开亲密的戏剧性宣言，就像里尔克的诗一样——但在这里，这种想得到我们关注的迫切要求是一种真正的自相矛盾，而不是简单的拐弯抹角。他表示这是一场独白的游戏，他说话是要让人听到，却又装作是独自一人；而且这独白中含有所有的独白都有的默契，即实情真话会从独白中显露出来，会从他者的关注的压力下解放出来。在这种独白中，我们发现卢梭的声音所说的正是这样一个问题，即这样一种在与世隔绝中发现的实情真话会是些什么——即使说出实情真话恰恰使他回到了那个他试图抽身而退的关系的世界中。

甚至连这个最低限度的展示也是暗中安排好的；每一次展露同时也就是一次隐藏。头脑中没有问题的活动根本没有必要大声宣明，更不必说自卖自夸了。但是，关于一个人的"真情实况"的戏剧总是一种双重行为，也是一种压制矛盾的行为，在这一行为中，受到压制的负面力量与得到肯定的正面力量是成正比的。

所有的自我展示、尤其是通过语言而作的自我展示的本质就是这样的；被压制的因素总是会披荆斩棘向前，重新浮出表面，不管它的回归方式是多么迂回曲折。对卢梭来说，这个声音宣布自己的孤独越有力，它陷入与他人的关系就越深。这一对因素是相互支撑的，它们随着主张和压制的能量的增长而增长。

被压制下去的因素重新回到表面来，这打乱了符号的规则，这种规则本应通过没有问题的排他性而发生作用。以这种方式表达出来的言词绝不能表达什么"意思";它们在阐释和详细解说的过程中继续尝试,要么掩盖被压制的因素,要么将它安置于某种稳定的结构之内,并以此来控制它。但是,正是那种继续下去的必要性加强了对抗,加剧了不稳定性。即使这段话语变得疲倦,最终停了下来,所有人类的话语都一定会这样的,我们仍会频频回顾它——重新读它,或者开始再一次讲述这段故事。

这样的言词既是诗的言词,又是其他某些东西的言词,它们确确实实说了实情真话,但是绝不说我们希望想说的或者假装要说的那种实情真话。更令人不安的是,它们甚至不说语言应该要说的那一种实情真话。即使被压制的因素从各方面来看彻底击败了表面的因素,获得了最后的胜利,那也只会给我们带来很少的一点不安。这正是弗洛伊德最大的希望:通过被压在下面的一方的胜利,可以消除二者之间的竞争。

但是,弗洛伊德描述了那些贯穿我们的梦的法则,描述各种逻辑关系——排除与包含、条件与因果——如何在梦里一一变成了一份林林总总的清单上的项目条款:"有这个和这个,还有这个。"这几乎就是在描绘这些言词的过程。他将其称之为"梦的作品"的一个要素,并试图在自己的言词中忘记真正的"作品"应该在哪里发生:将这些相互对立的力势和关注的集合组织起来,组成语言对附属、确定以及排他关系的断言;正是这些力势和关注构成了一份心灵的详细清单。

当我们遇到对心灵实况的一般展示时,真诚地进行的、哪怕是最少的一点思考,都向我们揭示了存活于矛盾表达法中的心灵旧货店的全部库存。他面向着听众,诚挚地大声宣布:"现在我是,就这么着的孤零零地在这个世上。"

这一类因素的配对与集合,绝不是纯粹的含糊暧昧。我们甚至可以说这些也确立了一种"语言",但它们是一种规则截然不同的语言,是一种先于肯定或否定的决断而存在的语言,是一种只由各种问题构成的关注的语言。正如在我们通常称为语言的那种模式里一样,这种关注的语言也是通过排他性来表达的——就我们所说的而言,不是通过对那些因素的压制,而是通过漠不关心的态度、通过那些被视而不见或被疏忽遗忘的东西来表达。确实,当这种关注的语言因素被紧紧地捆绑在一起的时候,它们就会比那种无牵无挂的一般语言中的言词更为彻底地让我们忘记在它们周围还有一个其他言词的世界。

在省悟的评注家的那种表面语言、那种决断的语言里,这种关注的语言一定会变得清晰流畅起来——它本来是不稳定的,在力图获得稳定性的过程中,它常常以倒置而告终。比如说,在关注的语言中,卢梭向我们描述了"与他者的关系"及"绝对的孤独";沉思中的评注家可以说:"我和其他人在一起,并不孤独",或者说:"我孤独一人,没有和其他人在一起",再或许说:"我曾经和其他人在一起,但现在我孤独。"或许接着说:"我与其他人的关系迫使我选择了孤独。"他可以给我们描述孤独以及与他人之间的关系的所有变化形式,就像他在第一次"散步"余下的过程中所做的那样。这个沉思中的评注家所作的那些特别陈述和所提出的一系列宣言,确实对我们有影响,但他们的连续性、他们的可变性以及他们大声的坚持,都将我们引回到那个痛苦的时刻,这个痛苦的时刻先于这种表面语言而存在,而这种表面语言是为了它而存在的。在表达的过程中,心灵中确定的内容通过语言来传达交流,但是,它躲避意义,躲避所有在语言"之中"能找到的东西。

"我本来会热爱人类的,不管他们怎么样。"由于在矛盾中开始的,他现在又开始把会使针锋相对的因素彼此离散的那些解释编织到一起。他使各种关系变形——"本来会热爱",这是一个有条件的与他人的关系,是一种未实现的可能性,它再次坚称一开始的那种孤独状态目前依然未变。在这个解释的行为中,另外的一些因素受到吸引,加入到这一组主关系之中:爱与恨、应该与不应该。"我本来会热爱他们的",这里有欲望、愉悦和痛苦、负罪感和自我开脱。"只有当他们不再成其为人类,才能躲得过我的情感。"那些他人否定了他们自己;他们正期望如此。这里讲述的是一段有关受挫的爱和拒绝世界的孤独的故事。

我们一定不要忘记别人正在向我们致词——不管这种致词的力势可能会变得多么扭曲。他的抱怨对象也包括现在正在阅读他的我们吗?他在责备我们吗?在受责备时,我们应当为我们曾经对他漠不关心的那段历史感到羞愧吗?我们要走向他并请求他允许我们出现吗?或者我们是不是太坚硬了?这同样也是矛盾的表现:在被贬低为虚空的同时,我们也在被召唤回到他身边。

他操纵着这一致词行为,为了替我们打开一个空间。我们从一开头的"*me voici donc*"(我在这里,就这么着的),来到"*les voila donc*"(他们则在那里);通过将他们放在"那里",他就使我们有可能将我们自己与他们分别开来,使我们从他的排除名单中排除出去,而且与他在一起,孤独地在这世上,除非我们对他的态度又变得冷硬起来。他对在那里的他们毫不含糊地给予责备,以此来让我们确信他是不想与所有他者分离的。也许他疑心我们会怀疑他厌恶人类,疑心我们会从他的爱的宣言中读出某些强压在心里的怨恨和轻蔑。他根据我们的目光来推测他自己,他的心灵核心中那一副怨恨他人的模样,他看得比我们更清楚。他必须再次让我们确信事实并非如此:"我本来会爱他们的。"他说道。

每当看到自己被人看见,每当听到自己被人听见,他都在他的言词中痛苦地扭动着。在这个世界的目光下,他感觉自己仿佛赤身裸体,而他人却"把自己藏起来"。不知不觉之中,而且满不在乎似的,被爱者已经抚摸过裸露的肉体上那深深的伤口:只有强烈的疼痛感,但抚摸的快感作为一种失之交臂的可能性却依然存在。受伤的记忆与错失的快感的记忆,这两种感觉成分在疼痛的一摸之后都经久不消,两种感觉同样强烈,又互相强化:"j'aurais aimé"[1](我本来会热爱的)。

他假定存在着一个放松解脱的形体。他想象如果完全被包藏在石头中、包藏在孔狄亚克说的那一尊自觉的完全与世隔绝的雕像里,这形体会是怎么样。"但就我来说,一旦与他们、与一切事物分离,仅靠我自己,我又算是什么?"这是最纯粹的一种假设;他们仍然在幽暗之处环伺着他,折磨着他,迫使他一直说下去。

低语。

---

[1] 法语,意思如下句所译。——译者

即使只剩下低语。

香气。
即使只剩下香气。
但剥去我身上的记忆
和旧日时间的颜色。

痛苦。
面对痛苦,神奇而充满生气。

努力。
以真正惨痛的努力。

驱走那些看不见的人
他们总在我房子四周走来走去!

洛尔加[1],《一座雕像的渴望》

走出里尔克之室的另一条路径:画壁的崩塌

"只有薄薄的一堵墙把我们阻拦,……它是由你的众多形象

---

[1] 洛尔加(Federico Garcia Lorca, 1898—1936),西班牙诗人、剧作家、兼通音乐和绘画,1936年,因参加马德里反法西斯知识分子联盟,被杀害。——译注

第三章 女人/顽石,男人/顽石

所筑造。"我们都愿意替这段石头的故事设想一个不同的结局。由于死亡或者人类的健忘,那个人彻底退到了坚硬的外表背后,余下的只是映在平板表面上褪色的形象而已。

有一位唐代诗人观赏前代画师的一幅画作。他要用题画诗的那一套老生常谈来表达对它的赞赏,并对这件艺术作品像皮格玛利翁的雕像那样获得生命感到十分惊奇:它被赋予了某种超越了平淡的逼真和立体的乱真效果的生机勃勃的力量,从它的平面中破空而出,而进入观画者的世界。但是,如果这雕像碎裂成片,丢失了一部分,或者这幅画褪色了,污损了,破碎了,它的材料的底子就暴露出来。就像一个凡人一样,这件艺术作品突然得到一段来历——一个闪光的成功的过去、一个颓败的现在以及反思这种今昔悬殊的场合。然而诗人也会注意到,尽管褪色、破碎或者材料的其他改变不可忽视,艺术的本质依然存在,并且,很奇怪的是,一点也没有减弱。诗人甚至正想知道,在这样的一件艺术作品中艺术究竟在哪里——一只翅膀断裂了或者画中的羽毛变得灰黯了,这会影响属于艺术本质的那些方面吗?

诗人发现艺术的物质成品不是永恒的:他发现艺术的本质并不随着其材料受侵蚀而蚀坏,而是一如既往地深植于材料之中,必须随着画作材料的消失而消失——至少是从这个世界上消失。在这个悖论之中,又加入了更多的复杂性,那就是这样一幅褪色的画的主题可以是一组鹤、是神仙们养的仙禽;再考虑到如果这些画中鹤来自像薛稷这样的画师的壁画,我们就会期待着它们获得生命、破壁而飞,变成真正的仙禽——我们已经听过许多这一

类有关画鹤的故事。我们面临着一种艰难的状态,而对于善写艰难状态的大师级诗人杜甫来说,这正适宜他施展身手:

> 薛公十一鹤,
> 皆写青田真。
> 画色久欲尽,
> 苍然犹出尘。
> 低昂各有意,
> 磊落如长人。
> 佳此志气远,
> 岂惟粉墨新?
> 万里不以力,
> 群游森会神。
> 威迟白凤态,
> 非是仓鹒邻。
> 高堂未倾覆,
> 常得会嘉宾。
> 暴露墙壁外,
> 终嗟风雨频。
> 赤霄有真骨,
> 耻饮洿池津。
> 冥冥任所往,
> 脱略谁能驯?
>
> 《通泉县署屋壁后薛少保画鹤》

第三章　女人/顽石，男人/顽石

薛稷（649—713）[1]是杜甫祖父那一辈的大文人、大画家之一，他在贬谪途中经过通泉县，留下了这一遗迹。他的文学作品已不再流行，佚而不传，只有他的画还保存了下来；现在这些画也褪色了。薛稷偏爱而且尤工画鹤。鹤这种仙禽体现了一种超脱日常世界中常见的忧虑、痛苦以及屈辱的自由。和皮格玛利翁那尊象牙雕刻的女人像一样，这些仙禽是薛稷的欲望的具象化。杜甫可能也在这些仙禽身上看到了他本人欲望的化身，但他碰见它们的时候已太晚了，它们已经颓坏了。它们从来没有破壁飞走。

杜甫是从计数开始的——十一只鹤，全都是对青田鹤的忠实描绘（"写真"，照字面讲就是"图写其真貌"）。我们也许愿意将其视为关于仙鹤的一个随意用典（且不管那个如何才能尽善尽美地描绘一种传说中的仙禽的令人困惑的问题），而将其略过不提。杜甫精确地列举鹤的只数，并强调描绘的都是青田鹤，而杜甫用典中所提到的那个传说故事同样也一点不含糊：只有两只鹤居在青田洙沐溪畔，得到神仙的养护；这一双仙鹤年年孵下一窝雏鹤，它们长大后便飞走，只有父母双鹤留在那里，始终困守在这么一个地方。即使算上一年中所孵生的，这幅画中的鹤也太多了。我们也许想知道，在中国传统中有各种各样传说中的鹤，为什么这些就一定是青田鹤。也许，使这些绘画艺术中的禽鸟像青田鹤的，不是其只数，而是其在原地困守的特点：它们是神仙们畜养的驯服的禽鸟，或者说，画出来的这些禽鸟被画师的手固定

---

[1] 薛稷，字嗣通，蒲州汾阴（今山西万荣西南）人，初唐诗人、画家、书法家、官至太子少保，故世称薛少保。——译注

在那里，它们志存高远，但却毫无希望，无法挣脱束缚飞向那里。在这首诗的展开过程中，我们发现壁画中的这些鹤，像青田鹤一样，是与其他那些不受任何拘限、未被驯服、腾空而去的鹤相对立的。

　　成对的语词是一目了然的：艺术的固定性与生物的活动性及其趋向生命的软化相对立；约束限制与没有遮拦的自由相对立；还有，在这里很奇怪的是，易朽的艺术品与艺术品所表现的对象（或者说，可从艺术品中分离出来的、在坍塌的墙壁之后隐入无形的艺术）的不朽之间的对立。杜甫很关心地要我们注意"真"的东西："真鸟"（原文作"真骨"），它们在诗人和画家眼力所不能及的高高云霄之上，那是属于"真人"也就是神仙的地方。

　　画中鹤也许是仙禽的完美的写照，但我们强烈地意识到，将这些禽鸟固定下来的材料是容易损坏的。画面明丽的色彩消退了："苍然"，一种灰白的颜色，将年光流逝的过程与明丽色彩的暗淡联系在一起。然而，它们犹然"出尘"，即"屹立于尘俗之上"，这个词语本意为出类拔萃，在这里却变成其字面的意义，因为这些画中的鹤依然从墙壁的尘垢中展露身形，依然从这个人间世界的尘土中升腾而起，冲向纯洁不朽的高空。这也是本诗主导性的矛盾：作为物质材料的绘画已经毁灭，而深植于这种不能永久的物质材料中的艺术作品与动物形象却永久流传。

　　伟大的画作中所画的动物，有一种能够超越画家所给予的固定姿态之外的独立性：它有自己的欲望和意图，超越了人类的欲望和艺术的意图，而正是这种艺术意图创造出了画中的动物。画中的鹰与画作干瘪的平面搏斗，尽力要挣脱出来，去击杀猎物，*真正成为一只鹰*。这些鹤有伟大的画作中常能见到的那种独立自主性，还有某种东西，使它神秘地超越了任何反抗画幅囚禁的单纯的艺术自主性。这些鹤超然出尘，对画作的固定性及其物质材料的易朽满不在乎。它们志存高远。

  画中鹤可能一点也没有注意到这样一个事实，即从经验上说它们正在消解；但是，我们和诗人却不能与它们引以为荣的漠然置之相互呼应，我们还是必须注意盘旋不去的画中精神与其物质条件之间的对比。我们迷恋鹤在艰苦条件下的那种高贵姿态，迷恋古代儒家"固穷"的道德准则，迷恋那些画中鹤，它们的精神是一股指向其他地方的力量，即使其形式在一堵普通材料的墙壁上褪色消解。此刻，杜甫认识到，在这幅作为物质材料的画中，不管真正的艺术在哪里，它反正不在物质材料之中。它在"粉墨新"之外。

> 低昂各有意，
> 磊落如长人。
> 佳此志气远，
> 岂惟粉墨新？

  一次远离和消退，似乎对应着另一次远离、另一次飞离这个满是尘土的物质世界。不管这些成对的远离是在杜甫的想象中发生的，还是在对前景的某些幻想中发生的，这些鹤现在似乎都在离开我们，退入画面背后那些非物质的空间里，轻松透迤地展开万里前程。这飞行毫不费力，是一种精神的运动。它们消失在远方，与白凤这种从未被我们见过的鸟儿融为一体，从此离开了将它们与凡鸟紧紧拘系在一起的画作平面。

这些鸟儿已经远逝——在精神上——但这些正在瓦解破碎的画作还在原处。我们考虑一下这空落的物质实况。县署高堂的屋顶塌陷了；壁画暴露了出来。我们并没有看到神仙，看到的只是一个困陷于时间之内并且有着自身历史的东西。这些画中鹤是在中国西部一个小县城的县署屋壁后发现的。它们的超然态度，曾经使那些贬谪到这片穷乡僻壤的帝国官员们想到这个尘世发生的种种事件都是无足轻重的。那时候，粉墨还是新鲜的；描绘的画面与慰藉人的作用也都一目了然。如今屋顶塌陷了；画中的某些东西似乎非常容易消亡。这个对肮脏世界的力量的肮脏证词使得其慰藉作用更难发挥出来了。

这些褪色的鸟儿是"写真"，即忠实的复制；那些身在暗处、在看不见的高空的鸟儿是"真骨"，即真正的鸟。这些真骨真实并不是原型青田鹤，那些原型是驯服的，它们固定在一个地方、一个像洙沐溪那样的"洿池津"。真正的鸟不是这个破败的墙壁上摹画的那些惟妙惟肖的鹤。这些日渐褪色的画鹤摹仿的是这个世界，形貌依然可见；而真正的鸟是看不见的，它们在幽暗的空中，也可能是在那种笼罩壁画并使之暗淡褪色的幽暗之中。

薛稷在贬谪中来到这偏远之地。他在这个县署屋壁坚硬的墙面上留下了他的欲望的图形。这幅画不像皮格玛利翁的作品，而像我们这个尘世中普通雕塑家和画家的那些作品，它从来没有获得生命。他继续画着他的鹤，一遍又一遍，困于重复之中。数十年之后，这些鹤依然色彩明丽，它们的形状迷惑了每一位漂泊路过此地的官员，使他产生希望，他梦想这些鹤就像传说中的那些鹤一样，会破壁飞出，并带上这个疲惫困顿的人一起飞走。此刻，杜甫经过这个遗迹，看到了这件艺术品以最令人困惑的形式

体现出来：因住仙禽的坚硬墙壁坍塌了，这些鹤从这个世界遁逃，退入缥缈太虚，退到那个"志气所向的遥远地方"。

米迪尔下象棋赢了埃俄基德国王，他得到了伊丹的一吻，这是比赛的赌注。就在那一瞬间，他和伊丹变成了一对天鹅，穿过国王大殿的烟道，腾飞而出，回到了仙国。

第四章　置换

> 成礼兮会鼓,
> 传葩兮代舞。
> 姱女倡兮容与,
> 春兰兮秋菊,
> 长无绝兮终古。
>
> 　　　　《礼魂》,《九歌》之乱
> 　　　　（公元前4—前3世纪）

　　仪式依然如故,同样的歌,同样的舞,只是一组舞者让位于下一组舞者,每一次从表演者手中传递过来的花枝上,都还存留着退下场的舞者手心的温热。位置的交换虽然就这么简单地完成了,但它却促使这首仪式性的歌曲确认了转换的那一瞬间;这首歌曲庆祝并建构那个在更大的圈子内持续不断的自然变化与交换的瞬间。我们立即体会到在这首歌曲对自然永恒与仪式永恒的庆祝中,还隐藏着什么忧郁。舞者的花枝依次传递,这一行为提醒舞蹈的参与者,同时也提醒观众：跳舞的那个人并不就是舞蹈,而且算不上舞蹈。填充舞者角色的那个人只不过像一种有机材料,填充了应时鲜花的可爱形式而已。

第四章 置换

在置换的这一瞬间,求助于仪式角色的永恒性,并将其与变换位置的个体区分开来,这种做法是习以为常的。这种求助保证位置变换在遇到反抗和犹豫之时能够顺利进行:退下场的人有失去位置的痛苦,新上场的人穿着这么晚才出名的舞衣一点也感觉不到舒服,而是感到忐忑不安。那些歌者既默许每一个体空洞无力地要求得到自己的位置,又默认放弃这种要求的必要性,这首歌曲中忧郁的回声,就隐藏在这种默许和默认之中。

当一首歌曲求助于这种必要性,它就削弱了开放的可能性和对未定结局的争竞。同样,当一首歌曲给两个人分派各自在仪式性交换中的固定角色,它也就削弱了各自独立的个体之间那种极其私人化的关系。在他们心中,退下场的人和新上场的人相互争夺这个位置,做出种种彼此爱慕、嫉妒、恫吓以及竞争的姿态。接下来,在争先恐后地参加表演的这场仪式中,这首歌曲正是他们所必须表演的,他们要歌唱这个仪式循环往复的永恒性,歌唱他们同样自愿在这一重复的机制里扮演各自的角色。个体之间的争竞被压制下去了,即使在个体当行本色、流畅自如地表演轮换的动作时,也只有在其忧郁的回声中,才能找到争竞的蛛丝马迹。

置换事件将先驱者和新来者联到了一起:此时此刻,他们各自的身份都在与他人的关系中得到了确认。在新来者既敬畏又嫉妒的记忆中,在那些看到了前后两方并对他们有所比较的人的记忆中,先驱者依然活着;新来者总是在先驱者的阴影下展现才艺,并且知道,既然先驱者可以取而代之,他或她也注定有朝一日会被人取代。

改变位置与夺取位置,让出位置与争夺位置,这种对立的阵形正是我们人类的基本处境。这些内在的对立形式本身，也共同受到一种莫名的必要性原则、一种对私人意志和私人欲望满不在乎的流畅节奏的对抗。作为这类仪式的专注的观众，我们必须记住，在这个阵式中，每一方都不会孤立地出现，而总会引出各种与其关系错综复杂的对立面。在这首默许的仪式性歌曲中，我们听到了黯然下场者失落的痛苦，听到了新来者欢呼雀跃要求得到权利的声音；在新来者的幸灾乐祸中，我们也听得出来，由于人们乐此不疲地将其与先驱者作对比，由于人们知道他已接受了终将被置换的约定，他心里是忐忑不安的。每一次谦卑的声明，都激起了心中暗暗的自豪；每一次自豪的声明，都引起了自我怀疑。不仅表演者如此，他的言词亦是如此：在听众面前，每一个言词都有其位置，使人回想起它的艰苦努力，回忆起将其带到目前这个位置的规则的作用。

　　坚持我们的日常语言和我们的姿态，要靠积极主动地坚守位置并压制其对立面才能做到。这些对立面徘徊在我们的意识的边缘。如果我们密切注意，就会看到他们在暗处影影绰绰地聚在一起。但是，在一种类似上述这首仪式性乱曲的特殊语言或行为中，置换变得清晰明确，并呈现到表面上来。这是一首真正的乱曲，它不是仪式循环的一个内在组成部分，而是被置于这个循环之外，成为这个循环的一个外部框架，以保证循环顺利进行，不断延续。它为交换位置的紧要关头辩护，号召躲藏在角色之中的人作为表演者参加表演。在已经取代旧的仪式性语言的那种世俗言词中，这篇仪式性的乱曲作品（摘除角色的面具，露出置换的真相）属于文学艺术，尤其属于诗歌。

　　诗歌是一门错综复杂的置换的艺术，诗的每一个层面都会发生置换。在诗歌中，所有东西都受到在这一关系中发生作用的那些强大力量的触动。在最微妙也最基本的层面上，这类言词承认它们是从他处来的，要占据它们所占有的位置——它们显然已经取代了其他言词，或者取代了更具危险性、更难以捉摸的那些先驱者、那些意义以及那些闪烁其词的意图，那些东西都已经退下场，再也找不到了。我们知道这类言词被认真挑选出来，去填补对它们显得那么陌生的那些位置，至于他们取代了什么，就难以想象了。

在诗歌中，在某些言词里，我们清清楚楚地看到了置换的证据。这些言词表现得极像新来者，它们持久不懈地宣扬它们赖以占据其位置的炉火纯青的造诣，而又从各个方面显示它们的局促不安——它们在普通语言中习惯扮演的角色扭曲了，变形了，每个都大声演唱着各自的角色，并且走调得可爱。在其破碎的句法编舞术中，在其隐喻、过分强调的沉默和紧张中，有一种正是从其笨重拙劣的姿态中获得的特殊的庄严堂皇。它们那种炉火纯青的境界是煞费气力才达到的，这种悠闲从容的外表来之不易。像所有新来者一样，它们引导人们注意它们在各自占据的位置上的个体存在。

置换和篡夺以更大的规模重复进行，以便被带到诗的前台：新的诗句使人想起了旧的诗句，只是为了将旧的诗句取而代之；新的诗取代了旧的诗；诗人处心积虑地篡夺他们伟大前辈的地位，与旧有的每篇名作一争高低。至于我们读者，则取代了诗人的位置，以我们的声音来重复他们的言词，并且使这些言词表示我们的意愿。在诗歌中，没有人可以安然自若：我们知道这些言词以及这些言词所设定的位置是从他处取得的，而且随时有可能被取走。

是否有被取走的可能性，取决于诗歌的所有权原则。他处的言词纯粹是某一瞬间的意图的手段而已,并消解于空气之中:它们被用尽了。我们说的是别人可能早已说过的话,这一点却被我们自己忽视了。有一条很细的线,将说一些别人碰巧早已说过的话与引用别人的话区别开来。在新的说话者与缺席的先驱者之间,引用造成了一种复杂的关系,在这些特定的言词中,先驱者已经留下了他或她的印记。所有权法则,最初是由诗歌所赋予的,在现代世界中变成了通用的版权。个体可以通过诗歌来提出使用某些特定的言词的权利(即"引用"的原则),正如我们发现这些言词有其"适当"的意义。只有在转移的可能性出现的时候,所有权与适当性——盗用与免费赠品的权利,或者言词占据了"不恰当的"地方——才有意义。就像在这首仪式性乱曲中接过舞者手中花枝的那个人一样,我们也有权接收这些言词为我们所用,不过,我们也被要求向其不在场的真正主人致敬。诗歌强迫我们关注这一置换事件;它使占有、遗赠、合法使用以及盗用制度化了。

要置换某物,要求先将此一"某物"挪位:自愿退出、被淘汰、继而消失。每一个位置都是继承而来的,只有当先驱者死了,才能得到这个位置——因此,中国帝王习惯上自称为"孤家"。但是,先驱者仅仅因其曾先据要津,仍然对这一位置拥有某些基本权利。新来者可能总觉得自己是一个篡位者,既然他露出了这样自我认定的迹象,别人也就这样地看待他了。作为篡位者,他拥有力量,但这种力量中有一种局促不安的成分,使他从来不能对其所占有的位置感到完全坦然自如。因此,他坚持不懈地提出要求,不厌其烦地声言这个位置他当之无愧,并要求我们表示赞同。

第四章 置换

我们现在谈论的这个位置，可能只不过是从置换事件所产生的张力中产生的一种虚构而已：它是一种记忆、一个印记、一种形式，它们比已经逝去的先驱者活得更久。所有先驱者——无论是被置换的人、物还是言词——身上都带有一个神秘的原始先驱者的光环，它占据着那个位置，却浑然不知，甚至浑然不知那是一个位置——在最初那些日子里，人与角色、言词与事物是完美地融为一体的。[1] 随着第一次移位和置换，这样一种关于角色和

---

[1] 这基本上就是席勒《素朴的诗和感伤的诗》中的关于素朴的神话。例如，席勒是这样描述在素朴的状态下语言的作用："它是这样一种表达的风格，在这种风格中，符号完全融化于其所指，语言一任其所要表达的思想裸露着，这样，如果不同时将思想隐藏起来，人们就没有别的办法表达思想。正是这种写作方式通常被人称为是天才的写作方式，它充满了精神。"席勒深知，在素朴的状态下事物的谐和性，使我们羞耻于（beschamt）我们的工巧，使我们感到不自在。要消除这种处于下风的自卑感觉，新来者就需要发掘某种新的优越感，发掘其在努力争取守住这一位置的过程中所表现出的某种品质。这样的努力争取，变成了感伤的力量。实际上，席勒的立场就是一种古老的宗教比喻的变形，通过变形，神的符号在后来的这个世界的缺失，变成了我们的荣耀，我们有能力有信心获得个人的成就，而无须外在的确认。因此，兰斯洛特·安德鲁斯在1622年圣诞节的耶稣降生布道词中，详尽阐述了那些贤人们对太阳这个恒星的看法，并总结道：

我们不能说，Vidimus stellam：那个星星早已消失；（现在）看不到了。但（我希望）尽管这样，Venimus adorare，我们还是来此礼拜。虽然没有见过它，（但）我们仍然礼拜它，那就更可以接受了。我们从经文中读到它，这就够了；我们看见它，在那里。并且确实（如我所说的）。只要那曾经在他们心中的太阳同样在我们心中升起，天上到底有没有那颗星星是无关紧要的。只要它的全部五条光线被我们看到，也同样如此。这样，它里面就有了我们的一部分，一点不比他们少，不，是像他们一样充实圆满。——原注

兰斯洛特·安德鲁斯（Lancelot Andrews, 1555—1626），英格兰基督教圣公会神学家，钦定本《圣经》翻译者之一。Vidimus stellam，拉丁文，意为"星已见过"。Venimus adorare，拉丁文，意为"来崇拜"。——译注

职责的观念也应运而生：一个空间的形状，一种空虚，丢下的衣服上依然带着先驱者外形轮廓的印记。

当后来者"取得这个位置"，在合身方面，总会出点这样或那样的问题；有些地方绷得太紧，有些缝隙过于宽大，这一切都提醒我们和新来者，他或她本身与其所占据的位置之间还是有区别界限。在置换之后，死亡与历史接踵而至：新来者从外面进来占据了这个位置，因此也就知道，他、她或它最终可能而且必将会失去这个位置。每一个体都发现自己处于一脉相传的悲剧性结构中。既然位置已经与填补位置的人分开来，其间的关系就一点也不牢靠。新来者想方设法把这个位置变成自己的位置，将其外形轮廓罩在自己身上，希望要么被人当作是先驱者，要么改变此一外形，以便将自己所承载的形状转嫁给下一个新来者。我们冷眼旁观着：既然人和角色已经分开，那么，这一场表演就可以好好给它打分，细细地予以评判了。

也许，从来就不曾有过什么先驱者——只有像我们自己一样的局促不安的后来者一脉相传，他们脸上戴着先驱者戴过的古老面具，总是被挤夹得难受。从来不曾有过一个人，这一职责对他而言正相适宜、因而不仅仅是职责而已。我们都是冒名顶替的，装扮成那个从来不曾存在过的死者。没有一个词曾经用的是它的适当词义（既然用词得当只是以用词不当为先决条件）。在一个达尔文的时代里，我们侵夺了亚当和夏娃的语言，我们吸收了一笔由于误信原来的某些投资而神奇地增长起来的隐喻资本。

第四章 置换

> 在那次堕落之后，我们可以推想，亚当和夏娃把他们的语言扩展到新的物体和观念上，特别是那些伴随着痛苦的物体和观念；要做到这一点，有时候他们要创造一些新的词汇，有时候则将旧词赋予新义。不过，他们的语言仍然是十分有限的，因为他们只有一个人可与交谈，因此不能将其知识扩展到大千世界的林林总总；也因为他们的基金十分有限。因为在某种程度上，一种语言的歧变与成长就像存款一样，靠利滚利不断增长。
>
> 大卫·哈特莱[1]，
> 《对人及其结构、责任及期望的观察》(1749)

推断先驱者从来不曾存在过，这一推断是否正确并不重要；这种推断给我们带来的任何安慰，对我们都不起什么作用，除非我们打算以某种方式将其变成我们自己的神话。先驱者的大谎以及他或她所抛弃的职责外壳，成为我们赖以生存的真理。真正重要的是那种局促不安感，是那身很不合身的衣服。没有一位父母对做父母这件事真正感到轻松自在；只有在孩子的眼里，他或她才显得轻松自在。没有一个角色是中立的；我们自己的表演徒劳地抓住或者激怒了别人的表演，无论是在想象中还是在事实上，别人的位置都已经被我们抢走了。

但是，我们且不要装得过分不情愿。每一个篡位者都贪婪地攫取空出的位置，为能够占据别人的位置而洋洋自得。通过这一

---

[1] 大卫·哈特莱（David Hartley, 1705—1757），英国哲学家、心理联想说的创始人之一，此处所引著作是其代表作。——译注

行为，新来者变得完全像一个人，他套上的衣服难看而不合身，他想挣脱从他处接收来的这种衣型，就在这一过程中，他发现了自己的身份。控制从来不是完全彻底的：总有某些省份的某些地方不肯降服，人们听到那儿的农民们还在发牢骚，还在回忆在前一个统治者治下昔日的那些美好时光。由于新来者最终的目的是要丝毫不爽地填补这个旧的空位，与此同时又要保持自我，因此，其结局总是不安、绝望和最终的失败——挑剔抱怨的低语，一定会被要成功和要舒适的大声反诉求所湮没。然而，我们的失败也随着这一体系而被注定了。

没有什么是固定的：一旦置换和替换开始启动，多种多样一层又一层的替换、移位以及掩盖就形成了。我们也不可能透过这一层层，追溯到某个最初的先驱者，对这先驱者来说，其他一切都只是它的标记而已；我们所有的只是"一个线团"，细丝纷乱杂出，方向各异，而每一条线索都信誓旦旦，要带我们走出这迷宫。我们所能期望的最好的安慰，就是在某一时刻停住，以庆贺幻想中的退场，而所有人所有事物似乎都各得其所。莎士比亚式的喜剧一路向前发展，最后揭晓结局，所有人物最终都露出其本来面目——至少当演员走到后台，卸去化装，脱掉戏服，也不再用假嗓子，同时也向人们表明，台上那些纯真无瑕的年轻爱侣们，原来是这些一脸沧桑而且已经上了年纪的男人女人演的。他们之所以能够争得这些角色，是因为他们远比纯真无瑕的年轻人更能够将追求已失去的东西的欲望注入这些角色之中，而且表现得令人心悦诚服。

第四章 置换

空床：鳍片上的快乐

在那篇"古诗"中，那个女人站在窗前，发出了这样的引诱：

> 昔为倡家女，
> 今为荡子妇。
> 荡子行不归，
> 空床难独守。
>
> 《古诗十九首》之二

诗人很明智地在此戛然而止。如果诗歌允许这个站在花园中窥视的男人去接受女人的引诱，去占据空床上的那个位置，他就会发现，他渴望的是舒服和位置，结果换来的却是心里的不安：他不仅成了通奸者，而且是个篡位者，他抢占了这个位置，就意味着他自己的位置随时可能被人夺走，要么被回来的先驱者，要么被她的下一个情人，这种念头长期不断地纠缠着他。

但是，诗歌确实伸出手来夺取别人的位置，正如它梦寐以求的是有人将位置拱手相让，是引诱。戏剧是很不相配的角色的伟大游戏，在这一游戏中，剧作家和演员以扮演别人为游戏。他们十分了解这种演出的真正本质：某些剧中人物，他们可能扮演得很好，或者扮演得很不好，他们获得成功的第一条件，就是有能力让我们忘掉剧作家不过是在创作台词、演员不过是在扮演一个角色而已。如果我们在后台请教他们,他们就会向我们转述这样一种看法,即他们所扮演的人物在我们的现实世界中是根本不存在的,但这种转述也只是出于老生常谈而已;他们知道,只有看作是一种有违常规的扮演行为,他们的艺术才显得庄严堂皇。

抒情诗人把他自己装扮成别人眼中的那个他,并且声称自己就是那个他。这一行为非常具有危险性,其最常见的结果就是摆出一副紧张的姿势,或者一副自卫的、职业化的中立姿势。比戏剧演员更甚的是,我们既不理解姿势动作本身,也不理解摆出姿势动作的那个假想的人物,但我们却理解形象与欲望之间那种动态的关系,理解装模作样矫揉造作这个复杂而朦胧的事件。这是一种奇异的经过深思熟虑的行为:将外人的位置占为己有,同时希望一个听众或许多听众承认并接受他就是那个角色。但是听众还是感觉到了使角色活起来的那种紧张的希望,而不仅仅是其精心设计的表面。

为自己创造一个角色,然后据为己有,这是一种体现私人欲望的行为,它不可避免地与社会群体形成对抗,因为社会群体是将限定与分配位置的权力保留在自己手里的。民谣中那些群体求爱之声与其角色类型大体上是彼此相安无事的:爱人可以通过反复使用社会群体所通常拥有的那些言词来表述自己。但是,一旦这个爱人在语言中将自己塑造得有个性,他就跨越了那些经过认可的求爱语言的范畴;他的个性违犯并且背离了社会规范。因此,这种个性化的爱情诗经常与反正统的通奸文化有着密切的同谋关系,也就应当不会令人惊讶了:在古罗马、在中世纪日本以

第四章 置换

及普罗旺斯,这一点表现突出;在但丁以后的欧洲爱情诗中估计也是如此。[1]在抒情诗中,置换的结构不断重复并加强自我。渴望将外人的位置占为己有的抒情诗人在若干个意义上都是这么做的——而且他经常渴望将社会分配给他人的床位占为己有。诗所创造的这个特殊的爱人角色必定是对抗并且"取代"配偶的角色。但是,且不要误解诗在这个反正统文化中的功能:尽管诗可以伪装成很有性影响力,只想达到肉体的结果,但事实上,它只不过是这种结果的一种梦想性替代而已,而只有当它遇上了另一个梦想者,当他或她将诗人的幻想攫为己有,它才实际上获得了成功。

诗的自我建构以及诗声称对那些特殊言词拥有所有权,使得各种方式的攫夺和扮演成为可能:这是一个装满幻想的潘多拉之盒。在读诗的时候,所爱的人可以将诗中的爱人与他或她自己的幻想融为一体;同样,诗人不仅可以扮演他自己,也可以攫取所爱的人的思想(通常还有其声音),并在错综复杂的置换戏剧中梦想着她的欲望。

> 徐州故张尚书[2]有爱妓曰盼盼,善歌舞,雅多风态。予为校书郎时,游徐、泗间,张尚书宴予,酒酣,出盼盼以

---

[1] 后来,这类爱情诗,即使是未婚男士向未婚女士的殷勤致词,也呼唤着某种激情,经常即是呼唤着某种性关系,尤其是那种超越了社会规范所认可的婚姻关系的那种性关系。
[2] 原书此处及下文皆将张尚书理解为张建封,其实张尚书应是张建封之子张愔,曾任武宁军节度使。此误相沿已久,参看朱金城《白居易年谱》。——译注

佐欢，欢甚，予因赠诗云：

> 醉娇胜不得，
> 风嫋牡丹花。

一欢而去，尔后绝不相闻，迨兹仅一纪矣。昨日司勋员外郎张仲素缋之访予，因吟新诗，有《燕子楼》三首，词甚婉丽。诘其由，为盼盼作也。缋之从事武宁军累年，颇知盼盼始末，云尚书既殁，归葬东洛，而彭城有张氏旧第，第中有小楼名燕子，盼盼念旧爱而不嫁，居是楼十余年，幽独块然，于今尚在。予爱缋之新咏，感彭城旧游，因同其题，作三绝句（今录其第一首）：

> 满窗明月满帘霜，
> 被冷灯残拂卧床。
> 燕子楼中霜月夜，
> 秋来只为一人长。

白居易，《燕子楼》

这一年是公元 815 或 816 年。听张仲素吟诵其题为《燕子楼》的三首绝句之后，白居易很受感动。他充满好奇，想了解这几首诗的创作背景，如果用原文的说法，就是"其由"。这几首诗中有某些东西——某些特殊的细节，抑或其地方特色十分明确的诗题《燕子楼》——引起白居易的注意，并促使他深入追究能够解释这几首诗的创作动机的特殊背景。

第四章 置换

白居易的诗序满足了我们原先可能有的好奇心，正如张仲素回答了白居易本人的好奇探询一样。在追踪自己这几首关于盼盼的诗的写作缘起时，白居易把他向张仲素提出的问题以及张仲素的回答合成一体。这种诠释策略体现了孔子所教导的诠释学的本质，如何解读这个世界上的各种行为（包括言词的行为）：首先要"视其所以"，[1]就像白居易一开始就注意到张仲素的诗具有"婉丽"的风格特点；接下来，要理解这种特点，就要"观其所由"，即考察其背景由来——这正是白居易的第二个问题。但是，在孔子的教导中还有第三条亦即最后一条，那是最不容易做到也最难以捉摸的一条："察其所安"——隐秘的欲望一旦实现，就会给行为者或言说者带来心灵的安宁，可是这隐秘的欲望又在何处呢？所有重要的言词和行为都是不均衡的力量，在言说者或行为者身上寻找失落的均衡。

至于盼盼，我们清楚地看到她现在的"其所以"：她自甘孤寂，在这座以那些最驯良的鸟儿命名的燕子楼中。传说中燕子有很强的生育能力，对于她目前这种孤独不育的生活处境，这是个嘲讽。我们也看到了"其所由"，事件的链条环环相连，将她带到目前这种背景里，这背景同样也成为张仲素写作绝句的起因，而这些绝句又成为白居易自己创作绝句的起因。但是，最后，在绝句所假定的这种背景下，我们可以看到这样一种推断，即为了让盼盼心有所"安"，只靠孤独地坚守贞操，赢得自尊，还是不够的。白居易的诗所能预见到的是，她获得心灵的安宁，只有死

---

[1] 此处所引孔子语，出自《论语·为政篇》："子曰：'视其所以，观其所由，察其所安，人焉廋哉？人焉廋哉？'"——译注

者复生一途,而那是不可能的。

这些诗并不是盼盼在为自己说话,而是两个男人的声音在替她说话,他们取代了她的位置;从他们赋予她的那些欲望的骚动不安中,我们正可以读出他们自己的欲望在骚动不安。我们也看到了白居易的"其所以":对十二年前一个欢乐的夜晚充满想望的回忆,在对她的孤寂的怜惜中,闪露出他那挥之不去的欲望的光亮。他让我们读"其所由",即随后产生了这些情感的那些过去的情景。我们还可以猜测他未说出口的希望,猜测估计他可能求得心安的可能性。他这种隐秘的欲望要想与她隐秘的欲望达成和解,只有一种办法:那就是假如他可以替代死者的位置,就像以前在徐州那一次他站在张建封的位置上一样。

十二年前一个酣醉的晚上,盼盼被带出来"佐欢"。这样快乐的经历也就仅此一次而已。接下来,他也描写了在他幻想中的她的欲望,在性的沉醉中她已不能自持;也许,当她分享着他对她的欲望的幻想之时,她也得到了欢乐。"醉娇胜不得,风嫋牡丹花。"我们无法知道,他记忆中的欢乐究竟是来自一次实实在在的性遭遇呢,还是仅仅由于她在性玩笑中使欲望中止,并将这种欲望在其歌舞中表演出来,从而给诗人留下了深刻的印象。但我们知道这是一种亲昵关系。白居易是外人,却被允许站在只有张建封才有权站立的地方,观察她,并在诗中写下他的欲望的形象。而且,他占据这个位置,是得到张建封本人的授权的。

如今,盼盼出于本人的选择,十分顾念她与张建封之间的那份情感契约。她宁愿受他那永久而无声的权威的约束,而不愿将自己置于某个新的男人的权威之下:她有嫁人的自由,但却不愿出嫁。这时候，她头脑冷静，颇能自持。只有张建封有权占据她床上的空位——要么，经过他授权的代理人或许也可以。

一种充满忧伤渴望的香艳气氛贯穿着白居易的这首诗。他想象她孤独而居，充满饥渴，想象他可以填补这个空位，想象他能够把她忍受的凄冷的不眠之夜，变为温暖和安眠之夜，使两人各自得其"所安"。白居易在诗中对盼盼的欲望所作的幻想，同样也替代了张仲素诗中未得到许可的幻想。至于盼盼的来龙去脉，诗小序中已交代清楚了。最起码，这些抒写永远无法实现的欲望的诗，替代了具体的行为，替代他的身体在遥远的彭城盼盼卧床上占有那个空位。哪里发生过一次替代的行为，哪里就会发生很多次。

白居易不能到彭城去。一个饥渴的身体被遗落在那里，等待着。一晃过去了两个半世纪，到了公元1078年，另一位诗人真的来到了彭城，并占有了这个白居易从来不曾想要占有的地方：后来的这个诗人在"燕子楼"中住了一夜。不幸的是，他来得太晚了，见不到实实在在的盼盼本人了。他也写了一篇诗歌，以替代他那无法实现的欲望。同样，这篇诗歌替代了白居易那篇众所周知的诗作，自此以后，它就变成了与盼盼的故事联系在一起的一篇词作。白居易的诗及其小序在这里降格为一个脚注。后来的这位诗人自号"东坡"，让我们回想起白居易曾经写过的一处著名的"东坡"[1]（尽管后代总是将后来的这位诗人称作苏东坡，而

---

[1] 白居易写过《东坡种花二首》、《步东坡》、《别种东坡花树两绝》、《西省对花忆忠州东坡新花树因寄题东楼》等诗，可知这个东坡在忠州（今四川忠县）。——译注

不是他的正名苏轼；并且几乎没有人记得白居易这个先驱者）。苏东坡是中国传统中的"篡位"大师；他大声地扮演许多借用来的角色，而且总是强调他的轻松自如与自我实现，声称他不是在扮演角色，而只是在扮演他自己。

永遇乐

彭城夜宿燕子楼，梦盼盼，因作此词。

明月如霜，
好风如水，
清景无限。
曲港跳鱼，
圆荷泻露，
寂寞无人见。
紞如三鼓，
铿然一叶，
黯黯梦云惊断。
夜茫茫，
重寻无处，
觉来小园行遍。

天涯倦客，

第四章 置换

山中归路，
望断故园心眼。
燕子楼空，
佳人何在？
空镮楼中燕。
古今如梦，
何曾梦觉？
但有旧欢新怨。
异时对黄楼夜景，
为余浩叹！

在他取代了别人的位置之时，他知道他自己的位置也将被取代；在词的最后两行，苏东坡抢先一步占有了能够篡夺现在的将来。将来某一天，如果其他人来到这里，站在苏东坡自己曾住过的这座黄楼中，回想起苏东坡，他们就会明白，苏东坡已经将自己置于他们的位置上，已经将他们所能想象的全都想到了。在词的前后两节中，他将自己塑造成既是回想的主体，又是回想的客体。在这出小小的替换剧中，苏东坡把自己写成各种角色：他既和那些回想往事时充满欲望的人站在一起，与此同时，他又承担了盼盼这个因其欲望而被人怀想的角色。

但是此时此刻，苏东坡在燕子楼中住了一夜，并做了一个绮艳的梦，在汉语中，这就叫"梦云"（这种表面词语取代并掩盖了那些被禁用的性词语）。如果这种梦云发展到倾盆大雨的程度，那么，它就会到处播撒生命的液体。然而，苏东坡成功地做到的却只是使倾盆大雨*中断*，更鼓雷鸣般的震响，以及随之而来的万籁阒寂中一片枯叶飞落小径的铿然之声,将梦中身体的性冲动导向了歧路。这可能就是所谓"想在舞台上表演迷狂的人,……应该把迷狂交给睡着的人";但睡梦中的诗人却保持缄默,而且诗的所有迷狂都只能在睡梦前的期待或梦醒后的失落中发生。[1]

每次性遭遇都必须有个媒人,或者拉皮条的,一个负责介绍女人、号称对她有控制权的人,他向新来的客人提供篡位的合法性或刺激性。对苏东坡来说,这个角色是由白居易充当的。白居易的诗序和诗作向世界介绍了这位与尘世自我隔绝的盼盼,她一方面厌弃性关系,同时又露出挥之不去的欲望,白居易披露了寓于这两者的张力之中的她的美妙可人之处。原先那个要求占有这个位置的人一定要退走;白居易是这样退走的:他去世了,留下一个空缺让苏东坡填充,就像这个空缺当初是由张建封死后留给白居易本人的一样。这个替换的本质已经改变了。唐代诗人白居易想要取代一个对这个女人有实际控制权的人;白居易的先驱者是张建封,是一个有很大的政治权力的大臣。宋代诗人苏东坡则要篡夺前代诗人的位置;他抢夺幻想。

很久以前的过去,在她的陪伴下,曾经有过一次欢乐的经历。接踵而来的诗人极力要回到那个欢会时刻,但它从来都是遥不可及。总有某些东西阻隔或者妨碍这一结局的实现;而诗歌正

---

[1]《奥伯龙的号角:让·保尔·李希特的美学学派》(*Horn of Oberon: Jean Paul Richter's School for Aesthetics*),玛格丽特·R. 黑尔译,底特律:Wayne State University Press, 1973,页 29。——原注

奥伯龙:欧洲中世纪民间传说中的仙王,泰坦尼娅的丈夫。让·保尔·李希特(1763—1825):德国小说家,并有论著《美学入门》。——译注

是在有阻碍之处应运而生，并取代了结局的完成。

白居易至少保留了基本的审慎与矜谨。他在诗中想象她的孤独寂寞，想象她的饥渴的身体，于是，昔日他对盼盼的那种欲望又重新燃起，但是，他很有分寸感，没有说出来。他并不试图跳过那隔离的空间，唐突冒昧地去抢夺张建封的位置，因为盼盼决定让这个位置空缺在那里。但苏东坡却利用了梦的特权：——"在做梦的时候，我们个个都像野蛮人。"[1]——跨越了这个空间，或者甚至更自大地，让盼盼跨过这个空间走向他。他要从性的方面幽灵似的占有这个已经失去的身体，这个身体的美如今只是一个传说，永久地存在于古老的诗篇中。过去是一块用言词编织成的布匹，它已经取代了真正的事实。济慈也临时客串扮演了文本中的爱人：

> 苍白是我见过的甜蜜的唇，
> 苍白是我吻过的唇，那身形的窈窕
> 我随它轻飘，伴着忧郁的风暴。
> 济慈，《读但丁〈帕奥罗和弗兰西斯卡之插曲〉后有梦》

外部力量阻碍了这个绮艳之梦的完成，这些力量总是会这样做的。这些抒情歌诗就是在遭受失败的后果时写的，这些新的言词取代了旧的欲望之诗。白居易绝句的片断又回到了苏东坡的词

---

[1] 弗里德里希·尼采《人性的，过于人性的》(Human, All too Human)；马里恩·费伯 (Marion Faber) 译，林肯：University of Nebraska Press, 1984, 页20。

124 中:它们分散在各处,深深地嵌入新的背景之中,它们被完全篡夺了,以至于在此后的九百年中,所有人都认为这些词语是苏东坡自己的。"明月如霜",这个很平常的明喻就是从白居易的诗中捃撦而来的:"满窗明月满帘霜";但它是与另外一个更大胆而且更令人难忘的比喻紧密结合在一起的:"好风如水"。这个比喻象征性地使诗人这个观察者沉浸于他自己的诗歌建构中。紧接下来的就是一行欣然自得的诗句。苏东坡在这句诗中无声地宣布他已经占有了这块禁地。他不必要像白居易那样,仅仅想象这个女人被封闭在燕子楼里;他让我们知道,他就站在她的卧房里,向外张望。所有分界性的围栏都被打破了,无限风光,无古无今,在当年的那个女人和如今的这个诗人的眼中充满了同样的光景:"清景无限。"

有一个连续性的背景,在这里过去与现在连成一片,在感觉中无法区分,在这一幕基本的变形场景中,那个去世已久的女人可以在一场润湿的绮梦中与当今的这个男人相会。在这个背景上出现了诸种突入打断的形式:一条鱼哗啦一声跃出水面,又掉回水中,圆圆的荷叶上盛满了露水,露水太重了,荷叶不能自持,于是露水泻落到水中,而水面却留下了风的形状。"莲"与那个表示两性情感的字"怜"是谐音双关,这个用法由来已久。而莲花这一形象本身又通常用来比喻女人的性,就像露水这个形象通常用来比喻男人和女人的性爱液体一样,此刻,当微风拂过水面,露水泻落到水中。

开篇的这幕情景出现于诗歌性的而不是叙述性的空间里。直到下面几行,苏东坡才从梦中醒来,同时目睹一种空寂的场面:"寂寞无人见。"这个开头并不属于诗人醒来后睁开的双眼,也不属于梦中的那双眼睛。这是一种只能存在于诗歌之中的情形,只有在诗歌中古代丽人和当今诗人、过去的诗与当今的诗才能走到一起来。但是,当这首诗歌在小序中简要重述诗的本事之时,开篇的这幕情景就取代了梦境,取代了梦境的未能实现,液体泻落,过程遽然被打断,突如其来的声响打破了飘荡之中的寂静。

这个行为失败了,言词替代了行为的完成,在庆祝这一失败的过程中,言词成功地替代了所有的先行者,也替代了所有的后来者。但这是一个可疑的("靠不住的"[1])安慰。我们飘浮在梦境之中,飘荡在如水的风中;突然之间大水退落,只留下一批碎片和一鳞半爪的东西:

> 一如尼罗斯[2]退潮的突然,
> 到处留下鱼鳞,一片又一片,
> 也许在别的什么地方,一片鱼鳍,
> 在退潮之前他曾经是鱼:
> 梦境也这样,它涨溢如潮,
> 离去时留下一鳞半爪,
> 由于他们的残破,我们只好称其为
> 在鱼鳍或者鳞片上的快乐。
> 若当我匆忙吻她的泪滴,

---

[1] 原文为"fisny",意为"鱼似的"、"像鱼一样的",在英语口语中又可理解为"靠不住的",因下面一首诗提到鱼,故此词在此一语双关。——译注
[2] 尼罗斯(Nilus),希腊神话中的尼罗河河神,希腊人认为它是埃及最初几个国王之一,是远古灌溉系统的建造者。——译注

> 泪珠风干了,戏弄了我的狂喜,
> 我难道不可以说河水浅落,
> 并在我欲饮时戏弄我的干渴?
> 若当我去触摸她的乳房,
> 没有摸到却拽住她的衣裳,
> 我难道不可以说苹果那时
> 已经落下来,又被重新拾起?
> 睡眠并不意味是死神的兄弟;
> 它带来的是恬适,不是惩治。
> 当这在阳光下完结,
> 当尼罗河刚开始退却,
> 我的幻想将飞越睡眠的主题,
> 从而将梦幻的网络一一织起:
> 梦河枉然退去,你仍在抗争:
> 不管我还怎么想,梦早已醒。
>
> 威廉·卡特莱特 (1611—1643),[1]《梦破》

这首诗写的既不是被无端打断的那种恍惚忘我的梦境,也不是贸贸然允诺将破碎的梦的网络一一实现的那种幻想。正如斯宾塞所说的:"我发现这种工作与蜘蛛织网相同,一丝微风就能使它劳而无功。"本诗既缺少梦的这种脆弱的完美,又没有幻想的那种部分的自由。它只是对恍惚忘我之境的一种不完全的替代,

---

[1] 威廉·卡特莱特(William Cartwright, 1611—1643),英国剧作家、诗人,牛津大学学者。——译注

指向一个被打破的恍惚忘我的梦境,梦境中的狂喜要么退回到过去,要么等待着有朝一日能够以某种方式实现:它只是权宜之计。港湾中,那条鱼哗啦一声跃起,留给诗人的是"鱼鳍上的快乐",是已逝去的事物的鳞爪,他只能想象着这些东西的复活。像那首仪式性乱曲一样,本诗也不是实实在在的演出,而是各场演出之间的接合部:它并没有触摸伊甸园中的肉体,并没有触摸那乳房的苹果,而只是想象着、或者追忆着、或者期盼着能够触摸到。更重要的是,在想象、追忆或是期盼的过程中,诗歌知道它只是影子的影像而已,没有一点是真实的。其言词是对在现实世界或者甚至在精神世界中的行为的置换,既可爱,又有瑕疵。如果说这些言词有什么价值,这价值必定是从行为中创造或者获得的。

言词/行为

Eisoptron[1]:对于诗歌制作来说,镜子是最古老同时也最悠久的隐喻之一。明亮的镜子,不管是磨得发光的铜镜,还是镀银的镜子,看来都能丝毫不爽地捕捉住形象,并将其映现出来。这样,镜子就变成了对模仿的隐喻式模仿。但是,就像所有的模仿行为一样,镜子本身的这个隐喻却欺骗了我们,使我们忽略了观察某一形象时所存在的基本的逃避或明显的扭曲现象,我们原希

---

[1] Eisoptron,希腊文,意为"镜子"。——译注

望将其看作是真实的毫无扭曲的反映。

　　这面模仿的镜子将人类行为的形象、自然的或心灵的形象返回给我们。确实，不管什么东西进入其光线角度，这面镜子都会一概将其复制下来。在反映来到它面前的事物时，这面镜子就是这样毫不犹豫，这就使我们忽略了这么一个事实，即这面镜子只是为了一个目的而制造的：为了向我们每个人展示在这个世界上我们除此以外根本无法看到的那个形象——正在看着镜子的我们自己的脸。

　　我们愿意相信，一件艺术品确实是一面镜子，它以这样一种方式向我们展示这个世界，使我们能够对它进行"反思"，并从中发现支配其令人困惑的外形的模式。但也许，艺术的镜子却只给我们那个感知者的形象，不管这感知者是艺术家还是我们自己：

> 假如是这样，在坚硬的石头上
> 人们把所有他人的形象都比作自己，
> 我就让它变得灰白，常常是苍白，
> 就像我也被她弄成这样。
> 因而我曾以我为原型，
> 打算让它成为她。
>
> 　　　　　　　　　　　米开朗基罗

　　是镜子向我们展示了以前我们从未见过的他者。那喀索斯凝视着池塘，发现了那个最稀有最美丽的情人，就是这样一种情形。如果我们"拿一面镜子对准自然"，它就会挡住我们的视野：我们

第四章 置换

看到的只有我们自己的眼睛在看着镜子。

但是，且让我们彬彬有礼，假装——这个古老的关于模仿的隐喻也会劝使我们相信——这面镜子绝对向我们揭示了一切，除了我们的自我在观察这一事实以外。绘画和雕塑完美地反映视觉形式，而诗歌则传达了更难以捉摸的现实："我们只知道以一种方式反映可爱的行为"，品达[1]曾如是说。

大概在公元前467年，埃癸那岛年轻的索杰尼斯在涅墨亚竞技会的少年五项运动中夺冠，为了庆祝这个胜利，品达写了一首合唱颂歌。一开始，品达照例赞扬了这座城市和它年轻的冠军，接下来，他就转到了一个他情有独钟的话题，即艺术的力量可以保持胜利的荣耀，使之不致落入被遗忘的黑暗之中。

> 如果好运落到一个行为身上，它会撞上
> 泉水之源，带着甜甜的思想，这泉水来自
> 缪斯的河流；因为了不起的行为
> 如果缺少歌声就会黯然无光；
> 我们只知道以一种方式反映可爱的行为：
> 如果靠追忆，靠她闪亮的冠冕，
> 我们会在广为传唱的歌词中
> 发现对痛苦的补偿。

---

[1] 品达（Pindar，约公元前518?—前438?），古希腊抒情诗人，以写合唱颂歌著称。伟世作品四十多首，内容大多赞颂希腊神话和奥林匹亚竞技的获胜者。——译注

> 熟练的水手们知道那场暴风
> 肯定在第三天
> 会刮起来,获利的希望也不会
> 损坏行为;富人,穷人
> 一起走到死亡的边缘。但我相信——
> 奥德修斯的故事多于他所曾经经历的
> ——因为荷马精致的言词:
>
> 因为在那些谎言和高明的诡计多端中
> 有一种神的力量;他娴熟地误导
> 用它的故事行骗;有一种盲目
> 在所有人心中都存在。假如他们看到了
> 真相,坚强刚健的埃阿斯[1]决不会,
> 为那副甲仗而怒,将那柄
> 光滑的宝剑刺进自己的胸膛。

诗笔巧妙地腾挪变换,这一段最后转到了埃阿斯的故事。埃阿斯是希腊当时健在的最伟大的勇士,在阿喀琉斯死后,他要求得到这位英雄的甲仗。但是,奥德修斯对此提出争议,并用一些

---

[1] 埃阿斯(Ajax),亦译作哀杰克斯,希腊神话中的英雄,萨拉密斯国王的儿子,海伦的求婚者之一,在特洛伊战役中,他被雅典娜女神逼着去夺回英雄阿喀琉斯的尸体和盾牌,立了大功。阿喀琉斯的母亲提议把儿子的甲仗送给他,奥德修斯却用计谋得到了这副甲仗,埃阿斯愤而自刺身死。奥德修斯探访地狱时遇见埃阿斯的阴魂,埃阿斯仍然怀恨在心,并拒绝同他讲话。——译注

动听的花言巧语，企图说服聚会者将甲仗授予他。已经被女神雅典娜逼疯了的埃阿斯，最终被迫自杀。他从这场竞争中退了出来，把战场留给了奥德修斯（他无疑属于那种会在战斗中丢弃盾牌、事后却吹嘘自己如何逃命有方的人）。

品达用诱人的言词和对于永恒的承诺，轻柔地开始了这一段："如果好运落到一个行为身上，……"运动会上的体育竞争已经结束，胜利的兴奋已经消退。曾有那么一段短暂的片刻，少年索杰尼斯及其家族为众人所瞩目，引起一片歆羡和嫉妒；此刻，充满羡慕的目光的人群已经开始转身离去，回去处理各自的日常工作了。诗人提醒胜利者，他在运动会上这些荣耀的行为与其来之不易的成功只是转瞬即逝的，"如果缺少歌声"，他的荣誉难免"就会黯然无光"。他提出了一个防护措施：反映行为的歌声就是劳苦的补偿，是给胜利者越来越看清胜利之脆弱的一种安慰。在这首诗中，这个少年的行为将被人铭记，受到尊重。

诗人在这里俨然像一个职业艺人一样言说。他的艺术——为运动会上的胜利者创作合唱颂歌——是一门待价而沽的技艺，尽管这笔买卖也必须伪装成自发献礼的假象。本诗即属于这样一个交易系统：以言词置换行为（或者更准确地说，以言词置换那种希望其行为被看到被承认的渴求），以金钱的回报置换言词。但是，诗人是一位很有经验的商人，他要席卷所有，巨细不遗："获利的希望也不会损坏行为。"这个篡夺者的攫取，是与其自身的不安全度相应的。宣布他的艺术有价值，同时也就是在维护他的生计。即使在公元前467年，诗歌也需要某种方式的辩护，需要公开揭示自身的价值。不过，这种奇怪的辩护最终误入歧途，并道出了其撒谎的真相。在整个过程中，配合可爱的行为而自发举起的镜子，在不知不觉中已转过来反映那隐秘的骄傲，这骄傲潜藏于这个言词艺术粗糙的力量之中，靠假话的那种骗人而又神圣的力量，它能够将一个英雄推向毁灭。诗人站在一边，看着他的对手，洋洋得意。

一首诗应该反映已经完成的行为，但它没有这样，却反而将其取而代之。诗是一面歪曲真相的镜子，它用这样一种假象来哄惑读者：明明是在滑向如今已从视野中消失的行为所在的地方，却还要声称是在同时反映这一行为。正如在真正的镜子中映像随着动作而消失一样，这面隐喻的镜子也这么飞快地消失了，而对那首纪念性歌曲的演唱和庆祝却长盛不衰。镜子的位置被 klutos 即名誉所取代，这名誉传得很远很远。在诗中，klutos 不断重复、传播开来，持久地流传下去，但在行为上，这却是无根之木，无源之水。它可以随意改变自己的说法，说一些人们爱听的谎话。

还有一个很有威胁性的黑暗：死亡和遗忘。面对这类危险，人们就像一个期待有所捕获的水手一样，冒着险行走到很远很远的地方。诗人的言词，也就是 klutos 的传播者，同样以这种方式四处流播。但是，诗人四处流播的言词的轴心却是 pleon 即"更多"。奥德修斯的 logos 即"言词"和"故事"，更为持久，比最著名的远游者奥德修斯或者他的行为所持续的时间"更多"。并且，这种 logos 散播到比奥德修斯著名的流浪行程还要遥远的地方。突然之间，这些引人注目的行为——涅墨亚竞技会上那个胜利者的行为，甚或久经磨难的奥德修斯的行为——在诗歌的扭曲性威力面前，一下子黯然失色了。诗歌是不朽的，而那些行为则是易朽的，诗歌使这些行为显得比实际更高大（在这个地方，它已坦白承认，这些传播名声的言词确实已经替代了实际发生的行为）。

可见，人类对言词甜蜜的谎言向来是盲目的：他们认为那是真话，甚至认为那是行为的不折不扣的反映。《奥德赛》中的各种奇迹是一派谎言，与奥德修斯实际遭受过的苦难相比，无论从哪一方面看，都言过其实。突然间，品达又折转回来，他回忆起关于奥德修斯的一段很有欺骗性的故事，这段与众不同的故事赋予那种认为奥德修斯的故事或言词（logos）"多过他曾经经历"的说法以双重意义。在第二种同时也是占主导地位的意义中，这句诗指的是奥德修斯在与埃阿斯争夺阿喀琉斯的甲仗时当着议论纷纷的希腊贵族的面声称他自己的功绩比埃阿斯更大。当时的问题是哪个男人将要取代阿喀琉斯的位置，是这个行为的男人，还是那个言词的男人，那个人虽然较少行动，却通过歪曲真相的花言巧语的威力夸大了事实。正是通过言词，奥德修斯赢得了这副甲仗，他迷惑了那些人盲目的心灵，那些人看不到埃阿斯的功绩更大，尽管他真正展现了"了不起的行为"，但他缺乏奥德修斯能说会道的本领。当这些心灵盲目的人们拒绝把阿喀琉斯的甲仗奖给埃阿斯时，这个英雄走了出去，走进暗夜中，他已经被雅典娜女神弄得盲目，他杀了一群动物，以为它们是人。接下来，埃阿斯从迷乱中清醒过来，看清了自己行为的真相，就用剑自杀而死。直到后来，直到奥德修斯在冥界又遇上他的时候，埃阿斯才变得能说会道，而且，那时候他的口才也还藏在缄默之中。

这里，我们碰到了一个很难解开的结子，一边是真切的洞察,一边是盲目;一边是真实,一边是欺骗;一边是与流传不朽相联系的美妙动听的言词,一边是与死亡以及普通的寂灭相联系的默默无言的行为。诗的线索弯弯曲曲,伸进这个结子里。这时候,我们看得出来:诗人对自己的这个职业的判断力不知何故已经失控了;当那个言词的男人被安排与那个行为的男人竞争并最终战胜了他,本诗开头那些安慰性的老生常谈,比如说诗歌是光荣的行为的补偿之类,也已经经历了一次奇怪的变化。

我们只能对品达对涅墨亚竞技会上那个胜利者说的话感到惊奇。他以涅墨亚竞技会上那个胜利者和他"了不起的行为"的名义,唱着迷人的言词;在这些言词中,他告诉人们,荷马关于奥德修斯的迷人话语的迷人言词是如何大为言过其实,奥德修斯如何利用这类花言巧语,为他自己赢来"了不起的行为"的奖赏,而使那个讷于言辞的行为的男人忍羞诟耻,最终走向自我毁灭。我们一路追随着这个变化,从作为行为的镜子的诗歌,变成比行为"更多"的诗歌,再变成与行为相竞争并战胜行为、毁灭行为者并将其打入"黯然无光"之地的诗歌。

这绝不是那种普通的老牌冠军最终被新来者、被狡猾的篡位者推翻的竞赛。它是这样的一种竞争,靠花言巧语获胜的胜利者在胜利中找不到一点轻松愉快;篡位者最终之自我挫败,已经由这种关系的形式所决定。他必须展示他的成功,因为没有得到公众的确认,他自己的胜利就会丧失,就会堕入黑暗之中。为了做到这一点,这个花言巧语的勇士必须恢复那个盲目的人群的视力;他必须夸耀自己怎么歪曲事实,必须表明埃阿斯才是真正的英雄,虽然被阴谋诡计打败,却是比他伟大的对手。然而,在这么做的时候,他却恢复并传播了那个他竭力要将其"打入黑暗之中"的人的 klutos 即名声。

回廊: 自杀与鲜花

为了尽情享受自己的胜利,品达最后被迫提醒我们注意那个被击败的行为的男人的尊严。靠言语取得的胜利,最好也不过是显得可疑而不确定,在最坏情况下则只是附在英雄的庄严肃穆旁边的空洞噪音。为了使这场胜利赢得不那么可疑,诗人必须让那个行为的男人说话;必须给予相形见绌的埃阿斯以辩才。不幸的是,完全限在言词所熟悉的领域里争论这个在言语与行为之间的问题,使彼此双方都受到削弱:行为的男人愤怒地吼叫,言词的男人证明自己占有优势,但这优势只是针对一个不善言辞的人。行为的男人所受的这种彻底的羞辱,是与言词的男人心中的嫉恨和忌妒成正比的。诗人剥夺了英雄的位置,不允许他拥有自己的位置,无论在生前还是在死后。

奥维德在其《变形记》第十四卷中复述埃阿斯的故事时,也正是这样做的。一开头是一段智力和体力之间的程式化的争论。埃阿斯为自己极力陈词,但却没有尤利西斯(奥德修斯)[1]说得动听,他雄辩的自我表白为他赢得了裁决,赢得了阿喀琉斯的甲仗。接着,奥维德给了埃阿斯最残忍的一击,他贬低饱受羞辱的

---

[1] 尤利西斯是奥德修斯的拉丁文名。——译注

英雄，写他戏剧性的怒吼，由此埃阿斯在不止一个意义上走到了他糟糕的生命尽头。

> 一群王子们乱成一团，
> 　　最终结果表明力量
> 来自精妙的言词：能言善辩的人
> 　　赢得了勇士的甲仗。
>
> 他曾那么多次独自承受
> 　　赫克托耳、利剑、战火
> 和朱比特，现在却不能忍受
> 　　这么一个龌龊丑行；痛苦
> 征服了一个未被征服的人；
> 　　他猛地抽出宝剑，说道
> "这剑不用说是我的！难道尤利西斯
> 　　也会为自己索要这柄宝剑？
> 我要用这剑对准我自己；虽然
> 　　它向来经常流的是
> 特洛伊人的血，此刻它要扎进
> 　　它那主人的伤口，
> 除了埃阿斯没有一个人
> 　　能够战胜埃阿斯。"
>
> 他说着，胸膛敞开迎向
> 　　利剑，终于受到了

第四章 置换

  它的第一个创伤,他向胸膛深处
    深藏这柄致命的利剑,
  手也已经没有力量把
    深插的剑柄再推向前:
  鲜血使剑迸射出来,大地
    被他的鲜血染红,
  开出了一朵紫色的花
    从那翠绿的草地上,
  这样的花最初曾开放在
    海阿辛斯[1]的伤口上。
  花瓣上写着字迹
    这个男人和少年一同
  分享:那是一个人的名字,
  也是另一个的呐喊。

  这一节诗句的读者有正当理由不同意埃阿斯的死有一朵紫色的花就足够了,不同意裹上这么一大堆紫色的言词显得有些过分。但是,《变形记》中这幕绚丽的死亡场面最终竟转到了一种植物的起因。

  在事物的名称背后,隐藏着许多古老的传说;天真的观察者曾认为纯粹是自然的东西,人们却发现其中有着深刻的历史蕴

---

[1] 海阿辛斯(Hyacinth),希腊时代以前的植物神,是阿波罗的宠人,是形象英俊的美少年。风神仄费洛斯出于嫉妒,在阿波罗教海阿辛斯掷铁饼时,将阿波罗掷出的铁饼吹到海阿辛斯头上。从海阿辛斯的血泊中,长出了风信子花(hyacinth)。——译注

涵。有时，关于某个具体事物的传说太多了。这朵花的花瓣上的标志的起因很多样。花瓣上写着"AI"，这是世界上最早的一个意义暧昧的文本，它允许各种解释争执不休。优先选择的说法是，当阿波罗无意中因铁饼失手而杀死了海阿辛斯之后，他悲伤地惊呼道："Ai！"阿波罗把自己永久的悲伤铭刻在这朵花的花瓣上，他用海阿辛斯的名字命名这种花（尽管他预见到有朝一日海阿辛斯要和埃阿斯一起共享这个题字）。奥维德甚至不愿意让被打败的埃阿斯完全拥有自己的花。埃阿斯（哀杰克斯）是个新来者；他也是在死后变成了这种花，但他不能拥有这种花的名字（这名字早已被诗歌之神阿波罗分配给了海阿辛斯）。为了争夺对花瓣上所刻的音节的所有权，他提出了 AI 是他本人名字的第一个音节的说法。一个凡人被另一个凡人所替代，可以说无非是填充应时鲜花这一可爱的形式的有机材料的交换而已；但是，当双方为了争夺花瓣的所有权，都在其上留下了含义模棱两可的题字时，那就完全是另外一回事了。可怜的埃阿斯只剩下一半的要求，只要求拥有名字的一半。

　　这是一个既可爱又意义暧昧的神话传说：一个名字，一段历史，竟被缩略为物体表面的一个题字——题在书页上或者花瓣上。它们经历了一次变为言词的变形，这些言词存留了下来，并且散播到遥远的地方，这些言词也许"超过他所曾经经历的"——但是，这些谎言在我们看来太可爱了，我们根本想不起来去追究它是不是真的。接下来就有年轻后生接踵而至，试图将题字攫为己有，这题字遂变得主属不定，悬而未决。

　　诸如此类的神话传说也许会诱惑人死后化作鲜花（或者变为一部选本，或者一个用"言词的花朵"扎成的花环），并

第四章 置换

攫取海阿辛斯和埃阿斯的声名的形式,假如不是攫取与海阿辛斯和埃阿斯有关的那个音节的话(尽管为了避免竞争,这个人必须小心翼翼地做到使花朵的名字完全属于其本人)。这种散播声名的幻想,是一种反向运动,它与人们所恐惧的某些东西,例如羞辱、死亡以及遗忘、危险、厌弃石头之类背道而驰。另一种方法就是声名即 *klutos*,这种声名传得很远,它逃避了实际的苦干和苦难,却获得了饱经苦难的名声。这样的名声可以通过写于普通书页之上的诗作、通过选本中的篇什来传播。

> 我要把我的痛苦送给全法兰西,
> 　　比飞驰的箭矢还要快速,
> 　　我要用蜜蜡把耳朵塞住
> 　　为了不再听我的塞壬的声息。
>
> 　　我要把眼睛散进泉水里,
> 把心散入火里,让石头掩藏我的头颅,
> 让脚混迹于树干,为了永不接触
> 她那高贵的人类可爱的品质。
>
> 　　我要把思想变成鸟儿
> 把轻柔的叹息化作风清新温和,
> 满世界散播我的悲怀。
>
> 　　我要用脸色的苍白

> 让一朵花在卢瓦尔河畔盛开，
>
> 花上写着我的名字和我的悲哀。
>
> 龙沙，《情歌》第 1 卷（1587），16

正像埃阿斯的剑从其身上迸射而出一样，龙沙的痛苦也像箭一样四向迸射。他的痛苦的名声散播到整个法国（在本诗的另一种版本中，此句作"送给整个世界"）。开始的时候，他像奥德修斯一样，躲避着塞壬们，漂泊天涯，最终，他像埃阿斯和海阿辛斯一样，死后变成一种花。他关键性的肢体散入到坚实的自然界，变成了与其相应的东西，直到余下的全都是如风一样轻快的思想、叹息，最后，脸色，那薄如蛛网似的皮肤表面，造就了这朵以他为名的花，回到他的故乡卢瓦尔河畔，完成了一个像奥德修斯当年一样的还乡之旅。[1] 这花是这身体的最后一个替身，它铭记着先驱者的名字，也铭记着他的经历的实质。海阿辛斯和埃阿斯这两位先驱者在争夺花瓣上题字的意义究属谁家：正像奥维德所写的，"那是一个人的名字，也是另一个的呐喊。"龙沙诗中最后一句的用典即出自此句。龙沙要独占这朵花；为了保持语义双关，他又要求两者兼得。

变形为散播的名声和变形为花，似乎是一种自主的行为，是

---

[1] 一些注家说，他的花就是龙沙（Ronsard）家族徽章上的花：黑刺莓开花的茎条称做 ronce，燃烧起来叫做 ard（译者注：ronce 和 ard 都是法语，两者合起来构成龙沙的名字）。让我们再一次回忆一下另外那个变形故事，脸色在艺术品的表面变得苍白。米开朗基罗："假如是这样，在坚硬石头上/人们把所有他人的形象都比作自己，/我就让它变得灰白，常常是苍白，/就像我也被她弄成这样。/因而我曾以我为原型，/打算让它成为她。"

第四章 置换

一种反向运动,与面对强迫性的吸引力——塞壬的歌声让人欲望冲动,樯倾舟毁,死了也不留下一丝痕迹[1]——之时的束手无策是相悖逆的。

这是有关女人/顽石的男性神话的一种变形,是恐惧和欲望的象征:塞壬们坐在岩石上,他们使听歌的人心里软化,原来绷得紧紧的弦慢慢放松了。

> 不管是谁,
> 因为无知而被打动,只要听到
> 随便哪个塞壬的呼唤,他就会抛弃
> 妻子和儿女,中了塞壬的妖术,
> 他的心情再也不会惦记着家中,
> 他们不会为他而喜,他也不会因他们而悦。

---

[1] 甲仗再次失落:人们也许会补充说,在奥德修斯飘游的过程中,阿喀琉斯的甲仗被丢失了,最后却自己"还乡",回到其所应该归属的地方,正如龙沙在其翻译的一首希腊讽刺短诗(Gayetez, Traduction de quelques autres epigrammes grecs, 10)中说的:
> 尤利西斯被吊着被海浪颠簸摇晃
> 风暴收回到水淋淋的怀里的
> 是珀琉斯的盾牌,又宽又重又大,
> 怯懦的累尔提斯根本不配使用,
> 而埃阿斯却因此而自杀身亡。
> 但是海洋执法更加公正
> 胜过阿特里底斯和其他希腊人,
> 从细碎的浪花中吐出阿喀琉斯的盾牌

推送到埃阿斯的坟头,而不是伊萨卡的海岸。——原注
珀琉斯是阿喀琉斯之父,累尔提斯是尤利西斯之父,伊萨卡是尤利西斯的家乡,三者分别指阿喀琉斯和尤利西斯。——译注

塞壬就这样用歌声软化
（歌声悠扬，具有那么强的蛊惑力）
让他心灵涣散，以至交出自己的头。

奥德赛，第12卷，58—66行（据查普曼英译本）

龙沙则在专心致志的黑影中"为自己创造了名声"。但是，这个形象地表现他在受苦受难的反向运动，只不过是他走向那个有强烈吸引力的声音的倒置反映而已。

争夺名字

在你的诗歌采取的形式里
我希望找到我自己。

歌德，《模仿》

大约在1247年，苏菲派信徒诗人鲁米[1]终于成功地把四处行游的托钵僧人山姆西·大不里士赶出了科尼亚[2]，其实在精神上这个大师已经渐渐迷上了山姆西·大不里士。驱逐了山姆

---

[1] 鲁米（Jalal ud-din Rūmī，1207—1273），波斯苏菲派（Sufi，伊斯兰教的神秘主义派别）诗人，主要作品有长诗《玛斯纳维》（《训言诗》）以及抒情诗《夏姆斯诗集》。——译注

[2] 科尼亚（Konya），土耳其中部偏西南的一个城市，位于安卡拉以南，从11世纪到13世纪，科尼亚是强大的塞尔柱苏丹帝国的首都。——译注

西·大不里士之后，鲁米变得郁郁寡欢；其后，在他的所有诗作的最后一句即"署名句"中，他都签署了"山姆西·大不里士"的名字，以代替他自己的笔名鲁米。有时候，他还用山姆西·大不里士另外一些各不相同的笔名。

爱慕、竞争、忌妒、效法：这一组由互为对立面的因素组成的矩阵，将他与这个人捆绑在一起。他无处不在，那个**他者**必须除掉——要么是被那些认为其行为有违师训的徒弟们在不经意之间赶走，要么是由于死去而被人替换掉，从此成为过去。于是，他就可以踏步进来，填补空出的这个位置；他摇身一变，既是他自己，又是**他者**。

在其垂暮之年，歌德受约瑟夫·封·哈默尔－珀格斯塔尔翻译的波斯诗人哈菲兹（约1326—1390）[1]的抒情诗的启示，出版了《西东合集》(1819)。这是一部独一无二的诗集。集中的诗不是翻译的作品，尽管它们从翻译的哈菲兹的诗中借用了许多素材。我们也许会自鸣得意地说，它们是"以哈菲兹的风格"写成的；但是，其中很多诗篇是那么多地讨论"哈菲兹的风格"，以至于变得与"哈菲兹的风格"全然不同。歌德不容许自己刚刚接手这个位置，就这么简单地自我消失无踪：他必须争夺这个位置，必须显示他是从外面来的，正在靠自己的力量夺取这个位置——不管反复提出这一类要求会引起多少对他对这个位置的所有权的质疑。

---

[1] 哈菲兹（Shamsoddin Mohammad Hafiz，约1320—1389）：波斯诗人，能背诵《古兰经》，他的名字的含义就是"熟背《古兰经》的人"。——译注

这些诗是众声喧哗的抒情诗,有着竞争、恋爱和友谊关系的各方来来往往,彼此之间反复诉说。歌德扮演了全套角色,有时候在诗题中标明其角色,有时候则不予标明。他既是对着哈菲兹诉说的歌德,同时又是对着歌德诉说的哈菲兹;他既是哈特姆,通常扮演情人角色,向他所钟爱的苏蕾卡诉说衷情,同时又是苏蕾卡,回应着哈特姆的诉说[1];他既是那个无名诗人,又是这个无名诗人的同伴"侍酒者",即波斯诗歌中的 saki[2]。他发出各种声音,一半是抒情诗人,一半是剧作家,他揭示了隐藏于两者之核心的那种特殊感情:一个是藏于抒情诗中的隐秘的剧作家,他把一个他者写得就像是他自己;另一个是藏于剧作家中的隐秘的抒情诗人,他把自己写得就像是某位他者。透过所有这些声音,我们看到了另一个歌德,他知道,在他多种多样的变形中,他已经不知不觉地渐渐挣脱了拴系,而散入到分散的各种名字与喋喋不休的各种不同声音之中。

他是那个愉快的盗名之贼。毕竟,这些在波斯诗歌中已经如此众所周知的名字只是 Beinamen,即"化名",只是某些角色、性质以及存在方式的代号而已,在不知不觉中,早已外在于那个"靠"这样一个名字行世的人。这些名字曾经被当作礼品送给从前的诗人们,或者已被从前的诗人们通过一种自我阐释的故意行为采用过。而现在,就像空出来的房子一样,这些未被占用的名字仿佛在等待新来者提出对它们的要求,并搬进去。那个旧的所

---

[1] "苏蕾卡"(Suleika)是玛利安·封·威尔默的化名,她是歌德所心爱的人,有一些"苏蕾卡"诗是她写的。

[2] saki,波斯语,意即"cup-bearer",侍酒者,即将酒递送给饮酒者的男童,往往成为饮酒者的欲望对象。——译注

有者，现在虽然不在房子里，也可以在想象中召回，并使之温文尔雅地交出这个位置。

在那首题为 Beinamen，即"笔名"或"化名"的诗中，歌德用穆罕默德·沙姆斯-奥登（哈菲兹）的"专名"召回哈菲兹，并询问他是怎样获得哈菲兹这个意为"保存者"或"记忆者"的名字的。哈菲兹是一个有教养的人，他很有礼貌地回答歌德，向这个新来者解释说，人们给他这个名字，是因为他能够"靠记忆保存"《古兰经》经文——可以说，他是靠这种能力为自己赢得了声名。

哈菲兹绝不是攫夺者；他是一位古老的词句的记存者。但是，歌德觊觎着这个现在已无人使用的名字，并要将其加入自己的诗集中。他是信奉历史主义的现代诗人，他既已"进步"到超出从前的诗歌，又能将从前的诗歌包容在内[1]。他向哈菲兹说明为什么这个名字现在应该属于他了：

---

[1] 先前人们认为，歌德的"普遍性"体现在他能够在其心中吞没所有的历史差异。弗利德里希·施莱格尔《关于诗歌的对话》：

但是，这里至少还保存着一个传统，即人必须回归古典时代，回归自然，这一火花在德国人中燃起了火焰，当他们逐渐以前人为样榜开展工作。温克尔曼教人考察古典时代，是将其当作一个整体，并且提出了关于艺术应当如何建立于其形成史的基础之上的最初的榜样。歌德的普遍性是对实际上分属各国各个时期的诗歌的温和的反映：一系列取之不尽用之不竭而且堪当楷模的作品、研究、速写、断片和实验，文体各式各样，形式也各不相同……翻译诗人的作品以及对其韵律节奏的再创造，已经变成为一种艺术，而批评已经变成为一种知识的形式，它消除了旧有的疵病，为理解古典时代打开了新的视点，在这种背景下，一部完美的诗史就出现了。

万事俱备，只等德国人进一步运用这些方法，歌德已经在他们面前树立了典范，他们亦步亦趋，为了能够使所有的艺术形式复活，或者将它们重新结合，他们要追踪这所有的艺术形式，追溯直至其本源。

> 那么，哈菲兹，在我看来
> 我可以不必对你退让：
> 因为当我们像其他人一样思考
> 我们就变得与那些人一样，
> 因而我和你完全一样，
> 吸取了光荣的影像
> 从我们自己的圣书中，
> 正如在那万布之布上
> 印上了耶稣基督的身形
> 并复活于我宁静的胸膛，
> 不管那些拒绝、阻止还是偷窃，
> 带着信仰的幸福影像。

哈菲兹从他人手里得到这个名字，是随意而不受拘束的。歌德与其不同，他要求获得这个名字，是靠他的正当权利。他提出理由，说自己也能记诵《圣经》，这与哈菲兹在《古兰经》方面的学问旗鼓相当，来证明他将这个名字据为己有是正当合理的。歌德不仅以自己的圣书替代了《古兰经》，而且对其自夸的能够记诵《圣经》的本事也没有任何一点承诺。这仅仅是他为满足欲望而施的计谋，仅仅是他为夺取这个名字而采用的手段而已。一旦他变成了"哈菲兹"，熟知《圣经》这一回事也就被完全忘到九霄云外去了：他真的想得到先驱者的那个位置，不仅要用上先驱者的名字，还要保持他原先的身份。一旦他以他人的名字披挂出场，这个新的条顿人的哈菲兹说的就是《古兰经》式的宇宙了。

第四章 置换

先驱者总是说得恰到好处，而新来者即攫夺者则说得太多。他忙着提供榜样、说服别人、苦口婆心、罗列证据，而在这种场合下对他最有好处的却是沉默。在这一类过分行为中，不可避免地会有某种东西使事态复杂化起来，而本来它是极力扶持这种事态的。哈菲兹因为是一座《古兰经》词句的巨大宝库而得名，与此不同，歌德这个历史主义者的记忆的象征是基督印在裹尸布上的身形影像：是留在纺织品和《圣经》文本上的难以确定的残留影像（afterimage，德语作 *Nachbildung*，意为"模仿复制"），是死亡和缺席的印迹，它会招来质疑，并且有待阐释，就像那朵风信子花瓣上的"AI"标记。它是一种影像，它的意义必须受到追问，对它的解释要求有一种对信仰的主动肯定。

千万不要相信他的诺言。他没有丝毫忠贞可言；他的承诺只不过是意愿，是权宜之计而已。伟大的植物学家歌德一定会欣然将风信子花瓣上的"AI"字样看作是大自然随意画出来的线条。不过，如果它有助于达到他欲望的目的，他也能够作一次想象性的承诺。他一定会乐于把这些以及其他一些标志看成是一个死去的先驱者留下的印记。接受了死者拂之不去的印记的并不是那种记忆，而是当他要这么解释那些标记的时候，他可以将自己拱手让给那个角色，并主张信以为真，同时将所有其他可能性统统替换置入一个总体存疑的框架中。尽管他在诗中要求我们拒绝这一类怀疑，但他总是说得过分了。为了抵制怀疑，他提醒我们注意存在于暗处的怀疑。对这个历史主义的诗人来说，自我可以突出表现，然后定居下来；而先驱者则是一个空的躯壳，什么人都可以住进来，可以加入到诗集中。

138

223

他解释这个名字,解释这个古老的标记,并突出这个空出的位置和角色;然后,他就搬进去占有了这个位置。他踏上这一段旅程,他是移民,而不是游客。他与自己先前的过去诀别,一个新的时代、新的历法由此开始,就像伊斯兰教纪元是由穆罕默德从麦加到麦地那的那次逃亡开始一样。

139
    北方与西方和南方彼此分手,
    王座爆炸了,帝国在颤抖;
    赶快逃到纯洁的东方去
    呼吸家族酋长统治的气息。
    享受着爱情、美酒和歌声,
    你会在基瑟泉边越活越年轻。

    在那里的纯洁和公正中
    我要深入地追踪
    追溯人类的最初起源,
    在那里他们从上帝手里依然
    得到用尘俗语言表示的天智
    而不必为此打破头争来争去;

    在那里他们高度崇敬父辈
    并且把外来的奴役击退。
    我想体会一下年轻的局限:
    思想狭隘而信仰宽阔无边,
    因为言词在那里那么重要,

第四章 置换

只因那是说出来的言词。

我要和那里的牧羊人混在一起,
在绿洲中恢复自己的体力,
当我随着沙漠车队到处游历,
做些披肩、咖啡和麝香的交易;
我要把每一条小路走遍
不管它在城里还是荒原天边。

我追随高下起伏的险峻山岭
哈菲兹,带来慰藉的是你的歌声,
就像沙漠商队的领头人欣喜欲狂
骑坐在自己高高的骡背之上
用歌声唤醒满天星斗
也用歌声把强盗们吓走。

我要在那些浴室和客栈里
想念你,圣洁的哈菲兹,
当我的爱人把她的面纱掀开,
她颤动的头发有珍馐的香味传来:
是的,来自诗人的爱的私语低吟
哪怕是天仙也会春心萌动。

如果你为此对他心怀忌妒
或试图将其破坏得一塌糊涂,

> 你可要明白诗人的言词
> 是在天堂门边盘旋不去，
> 它们总在轻轻地叩门，
> 要求得到永恒的生命。

"逃亡（Hegira）"[1]是《西东合集》开卷第一首诗。它宣告历史已经终结，又回到了那个永恒不变的世界的原初起点。它是回归伊甸园这一诗歌神话的历史主义版本，在这一版本中，知情与无知相遇并融合到一起：那个终极先驱者的位置就这样被攫夺了。

这样一种回归包含了诸多令人愉快的悖论，永远也解决不了。歌德自愿选择让自己属于那个以确定不变为其主要吸引力的世界；他会改变，从而使自己变成那个恒定不变的世界的一部分。他的身份已经是一大堆角色的集合，是企图将一切事物都包容起来的一种永久的变形。最终，只有一个条件他不能达到，正是他所采取的那种达到的方式，使他达不到这个条件：他永远不可能成为一个统一的整体，永远不可能是独自的单一事物。

诗页上写着那些古老的标记，写着那个《古兰经》记诵者哈菲兹的名字，他从中读出了一个伊斯兰教的东方，那儿社会稳定，长治久安，正是那梦寐以求的定居的地方——在那个地方，他会感到自由自在，平静安详。但是，那里对他恰恰是可望而不可即的，中间隔着一条再细不过的不可能的界线。变形从来不可能是自由自在的，因为他总是会想象那种自由自在的感觉究竟如

---

[1] Hegira，逃亡，特指公元622年穆罕默德从麦加到麦地那的逃亡，标志着伊斯兰教纪元的开始。亦写作hejira。——译注

第四章 置换

何。对这一悖论,歌德理解得太过深刻了。如果他不能解决这一悖论,至少他可以与之游戏。在这样的游戏中,这一悖论依然是重要的而且是活生生的。

他开始踏上走向心灵向往之地的旅程,装作这是很有必要的:各方都爆发了暴力,只有东方仍然是可以逃亡的方向。他富有启示地想象了哈米吉多顿[1],想象了伊甸园的再生,在想象中,许多地方崩溃了,变成一个地方,世界陷入了历史,退回到无始无终的永恒。这是那个最古老的世界,同时也是那个最年轻的世界,在这个地方,所有的对立面都可以成立:这是一个酋长制的世界,这里将会尊重歌德老人;不过与此同时,这也是一个返老还童的世界,老人在这里将变得年轻。它是一个天真无邪的世界,极近于糊涂迟钝;不过,它也是一个伟大的智慧的世界——不是写下来的言词、而是说出来的言词的世界(或者因此之故,他才以读翻译的哈菲兹作品为题写诗)。它是一种西方对东方的幻想,是极端的东方主义,在这种情况下,一切的屈尊俯就同时也是对他者的极度渴望。在这个他者身上,存在着各种相互矛盾的两极:年轻和老年,世故老练与天真稚嫩,声色犬马的感官享受和优雅得体的限制约束。[2]

---

[1] 哈米吉多顿(Armageddon),按《圣经》中的说法,这是世界末日善恶决战的战场。——译注
[2] 具有讽刺意义的是,歌德对于东方的看法在不知不觉中吸收了伊斯兰诗歌中对"东方主义"的说法:由沙漠商队和绿洲构成的诗歌中的贝都因人的世界,给予那个彬彬有礼的城里的波斯人、那个极端世故的哈菲兹的感觉,正如伊斯兰世界作为一个整体给歌德的感觉一样。——原注
  贝都因人(Bedouin),在阿拉伯半岛和北非沙漠地区以游牧为生的阿拉伯人。——译注

这个攫夺者和新移民对边界感到入迷了，只要跨过这条界线，就会感到一种变为他者的快乐。他把各种限制、禁令以及各种遮盖物一一登记下来：老龄和必死的命运，法律和风俗，过去的负担。但是，这个世界是"无边无际的"，每一种限制都能以某种方式突破并化解。跨越这条边界线的强烈欲望是情色的欲望：面纱遮盖了脸，并垂挂在那里，这只是为面纱被揭开的那一瞬间积聚力量而已。而揭开面纱又是由诗的力量完成的：

> 当我的爱人把她的面纱掀开，
> 她颤动的头发有珍馐的香味传来：
> 是的，来自诗人的爱的私语低吟
> 哪怕是天仙也会春心萌动。

这些诗句既是哈菲兹的，也是歌德自己的，它们是从一个既是新人又是老人、既是歌德又是那个拥有神力的古老言词的记诵者哈菲兹的人的嘴唇里吐出来的。这些言词带着他穿过遮挡，进入天上仙女们居住的天堂，从而将彼此对立的两方，即伊甸园和人类堕落后的那个性的世界，又重新统一起来了。

通过回首，歌德创造了一个历史的循环；在这一无穷无尽的循环中，他获得了"无边无际的"（*Unbegrenzt*）的空间：

> 你不能作出让你伟大的终止，
> 也不能作你命中注定的开始。
> 你的歌声在旋转就像那星空，

第四章 置换

开始与终结从来没有不同,
中间部分所带来的东西
显然已见于结尾和开始。

你是真正的快乐的诗人的泉源,
流泻出无数的波浪前后翻卷;
一张嘴总是在期待着亲吻
一首歌在流淌着爱情的胸中;
一个喉咙总是渴望着畅饮,
一颗善良的心倾吐自己的情衷。

且任凭整个世界沉沦,
我愿意让你,哈菲兹,只让你一个,
做我的对手。让痛苦和快乐
给我们这一对孪生兄弟分享着!
像你一样去爱,像你一样畅饮
应当是我的荣耀,应当是我的生活。

现在就带着你的火离去吧,歌声,
因为你比我更老,又比我更年轻。

　　他踏入这样的一个关系圈,于是,他摆脱了线性的历史,脱离了世代衍续的世界。在那个世界里,先驱者的位置总会被有效地夺去,新来者也因之而随时面临着最终被驱逐的结局。在世代衍续的地方,自我和他者是成双成对地出现的。线性的时间弯曲成一个圆圈，像歌曲周而复始，永生不朽。

在一件纯属家族风流韵事的世代衍续的过程中，苏东坡取代了其先驱者白居易的位置。白居易已经离开人世，他的诗作也隐身于后来的那个诗人的那首词作中。歌德阐释那个先驱者的名字，他依然将其当作是一个孪生兄弟，并与其一起锁闭于永恒的爱和竞争之中。在这一循环中，没有任何东西完成或失去了；他者被转变成了一种阐释和描述。

这是历史主义的作品：**把他者**的声音包容在阐释的游戏里。各种各样不同的关系共存，不需要在彼此之间作抉择决断：他就是他者，他就像他者，他不同于他者（"现在就带着你的火离去吧，歌声"）。既有对对立的肯定，又有向对立面的运动，也有相对立的双方的联合：西方的诗人变成了东方的诗人，现代的诗人变成了古代的诗人（从另一个意义上说，后来的现代的诗人变成了原初的诗人），老人恢复了青春；而且到了后来，当他以苏蕾卡的口吻写作时，男性诗人变成了女性诗人。尽管他有一种错觉，认为他与先驱者或者与他的所爱之间关系紧张，诗人仍然可以扮演任何角色，可以介入各种关系，因为并没有一个难以驾驭的他者把他束缚在某种特定的关系中，或者某个特定的位置上：他既可以是任何角色，又什么都不是。

尽管他无法逃脱，歌德还是清楚地知道这种变形游戏的结果。不断地与原来的身份告别，总是在蜕去旧皮，这就使他永远达不到原初的那种稳定，而只能达到某种最终的不稳定。这个诗人有着像风一样的形体，他获得任何名字都是有条件的，即必须"把自己想象为"他者。但是，任何名字、任何思想、任何言词都不会持久。

第四章 置换

> 他可知道与他同行以及他变成的是谁?
> 他总是在疯狂中才有自己的行为。
> 他被一心一意的爱
> 驱赶入无边的荒野草莱。
> 他写在沙上的韵文的悲哀
> 同样也被风吹掉,
> 他说的话他自己并不明了,
> 他说的话他也不会坚持。
>
> 摘自,《控告》

这是不可避免的。第一次的替代行为总要带出许多他者;它从不给人带来那种翘首盼望的满足感,而诗人则不断地被驱使去重复这种替代行为。就像后代出生的皮格玛利翁再也不可能塑造出那尊最终让人满意的塑像一样,变形者再也找不到那个让他感到自由自在轻松自如的自我了。他的心变得居无定所,流浪四方。他挣脱了拴系,踏上了一个连续不停的变形过程,他要追求一连串永无止境的梦寐以求的他者的形式,他渴望将这些形式据为己有。在这个连续不停的自我创造的过程中,产生了一种严酷的不朽;它要求连续不停的自我毁灭,在这条小路上,到处散落着被遗弃的自我的躯壳。

在所有诸如此类的攫夺他人的位置的行为的核心,我们会找到羞耻、自我仇恨以及无限的针对自我的暴力能量。迫在眉睫的是某些可怕的威胁:被敌人捏在手里只待一死,或者被社会群体判处死刑,或者是自杀。但是,诗人并非听任身体的毁灭,而是

要摧毁栖居于身体之中的自我。[1] 阿耳喀罗科斯丢掉了盾牌,在刀锋和耻辱的威胁下,他用言词创造了一个新人:

> 就我来说,
> 我已经获救,那我还管什么
> 盾牌——随它去吧。
> 我会再买一面同样好的。

在西方抒情诗中,最古老的自我表白行为之一就是将史诗的战争主题替换成抒情诗的爱情和酣饮主题。也许,拒绝史诗中的暴力始于阿耳喀罗科斯从战场上的那次脱逃;《阿那克里翁体诗集》[2] 第二首召唤荷马的七弦琴,但需要的是一种更加沉醉的音调。然而,最生动的一幕见于《阿那克里翁体诗集》第九首,在这首诗中,诗人是这样开头的:"我要,我要变得疯狂。"他接着又举了其他一些变得疯狂的例子,最后讲到埃阿斯的例子。埃阿斯得到赫克托耳的剑,欣喜若狂,正是用这柄剑,埃阿斯自杀身亡。遭遇这个类似的结局之后,这个抒情诗人立刻突然转向,转向一个替代行为,声称自己手上还有别的一些东西:"但我有酒杯/还有花环。"

---

[1] 处于相同的境遇之中,苏格拉底却作出了恰恰相反的选择。也许因为这个原因,哲学家永远不能原谅诗人:这个选择使他们想起人的灵魂是会变的。而且,在压力之下,人会变得怯懦,他在鼓吹其勇气,聪明以及机智的时候所展示的灵活机变就是见证。奥德修斯就是以这种方式赢得了阿喀琉斯的甲仗。

[2] 《阿那克里翁体诗集》(*Anacreonta*):阿那克里翁(公元前570?—前480?),古希腊宫廷诗人,其诗多以歌颂爱情醇酒为主题,后人多有模拟,称为"阿那克里翁体"。——译注

第四章 置换

然而，这个新的角色一点也不稳定，从来没有使人满足；而他却渴望着稳定和满足。他心甘情愿甩掉现有的形式，以便再去取代另一个人的位置，并且在其言词作品中始终重复这个行为。但是，每一次取得新的位置的行为都是对自我横加暴力，都是自我的自杀，是"自杀性攻击的神风攻击队员"，在新的言词中，在传播得很远的 klutos 即名声中，他的自我又获得了新生。他总是用这些言词，使打击不要落到他身上，使曾经对准埃阿斯的剑不要对准他自己。

145

> 在这二千个我和我们当中，我想知道，哪一个是我？
> 　让耳朵听听我的喋喋不休，不要将你的手放在我嘴上。
> 既然我已经失去控制，不要将玻璃放在我的路途中，因为
> 　如果你放了，我将跺脚踏碎所有被我发现的玻璃。
> 因为每一刻我的心都与你的幻想混在一起，如果
> 　你高兴我也高兴，如果你正悲伤我也感到悲伤。
>
> 你是原版——我是什么人？你手中的一面镜子；
> 　你照什么，我就显示什么，我是一面地地道道的镜子。
>
> 萨拉-依·迪·乌·登的恩典在我心中闪耀；他是
> 　这个世界上心灵的蜡炬；我是谁？是他的杯子。
>
> 　　　　　　　　　　　　鲁米，《加扎尔》[1]

---

[1] 《鲁米神秘诗集》（*Mystical Poems of Rumi*），A. J. 阿伯里（A. J. Arberry）翻译（芝加哥：University of Chicago Press, 1968），页143—144。

> 但铭刻的背后没有什么东西,
> 它是它自己,它必须告诉你
> 很久以后,在心满意足中
> 你会高兴地说:是我说的,我!
>
> 摘自歌德,《好运的符记》

走向隐喻

《晋书》中讲述了这样一段故事:石崇(249—300)得一美伎,名叫绿珠,姿色美艳。摄政王赵王伦的亲信孙秀权倾一时,欲得到绿珠。孙秀派一个使者向石崇索要绿珠为"礼物"。当时,石崇正在金谷别馆里,登凉台,临清流,身边环侍着一群女人。使者禀告了孙秀的要求,石崇当着使者的面,尽数出示其婢妾;个个都穿着轻罗绮縠,散发着兰麝的香味。石崇说:"请挑选吧。"使者却说:"你的婢妾确实美丽;但我受命来此,只是要带绿珠回去。不知道哪一位是她?"石崇随即说:"绿珠是我所爱;你不能带走她。"使者竭力要说服他,提醒他注意抗命的后果,结果徒劳无功,石崇仍然不愿交出绿珠。孙秀得知石崇抗命不从,勃然大怒,就催促赵王伦收捕石崇。石崇和他的一些朋友风闻孙秀等图谋对自己不利,就孤注一掷,策动了一次反阴谋,企图推翻赵王伦。这个计谋被孙秀发觉了。当士兵来抓他的时候,石崇正在高楼上举行宴会,看见士兵站在门口,他立刻明白发生了什么事。他对绿珠说:"事已至此,乃是为了你的缘故。"绿珠哭泣着回答:"既然如此,我现在就死在你面前。"说罢,就从楼上纵身跳下。

石崇及其全部家人,包括其母、兄、妻、子等,都被赵王伦的军队带走处决。

此人姓石,名崇,有"崇高、荣崇"之意,这是带有吉兆的一种品格,他被劝诫要实现这种品格。"绿珠"是一个家奴身份的歌伎,她只有这个以一种贵重物品、一种宝贝命名的名字。正如她可以被人占有一样,她也可以以石崇的政治安全为价钱而被卖掉。但是,石崇拒绝这种交易:他告诉使者他"爱"绿珠,用"爱"这个字,表达的不是他对作为另一个人的她的欲望和牵挂,而是他十分珍惜她的价值,乃至于"舍不得"(这也可以说成是"爱")将她让给另一个人。为了保住这个婢妾,石崇拼死一赌,她只是作为性的物体而得到珍爱;他放胆冒险一赌,结果输了。

她作为物的价值的确很高,几乎超过了任何东西所可能有的价值。最后,绿珠决定把石崇对她的价值的高度评价看作一个机会。她以自杀的方式,摒弃了她作为私有财产物(收捕之后,她将与石崇的其他家产一起被孙秀没收)的地位的那种安全感,从而为自己,至少在她纵身跳楼的那一短暂的瞬间,夺回了一个人的地位。经过自己的选择,她介入了封建关系中的那种致命的经济关系,这是建立在接受和偿还债务的基础之上的。绿珠声明自己是一个好的婢妾,像中国上古故事中许多优秀而令人同情的门客一样,她以自己生命的通货偿还了债务。一个人突然浮现于一件可爱的物体的表面之后;那从楼上坠落的身体是一个人,而不是一件物品。

147 九世纪上半叶，诗人杜牧寻访石崇金谷园旧址，在那里，他回想起这个虽然毁灭了身体这个宝贵的东西、却为自己夺回了人性的女人。像燕子楼中的盼盼一样，她通过一个表面上看起来是自由自愿、而实际上却是强加于她身上的拒绝行为，进入了只有人类才有资格进入的历史。后来的人们似乎总想要"重新占有"她，让她重新成为一个物体，并通过这种方式让她复活。苏东坡打破了盼盼守节不嫁的誓言，至少对其幽魂来说是如此。身在金谷园的杜牧则把坠楼破碎的身体转化成金谷园景色中的尘屑。

> 繁华事散逐香尘，
> 流水无情草木春。
> 日暮东风怨啼鸟，
> 落花犹似坠楼人。

杜牧，《金谷园》

进一步替代：因诗而死，因小说而死

现在，我们必须讲一讲对盼盼暗中所作的润色文饰。诗的替代经常是延续的一种姿态，是一段且待下回分解的故事；由

第四章 置换

　　传统为作为玩物的女人提供了一套过时的隐喻：她是一朵花，有她陪伴的那种绮艳的快乐就像是繁花盛开，像一个繁华的季节。汉语文本允许我们将第一句诗解释为一段古代故事，或者解释为对暮春落花的即景描写，这可以暂且搁置一边不下定论。[1]"香尘"既可以指花瓣碾碎后的粉屑，也可以指美人的遗骨。四季轮回，这使悲伤的激情故事和激情的终结永久流传，在这个永无休止的重新扮演落花戏剧的过程中，自然展现了它对痛苦无动于衷的一面。自然没有读过什么故事书，也没有什么补过性的记忆，它缺乏那种教导我们面对痛苦应该采取何种措施的更加精致的情感。自然一无所有，它不动声色地贡献万物，让人类拥有；万物既不知道它们已被人拥有，也不在意被人拥有。

　　杜牧这首诗中的比喻说法有些地方是非常成问题的。暮春景致中各种不同的植物类景物，替代了故事中那种岌岌可危的高度、坠落的人体以及粉身碎骨的结果，但是，这种替代却只能使我们想起人与自然物体之间的距离与差别。虽然诗人强调，春天的东风吹落树上的花朵，使鸟儿们感到苦恼，但我们知道，像这

于还没有结束，它就有了继续发展的可能。因此，盼盼决定守寡，对白居易来说，这就是一种可能性，一张空床。白居易对盼盼的欲望所作的想象，进而重新点燃了他自己的欲望，重新激起他在梦中阻止盼盼步步退缩的力量。对其他人而言，这个危险的缺口必须要堵住。

---

[1] 其所以难以确定，是由于汉语诗歌语言中缺乏时态，过去时的陈述、现在时的陈述或者进行时的陈述以及永恒现在时的陈述都完全一样。

样把人的情感反应归结到鸟儿身上,只是一种艺术的行为,只是对漫不经心无忧无虑的鸟啼的一种诗的比喻的说法。

对于本诗最后一句的隐喻——把落花直截了当地比作坠楼自杀的绿珠——而言,本诗前面部分的全部内容都只是一间前厅而已。如果绿珠只是一个自然死亡的古代美人,我们对把她比作晚春景致中粉碎的花瓣而感到的不舒服就会少得多;这个比喻就是一个老生常谈,就只是失去的某个可爱的物体替代失去的另一个可爱的物体而已。但是,以翩翩然飘坠的落花,替代那个为了显示自己的人性而自我采取暴力行为的女人,这是一种诗的暴力行为:它的不协调表明,在女人和花朵之间、在死了就无人可以替代的真正的人和自然令人乏味的循环重复之间,有一道不可跨越的裂口。这些可爱然而没有心肠的后来者,不能填补那个先驱者的位置,无论她是多么可爱;将它们放在她的位置上,只会使人回想起那曾经失去的东西。这些隐喻都是因为缺乏适当的说法而权且一用的比喻。

也许,这个隐喻是用来使一道随时可能合拢的裂口保持开裂

在后来的奇闻轶事中,人们再次讲述了这个故事。在复述中,他们扩展情节,改变措辞,还加上一个结尾,使之成为严格意义上的故事。的确,他们在不止一个意义上给了这段故事一个结尾。而且,正如奇闻轶事所习以为常的,这些润饰扭曲了故事的背景,使盼盼的故事转变成一段故事新编。

这段故事听起来似曾相闻,因为它依据的是那段更古老的绿珠的故事。七八世纪之交的诗人乔知之有一爱妾,名字叫做

第四章 置换

状态。这道裂口可以极其轻易地跨过去。有一个严酷的用经验可以感知的变形把先驱者和后来者、把尘土中的女人和花联系在一起。身体变成了物,变成了尘土。既然坠落到这里,她确实可以转变成这些落花,落花愚骇地模仿着她坠楼自杀的行为,而那个行为是她自由自主选择的,她的选择赋予那个行为以意义。

身体是地面,是暴烈的变形和替代发生的地方。我们都有变成物的危险。在我们的人性和这个物——这个被杀害、被损害、受伤的身体——之间的这些奇异的裂口,在隐喻的作用下,一直开裂着。这些隐喻一直是鲜活的,它们可以通过强力攫夺或可笑的欺诈延续那个人的生命,而将更多委顿无力的言词推到一边,这些言词本身也曾经是隐喻,但已经死亡并且腐烂,化成自鸣得意的物名。生命的血从裂口中渗漏出来的时候,正是歇斯底里的才智一施身手的时刻,而各种隐喻则在争夺着正在变形成物品的身体的位置。

碧玉[1]。据说,碧玉被武后的一位很有权势的亲戚从乔知之手中夺走。乔知之就写了一篇歌咏绿珠忠贞自尽的可爱的小诗,偷偷送给碧玉。面对前辈绿珠,碧玉羞愧难当,她把这首诗系在裙带上,投井自尽。尸体捞上来后,那首诗也被发现

---

[1] 乔知之卒于七世纪末,没有活到八世纪。又据《本事诗》等书记载,乔知之有宠婢,名窈娘,为武延嗣所夺,而《朝野佥载》卷二所记二人名则作"碧玉"、"武承嗣"。——译注

怎样的一种震动——
我的拇指而不是一个洋葱。
顶端几乎掉了
只剩下一种东西连着

一层皮，
像帽耳一样耷拉着，
死亡的苍白。
接着是红色的豪华。

小小的朝圣者，
印第安人已经砍掉你的头皮。
你火鸡垂肉般的
地毯卷起

直接从心底里。

了。不久，勃然大怒的皇亲就害死了乔知之，就像石崇被孙秀所害一样。

老故事在新故事中被复述，并且往往在复述中问题得到了解决。"事情发展到这一步，是为了你的缘故啊。"石崇说这话，并没有逼迫绿珠去死；他只是将她的价值告诉她，怎么做是她自己的事。在这段新的轶事中，使人去死的力量则转移到了这个男人身上，他用诗使碧玉羞愧到自杀而死。对讲故事的

第四章 置换

我踏在它上面。
抓紧我的瓶子
装着粉红冒泡的饮料。

一个庆典,这是,
跃出防线缺口
一百万战士在跑,
每一个都穿着红衣。

他们站在哪一边?
啊我的
侏儒,我病了。
我已服下一粒药丸去杀死

那瘦细的
纸一样的感觉。

人来说,这首诗仅仅是结束叙述的一个叙事手段而已。下一次重新讲述因诗而死(或者因诗体故事而死),就会害死这个女人而救活这个男人。

在盼盼故事经过润饰的版本中,张仲素所吟诵的三首诗被认为不是关于盼盼的诗,而是盼盼自己写的诗(这三首平庸的绝句也被塞了进来,因为白居易的三首绝句正好可以看作是对其的回应)。添加的结尾则是基于对白居易第三首绝句的误读:

阴谋破坏者，
神风攻击队员——

污点在你的
纱布三 K 党
巴布什卡[1]
变暗并失去光泽而当

那球形的
你的心汁
面临着它那小小的
无声的磨坊

你怎样跳出——
掉进陷阱的老兵，
肮脏的女孩，

今春有客洛阳回，
曾到尚书墓上来。
见说白杨堪作柱，
争教红粉不成灰？

---

[1] 巴布什卡（babushka），东欧及俄罗斯妇女的头巾．或译为老婆婆头巾。——译注

第四章 置换

拇指残余的一截。

西尔维娅·普拉斯,《切口》[1]

在这个隐喻的狂欢节中,替代的才智变成了言词对自我所遭受的物质暴力、对被转化为物的激烈抵抗。在西尔维娅·普拉斯的诗中,身体总是处于被变成物的危险之中;她用言词将其击退,使身体回归生命。这首诗是阿耳喀罗科斯的第二面盾牌,是一面言词的盾牌,它填上了那个威胁着要把我们变成物的裂口或切口。假如他能够用这些言词,

> 坚强刚健的埃阿斯决不会,
> 为那副甲仗而怒,将那柄
> 光滑的宝剑刺进自己的胸膛。

她想切的这一刀是朝着外面的,朝着日日相见的洋葱;但是,一刀下去滑脱了,刀滑向操刀的身体。于是不知怎么搞的,拇指这

白居易的诗序及其第一首诗在欲望中摇摆不定。虽然白居易的第三首绝句不是一首很好的诗,它还是使这组诗归结到承认盼盼对张建封忠贞不贰。听说张建封墓上种的树已经长得十

---

[1] 西尔维娅·普拉斯(Sylvia Plath)《诗集》(*The Collected Poems*),特德·休斯(*Ted Hughes*)编(纽约:Harper and Row, 1981),页235—236。——原注

    西尔维娅·普拉斯(1932—1963),美国当代著名女诗人,1956年嫁给英国桂冠诗人特德·休斯,后离异,1963年2月自杀。——译注

个侏儒在诗中取代了洋葱的位置,犹如以撒要取代公羊的位置一样。[1]

血流变成了隐喻之流,试图激活被变成物的自我,但是,当其笨手笨脚地努力填充刀口和流血的位置,它们也引起了对迫切需要进行替代的注意。"鉴赏是一种靠满足或不满足来判断一个客体或一种表现方式的能力,但其中没有任何利害关系。这样一个让人感到满足的客体人们称之为'美'。"康德在《判断力批判》中要求把距离,即毫无个人利害关系或关切感,作为一个审美判断的中心条件。一个"审美客体"就要接受一次既是善意好奇的又是公正不阿的检验:

> 顶端几乎掉了
> 只剩下一种东西连着
> 一层皮……

当迷思的对象就是自己身体上的伤口时,言词就会试图去掩盖,

分高大,盼盼才意识到张建封死了已有很长一段时间了。这使她内心充满悲戚,她已经比他多活了这么多年,现在她恨不得一死。

但是,对那些根据这几首诗编故事的人来说,第三首绝句并不是对她的柔情的赞美的想象,而是白居易暗示她应该自

---

[1] 以撒(Issac),据《旧约·创世记》,上帝为了试验亚伯拉罕是否敬畏自己,指示亚伯拉罕将其子以撒献为燔祭,正当亚伯拉罕准备将以撒献为燔祭之时,上帝变出一只公羊,并让亚伯拉罕以公羊代以撒献为燔祭。——译注

第四章 置换

但并不能完全隐瞒利害的深度。诗人试图在隐喻中抓到游戏的自由,但每个隐喻又都被这中间所隔着的让人绝望的距离所败坏;它们的自由只不过是对更深层的无自由(肉体会流血)的否定而已。这些隐喻的游戏,就像晚期资本主义社会的"度假"游戏一样,人们在那里完全变成了工作结构中的一个角色,工作以外的所有时间都只被理解成是对工作的急切否定。自主的选择虽然编造得很复杂,却被引发它们的无自由败坏了。

切割及其隐喻在自我的边缘运作,随着这首诗的进展,这些隐喻一步步在这场将身上的创口置换成其他的战争("他们站在哪一边?")中失利:一开始时"像帽耳一样耷拉着",但创口越陷越深,拇指变成了一个侏儒,一个被砍了头皮的朝圣者,最后,战争结束了,一个"掉进陷阱的老兵",如今束手无策,无法再用隐喻击退进攻,而被迫直截了当地承认那个完整的刀口:"拇指残余的一截。"

她以她的隐喻和她的诗、她的被止痛片抑制住的"纸一样的

杀。这个反问句变成了一个实实在在的问句。他们把故事继续编下去:收到白居易的绝句后,盼盼羞愧万分,气愤无比。她抱怨白居易彻底误解了她的意图,她之所以没有自杀,只是为了让张建封的名字不致被流言蜚语所玷污。她又写了一首绝句,以洗刷自己的清名,随后她绝食,没过多久就死了。

故事就这样包容并吞没了诗。故事向前发展,终止了悬而未决的局面,并封锁了诗曾经打开过的那些欲望空间。

感觉",进行这场战役(也力图通过某种方式将弗洛伊德所描述的阉割图景与美国的暴力历史混合在一起);它也是一个掩盖起来的过程——一条绷带,取代了皮肤的"帽子",用的是三K党徒的头巾和东欧人的巴布什卡,也许就是受三K党徒迫害的犹太人的头巾。但是,血还是渗透出来,污迹斑斑并黯淡下去,说出了覆盖之下的真情,"直接从心底里。"

她的隐喻、她的言词都不会持久。新来者总是出现,将旧的取而代之,没有一个可以稳居其位。他们每一个都试图轻松地、如同儿戏一样使其位置成为艺术;他们试图掩盖创口。但是,他们游戏的条件却是痛苦。

> 填补一个裂口
> 插入造成裂口的那个东西——
> 用其他东西
> 填塞起来——它将裂得更开——
> 你不能用空气
> 焊接深渊。
>
> 爱米莉·狄金森[1]

---

[1] 托马斯·H. 约翰森(Thomas H. Johnson)编,《爱米莉·狄金森诗全集》(*The Complete Poems of Emily Dickinson*,波士顿:Little, Brown, 1960),no, 546. 页266。

第四章 置换

变 形

身体背叛了我们;它是在变形为物的威胁之下背叛的。双眼注视着皮肤膜上的裂口,身体就从中泄漏出来。诗人自告奋勇去为这些变化命名,去唤起物的生命力,并用自由的他性的语言去替代自然的那些平淡乏味的变形。与这一类奇异荒诞的名字相游戏的自我一点也不比身体更稳定;它只不过是一个位置,一个处于惯常关系系统之内的无形空间的外壳而已。只要自我守住其在这一熟悉的系统之内的位置,它就是稳定的,怡然自得地忍受着对它的压迫。它拥有其所处地位通常所用的名字,其变化的轨迹也稳妥可靠。自我是由其所属的社会群体塑造成形的。这一点众所周知。将自我置于一个新的系统之内,它通常会自我调适,沾沾自喜地制造新的社会群体同意其制造的任何恐怖,并且改造自己,使之对任何压迫都逆来顺受,因为这些压迫是社会群体给这一位置开出的价码。如果,由于某种不正常的经历,这个自我拒不接受指定给它的位置,这个社会群体就会施加压力,直到它屈服,或者被毁灭。

对这种公开指定位置的做法,只剩下一个凶猛的对手:这就是某种注意力、欲望和恐惧的绝对集中——即执迷不悟或痴迷心窍。在这种迷途的紧张中,自我摆脱了在习惯的系统之内的羁束,变得凝聚于某个单个的"一"。将其拴系在一个安全位置的多重关系都解体了,裸露出来的只是一些细丝。心灵围绕着一个

154

固定而坚硬的点形成自己的轨迹。这本身并不是诗,但它是诗歌所赖以发生的区域。在这个区域中,我们发现,一个引人注目的个体的景象比包含个体的整体更为重要。

在各种不同的文化中,都有爱情诗与婚外情偕出的现象,这并不是因为受了小小的性越界的诱惑。这一类诗不允许对自我提出任何要求,除了集中注意力和欲望之外:从社会方面来说,爱人是"疯了"[1]。就像阿耳喀罗科斯一样,爱人威胁着社会整体的完整性,因为他逐一向每个人大声呼喊,对每个人低声密谈,劝他们扔掉盾牌,按照最粗野的欲望行事,在诗歌中,这欲望已成为有形之体。

对小说之简短而不公平的指责

小说是那种属于总体化的并且最终是极权主义的群体的艺术形式。这种文体获得其英文名称,是由于它有能力把与新奇

---

[1] 这就是伊斯兰诗歌中爱人的原型 Majnun(意为"疯的人"),其世俗的深情与宗教的感情在爱欲神秘论和神性爱情诗之中是混在一起的。然而,在爱欲神秘论的情况下,这个"爱人"会利用社会群体自鸣得意的要求反过来对付群体自身。他们本来可以虔诚地表示他们相信他们隶属于那个绝对的一,而现在他们却被置于一个反抗这一信仰所潜含的对社会关系的危险的否定这一困难的位置上。对人间的恋爱对象的深情则更为激进,因为它不能要求别的任何权利,只能要求这个爱人的欲望。

对单一个体的全神贯注,是靠其拒绝爱人的关怀来维持的,我们曾用女人/石头和男人/石头来比喻这种顽固拒绝的不透明性和不可渗透性。爱人所要求的是不能要求的东西:被爱。当其所爱的人抗拒的时候,爱人就觉得自己被错待了。"他受到错待;他由此产生了一种对权利的要求,同时又必须拒绝这种要求,因为他所想要的只能是自愿给予的。"[1]爱人不能强迫其所爱的人自主自愿地回报他的爱,但是,他也不会仅仅因为面临着不可能性就放弃这种欲望的自由——这种愚蠢的自由正是在挣脱了社会群体的奴役性视点的过程中所取得的。不可能性导致了变形,导致一连串的条件被假设出来,导致自我转换,以求打破界限。

事物的各种危险的遭遇全部吸收,变为这个形式对普通人所作的深刻承诺。就像国家一样,它利用持久不变的重复和习俗使我们习惯于一切恐怖。它是对社会群体权力的模仿,这种权力制服了所有个体,给他们指定"合适的位置",指定各自在整体背景中所具的相对的价值。所有与某一特定的他者、某一特

---

[1] 西奥多·阿多诺著,《道德问题简论》(Minima Moralia), E. F. N. 杰夫科特(Jephcott)译(伦敦:Verso, 1974),页164。接下来的几句尽管有着日耳曼语的不透明性,仍有其自身的优美之处:"在这样的痛苦中,被回绝的他变成了人。正如爱情坚决地背叛全体,变成个体,只有在个体中,前者才能得到公平的待遇,现在,全体,作为他者的自治区,又转过来给它以致命的反对。全体正是通过它而发挥影响的这场反驳,对个人来说,显得好像被排除在全体之外;他失去了爱,知道自己被所有人抛弃,这也就是他不屑于被安慰的原因。他被剥夺时毫无感觉,他被动地感觉到各种纯粹个人的满足都是假话。但他因此醒悟过来,对全体性、对被所爱的人爱这种不可剥夺也不可起诉的人权,有了自相矛盾式的意识。"

沉迷于爱情，就对拘守社会性自我的那些条条框框暂时弃置不顾。在这个专注执一的范围内，是不会有什么真正的相互界定的（尽管这样的相互关系总是一种希冀；如果实现了这种希冀，那么，它的极度喜悦和沉默，就会使诗歌无容身之地）。但是，被爱的人是顽石，是固定不变的，他不会改变形状；改变对方的欲望遭到了反抗，并反作用到爱人身上，于是，爱人进入了一种无拘无束的变形状态。诗歌与变形以及那种为寻找一种与被爱的人和相互界定能有接触的形式而作的不顾一切的努力相游戏。爱人努力要变为他者，要占据被爱的人的欲望的假想形状。这样，想把自己的意志强加给另一个人的企图便不可避免地导致对自我

定的物或某一特定的关系的独特的结合，都根据其所处背景而被理解成"痴迷心窍"。即使小说因这种痴迷心窍而变得十分迷人，它的任务也是让其各归其位。正如巴赫金说的，小说展开"对谈"，因而变成了有许多声音组成的戏剧；但在这么做的时候，这个文体企图包容这些声音，正如历史主义包容过去一样。小说证明，没有一个正在爆发的对系统的威胁是不能最终使之恬然安适，并置之于"适当"的视点之中的。当然，在小说吞没这些声音之后，仍然留下了一些外部的声音，但这只是外壳而已；虚构的团结紧紧拥抱，有些东西就被挤压出来了。在这驯服的多种声音的群体之内，对多样性的任何要求都是谎言。

小说所永远无法包容的东西，是诗歌的局限性及其单一性。我们不断回到诗歌；我们不能就此罢休；那里有一些东西博得了我们的注意，这些东西拒绝被吞没于关系、起源以及结果的

第四章 置换

的重新塑造。

无疑，爱情（或者说得更恰当一些，那种被爱的欲望）导致了变形：恋爱中人穿着奇装异服，他们的声音也带着怪腔怪调，他们还装模作样地对他们自己提出一些要求，其实他们只想变成那个照他们的想象看来应该被爱的人。而且，他们对以这种冒名顶替的骗术赢得爱情所造成的后果似乎一点也没有感到不安。

变形者陷入迫使其所爱的人进行自由选择这一悖论之中。这种强迫是通过假想的暴力起作用的：这种暴力或者是针对自我的，或者是一种推想性的对他者的侵犯，或者是针对她的暴力。所以，米开朗基罗企图雕刻出被爱的人的心，而龙沙则要变成一

系统之中。小说的计划是通过彻底的延续，击溃这些带有反叛性的注意力：它使人心神疲惫。从核心来看，每一部真正的小说都是另一部《埃涅阿斯记》[1]，教导我们服从大化播弄的必要性，只有脆弱的人，像狄多一样，才会那么拘执，以至于自杀。每一次恐怖，每一种激情，都只是一段插曲而已。

这种指责所指的不仅是那些形式更为传统的小说。不管一部当代小说的全景是多么异常，不管它是多么激进又多么有实验性，其结构的运作仍然是以同样的方式为国家服务，即整合和包容；这类工作是革命性的，它们以红色高棉和国家社会主

---

[1]《埃涅阿斯记》(Aeneid)，古罗马作家维吉尔最重要的史诗作品，共12卷，描写特洛亚王子伊尼亚斯在特洛亚灭亡后的漂泊经历及其与迦太基女王狄多的故事等。——译注。

个"隐身的精灵",深入他所爱的女子的身体之内,改变她对他的态度,然后功成身退,重新变回做人,并接受她自愿奉献的爱之财富。《仲夏夜之梦》中演出的就是这样一种异乎寻常的情感世界;在这出戏剧中,变形和外在的强制力令人不安地与自由选择纠缠在一起,这种自由选择可以使欲望得到惟一一次有效的满足。

当欲望不可能被释放出来,它只能向言词求助。在文艺复兴时代的诗歌中有一个常见的主题,即诗人表达愿意变成某种异物的欲望——变作一只昆虫,一只动物,一件衣服——为了能够被他爱的那个女子的身体所接受,为了能够跨越这冷冰冰的石头的

义(纳粹主义)为楷模,以社会群体总体的粗暴权力迫使每一个体参预被群体宣布为其规范的任何恐怖行为,并为此而欢欣鼓舞。(少数几个诗人小说家,像卡夫卡和罗布-格里耶,在我的指控范围之外,因为他们理解这种文体的真正目的,理解它的协调一致是出于迫不得已,他们披露了这些目的,同时对视点和整合有可能随着小说的"不断进行"而获得这一点加以嘲讽。)

抗拒它的影响力。翻开一部小说,只读其中的一段;读上许多遍;拒不"往前"。另外某个时间,再翻开另一处地方,随意读其中另一段。最后,你就会明白段落比整体更为重要,整体总想要吞没它们,削弱它们。由于只读这些段落,你违反了在理解小说方面的禁忌;你在使段落这种东西"脱离全文背景"。记住,它只是一本书:你高兴怎么读,就可以怎么读。

障碍，实现与她的接触。即使在古代，爱人也可以通过变成她的物品，想方设法穿透环绕在其所爱的人周围的障碍：

> 我愿意是一面镜子
> 你就可以总是看着我；
> 我愿意是你的内衣
> 你就会一直穿着我；
> 我愿意是水
> 那样就能清洗你的皮肤；
> 女人，我愿意是没药树的胶脂
> 涂抹在你的身上；
> 我愿意是你胸前的带子，
> 是你喉边的珍珠，
> 我愿意变成拖鞋
> 只要你愿意踩着我。
>
> 《阿那克里翁体诗集》

如果诗人真的实现了他所提出的那些变形，变成拖鞋、内衣或者胸衣，他就不能对他这种心满意足的状态评头品足了，这是令人悲哀的。在其他时候，诗人所提出的变形也可能是奥维德式的神和女神的变形，诗人巧妙地使这些神祇降尊纡贵，从而能够得到其所梦想得到的某个可望而不可及的男人或女人。

> 我真愿变成一派金黄璀璨，
> 把一场黄金雨的点点滴滴

　　　　撒在美人卡桑德拉的双膝[1]
　　　　当睡眠轻轻溜进她的双眼;

　　　　我还愿变成白色然后变作
　　　　一头牡牛驮着她远远离去,
　　　　当她走过四月最嫩的草地,
　　　　她这一朵花迷倒了一千朵。

　　　　为了减轻我的痛苦我真想
　　　　变作那喀索斯[2],而她是池塘,
　　　　我跳进池塘里求一夜安眠:

　　　　进而我还愿意这一夜的睡
　　　　地久天长,而黎明永远不会
　　　　唤醒我,当它唤醒新的一天。

　　　　　　　　　　龙沙,《情歌》第 1 卷,20

　　这个女人是顽固的石头。因为她不愿软化自己,或者自动改变,她的爱人就只能希望自己变形。根据经验,这样的意愿行为都是软弱无力的;它们只能存在于表达欲望的言词之中。
　　最初,她的反抗激起了暴力,那是一种针对被爱的人的有力

---

[1] 卡桑德拉(Cassandra),诗人所爱恋追求的女子的名字。——译注
[2] 那喀索斯(Narcissus),希腊神话中的美少年,因拒绝回声女神厄科(Echo)的求爱,死后化作水仙花。一说他对水自镜,顾影自恋,相思而死。——译注

行动，一场想趁她不注意攻其不备并违抗她的意愿的梦，这是以宙斯所犯的两起古代强奸案为原型的。在诗中所描写的变形中，人变成了由相互对立的两个极端构成的联合体：这两个极端就是具有无上权力的神祇和低于人类的生物。他愿意变成黄色，变成液体，带着他所爱的人沐浴在使人受孕的黄金雨中，就像宙斯得到被锁闭在铁塔中的达那厄[1]之时的情景一样。接着，他要变成那只驮走欧罗巴的牡牛宙斯[2]。但是，这些暴力都仅仅是随便说说的言词罢了。没有一样是他真正想要的；每一样都被某种继之而起的奇幻的变形所取代。

　　这里没有什么值得注意，惟一引人注目的是这种相互倒置的变化，即与其所爱的人互换位置（这是龙沙前一首十四行诗中隐秘的前提，在那首诗中，他试图钻进他所爱的人体内，变成"隐身的精灵"）。当他以言词对她施法时，她变成了自我，也变成了他者。一开始，我们看到了性质的互换：他要液化，变成一场黄金雨，但后来，卡桑德拉变成了他溺死的那个池塘。如果他幻想迷倒卡桑德拉，实际上她已经"迷倒"（ravish）了一千朵花，她本人就是一朵花，等待着被爱她的人迷倒，这个爱人变成那喀索斯，那喀索斯本人就是穿过死亡而化身为花的。

---

[1] 达那厄（Danaë），希腊神话中阿克里西俄斯的女儿，其父相信其所生子将对己不利，将其关起来，宙斯化作黄金雨同她幽会，使其怀孕并生下儿子珀耳修斯。——译注
[2] 欧罗巴（Europa），希腊神话中的古代农神，传说她与女友在海滨玩耍时，宙斯变成一只白色牡牛将其劫到了克里特岛，后嫁给克里特国王。——译注

这些互换都发生在第三个愿望所期盼的那个奇怪的变形中——正如在一篇好的童话故事中所常见的那样，第三个愿望往往带来最终的福气或者毁灭。它是一个隐秘的欲望，是自杀性的，针对他者的暴力倒转过来变成针对自我的暴力，而且，更奇怪的是，对于他者的欲望也倒转过来变成了对自己的欲望：卡桑德拉将变成那个池塘，他对着池水顾影自镜，并跳进了池塘，他取代了那喀索斯的位置，深深地爱上了自己的倒影。他死后变成了花。我们不应该忘记那喀索斯命中注定要遭到这个奇特的命运，因为他自己对待回声女神厄科心如铁石。命运注定厄科要重复她所听到的每一个声音，她是一面声音的镜子。在这种幽暗的液体中，不会再发生什么对镜自照的事，而爱人和被爱的人却互相交换了位置。他提出要永远睡在她那幽暗的水里，正如先前趁着睡眠溜进她眼中的时候，他化作黄金雨，来到她身边。此时此地，既没有镜子，也没有自我，更没有他者——只有一个与晨曲表达的古老愿望相符合的希望[1]，愿黎明永远不要降临。

但是，最后的变形与液体的汇合永远都是不完美的，在这一过程中，身体的整个表面都是触点。记忆幸存于水边的花里，这朵花绝不可能是它本身，而只能是一个替代者。它将永远被哀悼，即使在那个除此而外以健忘为其特征的忘川世界里。

---

[1] 晨曲，原文为法语词 aubade，是一种具有特别主题的抒情诗名称，诗中往往表达偷情的爱人愿黎明不要来临（犹如南朝乐府中"一年都一晓"）之类的意思。——译注

> 游荡在大森林中,在
> 无情的光线下,在沉甸甸弯下腰的
> 芦苇和罂粟中,在静默的湖中
> 水波不兴,湖滨没有一点声音,
> 它的堤岸在朦胧的光线中褪隐,
> 花儿受到哀悼,它们曾经是
> 年轻男子和国王们的名字。
>
> 奥索尼乌斯[1]

寓 言

> 多情却似总无情,
> 唯觉樽前笑不成。
> 蜡烛有心还惜别,
> 替人垂泪到天明。
>
> 杜牧,《赠别》

他们坐了一整夜,茫然的脸与茫然的脸相对凝望,蜡烛越烧越短。两个人都盯着对方没有表情的脸,试图从中读出一点什么。他们既不能通过交换表情团聚在一起,也不能打破这种充满

---

[1] 奥索尼乌斯(Ausonius,约310—393),拉丁文诗人,曾任罗马皇帝格拉提安的家庭教师。——译注

张力的对视,各走各的路。

在表面上,这首诗是一个对于隐喻(metaphor)的寓言。人的情感,当受到一定强度的压抑,就会退缩到一些掩盖内在真实的表面现象之后——或者表现为其反面,或者表现为漠不关心,或者表现为一些虚假的行迹。但是,这些掩盖了内在真实的表面现象从来不是一片虚无空白;它们带来了某些含蓄的证据,表明哪些东西被抑制住了,这些证据或许是说得太响亮的欢乐,或许是说得过于大声的对于激情的表白,或者,就像在这首诗里一样,是微微颤动的嘴唇,本想挤出让对方宽慰的笑容,但随即又收敛起来,变回那种缺乏表情的木然。

并不是我们的姿态和表面不说真话;而只是它们用以说真话的那种语言比我们通常所认为的要精致微妙得多。它把各种情感的精确度、动态性及其强烈程度,通过它所特有的那些带有隐藏性的行为,一一做成密码。我们都知道如何解读这些密码,我们还在我们的报告中作一些相应的隐藏,并声称我们只读其表面文章,以此向人表明我们能够掌控这类双重姿态。一种旨在隐藏的语言,一旦与人共享,就再也不能隐藏什么了,但它仍然和表里一致、里外透明、没有潜台词的伊甸园式语言迥然不同。诚然,我们都在藏藏躲躲,但是,我们躲避的是谁呢?

压力导致了隐藏,同时也产生了反压力。被抑制下去的东西,在声称表里一致的那个物的世界里,看来又重新露面了。蜡烛就是这样一个东西,它承担了被隐藏的情感的形象。在具有双重含义的语言之中,失落于面孔这堵墙壁之后的人类情感,会挣扎着浮到表面。蜡烛有一根芯,也就是一颗"心",从包藏着它的蜡里冒出头来，在燃烧中展示自己。它熔化了包藏它的东西，而自身也同时被销蚀了。它取代了躲藏在自己的面孔背后的那些人，它还对他们表示同情。（这是同情他们即将离别的痛苦呢，还是同情他们不能表达自己的痛苦这件事呢？）蜡烛替他们软化了，消熔了，垂泪到天明。

将情感置换成一个替代物，仅仅是供人思考的一种观念；它并不强求我们相信。置换和替代被展现为诗的行为，即巧妙运用双关语（"芯/心"）的诗歌行为。在表面上看来，它们十分坦白直接，就像诗的第一行故作坦白地展露被掩盖了的东西（"多情"）一样。

如果我们按照这首诗自身的隐藏原则来阅读它，我们就会透过它的坦诚的表面，识别出躲躲闪闪拐弯抹角的蛛丝马迹。试图解读对方那张茫无表情的脸时，我们不免将信将疑；对于对方怎样解读诗人自己那张茫然无表情的脸，我们也是有焦虑的。由于需要对所存在的一段深深隐藏的感情彼此都感到放心，这种将信将疑遂被压制下去了。从这个层面来看，蜡烛也同样受到了隐藏的情感的压力，不是表现为它那哭泣的脸，而是表现在作为被锁闭的欲望以及两人之相互猜疑的僵持状态的暧昧证据：燃烧的蜡烛使他们相互凝视"到天明"。如果真情是通过他们的脸或嘴唇来交流，抑或，如果他们发现彼此间居然没有一点感情，于是各走各的路，蜡烛就有可能熄灭，但是，蜡烛继续燃烧着，继续销蚀着自己，因为他们正被一种强烈的牵挂所驱使，正费尽心机去解读对方面孔的另一面。

尾　声

> ……如果某个特定的艺术已经完成，它就会在一件玩物之中孳生另一种小小的艺术，这个小小的艺术将带上它原有的一切印记。
>
> 普罗提诺，《九卷书》，3.8[1]

开元（713—741）初年，玄宗皇帝有一匹爱马，名字叫做"玉花骢"。皇帝陛下很想为这匹马画一幅画以为纪念，但他的宫廷画师中没有一个人能够尽力捕捉住这匹骏马的真正神采。最后，皇帝把这项任务交给他手下最出色的艺术家曹霸。几十年后，诗人杜甫在偏远的西部遇见曹霸，那时曹霸已经垂垂老矣，漂泊于帝国的干戈扰攘之中，他当年的高超技艺早已被人遗忘。于是，杜甫回忆起曹霸画玉花骢的那个独一无二的时刻：

先帝御马玉花骢，

---

[1]《普罗提诺》，A. H. 阿姆斯特朗（A. H. Armstrong）译（坎布里奇，马萨诸塞：Harvard University Press, 1967），页375。——原注

　　普罗提诺（Plotinos，亦译作普洛丁，205—270），古罗马哲学家，新柏拉图主义最重要的代表之一。最主要的著作是其门徒波菲利汇辑成的《九卷书》（亦译作《九章集》）。——译注

第四章 置换

> 画工如山貌不同。
> 是日牵来赤墀下,
> 迥立阊阖生长风。
> 诏谓将军拂绢素,
> 意象惨淡经营中。
> 斯须九重真龙出,
> 一洗万古凡马空。
> 玉花却在御榻上,
> 榻上庭前屹相向。
> 至尊含笑催赐金,
> 圉人太仆皆惆怅。
>
> 节录杜甫,《丹青引赠曹将军霸》

就像一幅照片可以摄取其对象之魂一样,一件艺术作品也能取代活生生的动物;它会夺走这匹真马的名字,夺去这匹真马在皇帝陛下心目中的地位。一切都以这一时刻为中心:真马与画马彼此面对面,一个挂在皇帝宝座旁边,享受着全新的爱赏,另一个则立于下面的庭院当中。两双炯炯有神的眼睛仿佛对视着,目光中都流露出骄傲。然而,这场景是一个假象。艺术似乎极其完美地反映了动物的神采,因而夺取了真马在其主人心目中的地位,但实际上,画上马的眼珠是视而不见的;它只有僵硬、静止的表面,只是玩具。碰上了这样没有深度的镜子,真马就算完了,它的生机活力被榨走了——圉人太仆的惆怅就表明了这一点。这种生机活力究竟流向何处是不确定的。也许它退入隐藏于二维绘画背后的艺术的第三维之中,并将力量赋予那个僵硬不动的画面上的画马形象；也许它完全消失了。

  桓公读书于堂上，轮扁斲轮于堂下，释椎凿而上，问桓公曰："敢问，公之所读者何言邪？"
  公曰："圣人之言也。"
  曰："圣人在乎？"
  公曰："已死矣。"
  曰："然则君之所读者，古人之糟粕已夫！"
  桓公曰："寡人读书，轮人安得议乎？有说则可，无说则死。"
  轮扁曰："臣也以臣之事观之。斲轮，徐则甘而不固，疾则苦而不入。不徐不疾，得之于手而应于心，口不能言，有数存焉于其间。臣不能以喻臣之子，臣之子亦不能受之于臣，是以行年七十而老斲轮。古之人与其不可传也死矣，然则君之所读者，古人之糟粕已夫！"

《庄子·天道》

第五章　裸露／纺织物

赫拉请教迷惑心灵有何办法时，阿佛洛狄特这样回答：

于是她脱下了胸脯上
　　那件精美华丽的饰衣，
就是在那件胸衣里
　　织进了所有魅人之术：
那儿有爱恋，和欲望，
　　和那迷人的亲昵话语
甚至偷走了
　　最贤明的人的才智。

她把这放在赫拉的手里，
　　她唤着赫拉的名字：
"把这件绣花胸衣拿去，
　　里面藏着所有好的东西；
把它穿在你胸前，我相信
　　没有哪一件事你办不成
无论在你心中

想做的是什么事。"

《伊利亚特》卷14,行214—221

此外,在诗歌艺术中,有许多对于一个年轻人的心灵来说甜蜜而且有助于其成长的东西;但那些搅乱他们、使他们步入迷途的东西一点也不少——除非在读诗的时候,年轻人恰好能得到适当的教诲和引导……

"那儿有情,还有欲望,
　和那迷人的亲昵话语
甚至偷走了
　最贤明的人的才智。"

普鲁塔克,《道德论丛·年轻人应该怎样对待诗歌》

三个关于漫不经心的前厅

关于第一个有案可查的裸露事例及其带来的惊人后果,以及伴随这种漫不经心而来的危险与快乐:

亚当想都没想,
　就吃了个饱,夏娃也不怕
重蹈覆辙,却越发用她的
　柔情爱意来安慰他,此刻

两人如陶醉于新的美酒
沉浸于欢笑和幻想,感觉
体内的神性长出了翅膀
以此嘲笑人间,但骗人的
水果开始施展别的法力,
欲火燃烧起来,他对夏娃
开始有色欲的目光,她也
报以放荡;他们燃着欲望:
于是亚当开始调戏夏娃。
夏娃,此刻我看你善鉴赏,
又娴雅,你是大大的贤明,
我们赋予味道各种意义,
称味觉为明辨;我把赞美
给你,今天你供给得多好。
我们已失去多少快乐,若
不尝这快乐之果,至今还
不知其真味,这样的快乐
如果在禁物中,则可期盼,
因为这棵树曾被禁十次。
来,果子吃过,我们游戏吧,
如此美餐后游戏最适宜;
你的美从未像今天这样
从初见你娶你的那天起,
尽善尽美,燃烧我的感官
对你满心喜爱,你比过去

> 更美丽,是这宝树的恩施。
> 他说着,不惜勾引的眼神
> 和调情的把戏,夏娃早已
> 深知,眼中迸出动人的火。
> 他握着她的手,走向河岸,
> 树阴青翠浓密遮覆其上
> 她高兴地跟着,鲜花作睡榻,
> 三色堇、紫罗兰和日光兰,
> 风信子,大地最新柔之膝。
>
> 《失乐园》卷9,第1004—1041行

这一节为读者也为其两位主角提供了许多快乐。伊甸园极乐世界的种种枯燥乏味,在违抗天条的这个时刻似乎都得到了补偿。如果这个讲道德的诗人被迫以其所造成的后果的历史,给这一甜蜜的时刻抹黑,那么,仔细衡量一下,那后果是否全然超过了这一时刻的价值,也不是完全可以肯定的。在这场盛宴之前,他们彼此以视而不见习焉不察的目光看待对方;如今,转瞬之间,他们平添了"色欲的目光"。爱是先前就已经有了的,但不是这种透着饥渴的光,那是再也不可能靠温柔相伴而得到彻底满足。这个故事一再强调是羞耻之心在后来促使他们穿上衣服,遮蔽裸体;但这一解释本身也许只是一层遮盖,想掩藏一个赤裸裸的真相——这就是说,衣服只不过是行头,三番五次被用以重新上台表演这个时刻的快乐。

以前那么不情愿的亚当已经直冲向前,幻想得到一种新的、被美妙地禁止的快乐:

第五章 裸露/纺织物

> 这样的快乐
> 如果在禁物中，则可期盼，
> 因为这棵树曾被禁十次。

亚当已经掌握了未来人类社会秩序的本质：完全是由于禁令的倍增，才使许许多多诱人的犯禁有了可能。"它是 *amabilis insania, et mentis gratissumus error*，那么迷人，那么美妙，使他离不开它。"[1]当亚当开始赞美夏娃的"鉴赏力"和优雅风度，赞美她是"大大的贤明"，他发明了第一种用温文尔雅的恭维掩盖肉体欲望的语言，其目的正是"调戏夏娃"。这声音以恭维为游戏，接着，似乎漫不经心似的，将他的目的和盘托出："来，果子吃过，我们游戏吧。"这个不可小看的水果，起先在很大程度上曾经是他们意图的焦点，此时此刻只被看作是为主菜快乐预备的开胃餐而已。

但是，这里插入一个小从句，为犯罪的快乐补充了一个基本条件：

> 你的美从未像今天这样
> 从初见你娶你的那天起，
> 尽善尽美，燃烧我的感官
> 对你满心喜爱，你比过去

---

[1]. 罗伯特·伯顿（Robert Burton），《忧郁的解剖》，荷尔布鲁克·杰克逊（Holbrook Jackson）编（纽约：Random House, 1977），页71。——原注
　　amabilis insania, et mentis gratissumus error, 拉丁文，大意为，"可爱的疯狂，以及令人惬意的心灵的迷失。"——译注

更美丽,是这宝树的恩施。

看到夏娃赤裸的身体,这不是第一次的看,而是一次重看或者重温:他看见她的第一天,是可以与这一时刻相比较的,而这第一次犯罪开启了回到原初的可能性——尽管今天"更美丽",因为这次回归是通过意志的行为、通过造反并从充满习焉不察的盲

警告:致可能误解我是弥尔顿研究者的粗心读者

当然,我没有告诉你整个故事。但是,如果你回想一下,我曾答应过决不对你讲"整个故事"。据说这故事的其余部分与此大不一样;尽管弥尔顿最终也许希望避免"可惜肉体是忧伤的"这样的结论,但是如果过分沉迷其中,肉体仍然似乎有可能遇到确实很不幸的后果。虽然我全力推荐这部史诗的各个部分,但你几乎没有必要去阅读"整个故事"。整个故事难免将这个时刻放到一个适当的位置,难免给这场盛宴投下阴影,难免把这个时刻的快乐叫做色欲,难免提醒我们注意:衣服终究是要穿上的,水果吃得过多会引起肠胃问题,更不用说会引起与权威的冲突问题。简言之,我已经将巨蛇撒旦的一面之词交给你了。这仍然是一个颇能蛊惑人心的解释,它曾经深受我们祖先的喜爱。

目的永恒的伊甸园中解放出来而实现的。

应该注意到,直到犯罪的这一时刻,亚当才真正记起夏娃第一次在他眼里显得多么可爱;他可能记起这么一个事实,那就是在他第一次看见她的时候她显得格外可爱,但只有吃下那个水果、类似第一次的事再次发生,这记忆才有可能被激活。这是那棵树的赠礼,是它的恩施。

这样的故事被说了一遍又一遍,有许多种版本,有许多不同的演员参与:皇帝被一个女人迷住了,这女人通常就被称为"倾国"。她获得了皇帝的专宠,皇帝的欲望狂热地钟于其一身,最终导致政权的瓦解。这类故事中有一个说的是北齐末代皇帝(570—576 年在位)[1]迷上了宫姬小怜("怜"是"爱怜"之意)。他须臾不能没有她的陪伴,只能对他在晋阳的军队弃置不顾,没有了统帅,晋阳很快就落入来攻的敌国——北周的大军之手。

唐代诗人李商隐(813—858)在讽刺诗中回忆这一连串事件时,认为这一系列后果是不可避免,而且毋庸多言的。故事集中叙述的是皇帝目不转睛地看着她的玉体的那一个时刻;当她裸露身体的时候,荆棘已经开始在宫殿废墟上生长出来了。

一笑相倾国便亡,

---

[1] 按:此说不确。这里的北齐末代皇帝指的是后主高纬,他于天统元年(565年)即位。——译注

> 何劳荆棘始堪伤。
> 小怜玉体横陈夜,
> 已报周师入晋阳。
>
> 《北齐》

在这个传统中,欲望根本不是罪过,而是一个可怕而危险的注意力错误,即专注于某个肉体,而对好好治国理政则三心二意:它使人忽视那些对社会群体来说至关紧要的事务。它是一次违犯,是一种过失,是一个裸露的空间,这个空间打破了彼此休戚相关的盾牌阵。据说唐代皇帝玄宗为了窥视浴中的杨贵妃,曾费尽心机,他自己也被出浴的玉体迷住,最终导致他的帝国的毁灭,而他自己则付出了王位的代价。诗人白居易曾用两句诗明确地说明了唐玄宗激情的危险性:

> 后宫佳丽三千人,
> 三千宠爱在一身。

实行强制性的一夫多妻制,本来是试图以过剩的肉体来控制帝王的激情,以源源不断的肉体来冲淡帝王欲望的浓密度。这是一个很靠不住的解决方案。

在写小怜和那个北齐皇帝的时候,李商隐像弥尔顿一样,承担了以历史道德家的身份发言的职责;但他只用一句诗就把这一事件的影响力和盘托出了:那个时刻,那个夜晚,那个裸露的身体[1]。正如弥尔顿描写尽情享用苹果的场面时所发生的那样，本诗也通过某种方式，削弱了故事原始素材中所具有的伦理道德内涵。裸露的身体使人聚精凝神于此，专心致志于斯；我们了解到诗人想告诉我们的东西，那就是：如今没有任何行为能抵抗住这些灾难性后果之错综复杂的结构。但是，我们也知道了他不由自主地告诉我们的东西：那就是由于身体的介入，这些后果无论如何已经不再是最重要的了。

　　曾经一度，众神并未远离人群。

　　　　人和神一起庆祝婚礼，
　　　　所有的生命都在庆祝，
　　　　而命运在此得到了

---

[1] 李商隐明白，这个场合比一场简单的责任与欲望的冲突、比重演复辟者安东尼与克娄巴特拉的故事更为深刻。他所观察的是集中在一个时刻和一个场景的所有前因后果——这是叙述故事的另一种直截了当的办法，同时也导致叙述的崩溃（只留下一种被排除的可能性："何劳……"）。这种结构是意味深长的：废除公共伦理道德，只有在一个以"偏爱"、限制和拒绝全景为主题的事件中，才有可能会发生。就像一件有框架的艺术品一样，这个专宠的身体也以某种方式现身于一个较大的世界里，但与此同时，它又力图结束自身与外界的各种关系；这里有一种不连续性，有一个被巧妙地建造起来的小小世界，一个伊甸园。这样一个独立空间的发现，使那个较大的世界面临着倾圮的威胁，因为这个较大的世界需要的是毫无缝隙的整体。像那个小男孩和堤坝的寓言所说的一样，这个世界哪怕只有最小的一点点裂缝，都会被洪水冲垮。

> 短暂的均衡。
>
> 摘自荷尔德林[1],《莱茵河》

> 他们的习俗是,那是些天堂的习俗
> 所有人参加,拜访完美无瑕的
> 英雄们的家,并且现身于
> 凡人的欢会,在虔诚受嘲弄之前。
>
> 摘自卡图卢斯[2]诗,第64首

这一类"凡人的欢会"(mortalis coetus),让人想起性的结合(coetus),在人和神一起赶来庆祝海中神女忒提斯[3]和珀琉斯的婚礼这样的场合,性结合是最重要的目的。众神的露面可以比作性的展示,看作是既使人敬畏又让人着迷的焦点。正在进行的这场婚礼也只不过是这样一种展示的结果而已。神女新娘忒提斯为了观看那艘出发去寻找金羊毛的大船阿耳戈[4]由此经过,与其他海中神女一起浮出水面,在波涛汹涌中第一次展现她那赤裸的乳房。

---

[1] 荷尔德林(Hölderlin,1770—1843),德国著名诗人,创作活跃于18世纪末至19世纪初。——译注
[2] 卡图卢斯(Catullus,约公元前84—约前54),古罗马诗人,作品传世160篇,以抒情诗著名,大多抒写他对勒斯比娅的爱情。——译注
[3] 忒提斯(Thetis),海中神女,与凡人珀琉斯(Peleus)结婚,生下阿喀琉斯。众神全被邀请参加她的婚礼,只有纷争女神厄里斯(Eris)未收到邀请。于是,在婚宴过程中她投下一个写着"送给最美丽的女神"的金苹果,引起一场纷争,最终导致了后来的特洛亚战争。——译注
[4] 阿耳戈(Argo),希腊神话中的一艘大船,英雄们乘坐这艘船远航科尔喀斯去寻找金羊毛。——译注

当船头尖角犁开海风吹过的水面

波浪,船桨飞转,变成白色的泡沫,

从海面闪光的旋涡中涌现出

海中神女,惊讶地注视着这个奇迹。

这时,破天荒第一次,那些凡人水手的眼睛看见了

神女在光亮中,乳房赤裸,

从船桨击出的灰白旋涡中升起。

就在这一瞬间,珀琉斯心中涌起了

对忒提斯的爱情。

卡图卢斯讲述了这样一段故事:神女现身,众神都赞成他们对彼此的欲望,凡人和仙家终于美满地结合了。他讲述这段故事时,是用一种希腊化的方式,即亚历山大派的那种风格,精雕细凿,使这故事能够开辟一些空间,插入那些华丽精美的东西。但开口处却变成了一个黑暗的缺口。

宾客云集于法耳萨罗斯,有凡人,也有神祇,他们都来到珀琉斯富丽堂皇的宫殿里参加婚礼,婚床上铺着一条 vestis,即一条布满刺绣的床单。刺绣上绣着阿莉阿德尼[1]的像,她是国王米

---

[1] 阿莉阿德尼(Ariadne),希腊神话中的人物,国王米诺斯(King Minos)之女。雅典王子忒修斯(Theseus)到克里特岛,要消灭住在迷宫中的怪物、阿莉阿德尼的同母异父姐妹米诺托(Minotaur)。阿莉阿德尼给忒修斯一个线团,使忒修斯在杀死米诺托后,靠这个一端系在迷宫门口的线团走出迷宫。忒修斯把阿莉阿德尼带到那克索斯(Naxos)岛,趁她酣睡,独自离她而去。回国时,他忘了与父亲埃勾斯(Aegeus)的约定,若成功生还即悬挂白帆,反之则悬挂黑帆,其父看见黑帆,以为他已死,就投海自尽。——译注

诺斯的女儿，与米诺托是姐妹关系。阿莉阿德尼把忒修斯从迷宫中救了出来，却被他抛弃，被遗弃在那克索斯岛黑暗的海滨。在床单的刺绣像中，她站在海边，浪花拍打着她那赤裸的乳房。

忒修斯是 immemor（没有记忆的），记不住他应该记住的东西，他的健忘不幸地与纺织物结合在一起。像所有男人常做的那样，他忘记了怎样才能走出迷宫，他能获救完全是靠那个"线索"，靠阿莉阿德尼提供给他的那个引路的线团。在那克索斯岛离开阿莉阿德尼之后，他又忘了升起那面白帆，告诉他的父亲他还活着，他从与米诺托的战斗中凯旋归来了，结果他的父亲悲哀难忍，从悬崖上投海而死。在这里，immemor，总是心不在焉，他忘了他有负于阿莉阿德尼，而她被遗弃的故事则被绣在布上，绣在珀琉斯和忒修斯婚床的床单（vestis）上。

在这个纺织物中，在其面上或其底子里，凡人和不死的仙女在欲望中结合在一起（sese mortali ostendere coetu，即"使她自己现身于凡人的欢会"），它表现的是又一次露面，又一次裸露，是阿莉阿德尼在海滨的露面和裸露：

> 不要把丝网冠带一直带在她金发的头上，
> 也不要让她的胸部罩上轻纱，
> 更不要让她沉实的乳房躲在华丽的饰衣里：
> 所有这些从她身上次第落下
> 当咸的潮水扑打着她的脚丫。

当新娘神女忒提斯来到婚床边，这条图案美丽的 vestis 会告诉她些什么？她会在这里看到她自己的翻版、看到裸露的身体从水中出现、成为欲望的焦点、接着欲望又被人遗忘吗？——也许，她看到的是对那些 immemor、那些失去记忆、心不在焉的凡人的局限的一个警告。阿莉阿德尼从海边发出了这个警告：

> 只要一颗渴望着的心，强烈渴望
> 达到目的，它就不怕立下任何誓言，不怕
> 许下任何诺言；但心中饥渴的欲望
> 刚刚满足就又毫无顾忌，
> 不怕言而无信的后果，不在乎失信食言。

170

那在欲望中熠熠闪耀的"色欲的目光"也渐渐变得健忘，遁入伊甸园枯燥沉闷的日常生活中。这就是纺织物给我们的一个教训：在纺织物下面的是女人的肉体，不管是站在海滨的阿莉阿德尼，还是在婚床上的忒提斯，一层叠着一层，遮蔽和揭露的行为，是那些撒谎和喜爱撒谎——不是喜爱神女的赤裸现身——的人间男子的事。珀琉斯看到神女赤裸着乳房浮出水面，自我现身，神仙们很少在凡界男人面前这么做。但忒修斯却是健忘而且盲目的（有人说这是狄俄尼索斯造成的），他并没有看到阿莉阿德尼裸身站在海滨。

> 从那儿开始，从此有了安全，颇多可嘉，折回
> 他转身移步，用细细的一根线
> 矫正可能迷失的路径，以免这宫室迷幻莫测
> 使他不能逃离这弯弯曲曲的迷宫。

阿莉阿德尼的结局：无花果树叶

传说阿莉阿德尼被抛弃之后，正站在海边诅咒忒修斯，却遇上了狄俄尼索斯和他身边的一群酒神的信女祭司，并加入他们的队伍。当时情况可能是这样：由于距离很远，阿莉阿德尼将狄俄尼索斯误认作是忒修斯回来，这个错误也许是由于她特别专注凝神而造成的。阿莉阿德尼说：

> 看一群萨蹄尔[1]在跳舞
> 在乱哄哄的人群中，
> 号角和笛子刺耳的噪声
> 确实让他们尽兴狂欢，
> 玫瑰是他前额上的冠冕，
> 他的前额又为花儿增光，
> 他走来走去
> 他把沙漠变成凉亭：
> 　　常春藤和葡萄叶
> 　　掩盖而不是装饰了他的体形。
> 绿叶遮住了他挥舞的手杖，

---

[1] 萨蹄尔（Satyr），希腊神话中的森林之神，半人半兽，性好色，后常用以比喻好色的男人。——译注

他要么是忒修斯,要么是某位神明。

摘自威廉·卡特莱特,《被忒修斯抛弃的阿莉阿德尼》

第二个结局,关于忒提斯

神女袒露苗条的青春,
珀琉斯凝望着忒提斯。
她的四肢像眼睑那样精致,
爱情以泪水使他盲目;
但忒提斯的腹部在聆听。
沿着山上的城墙
从潘居住的山洞那边[1]
难以卒听的乐声传来。
肮脏的山羊群,兽类的手臂出现,
肚子、肩膀、臀部,
像鱼一样一闪;一群神女和萨蹄尔
正在水沫中交媾。

摘自叶慈,《阿波罗神谕的消息》[2]

---

[1] 潘(Pan),希腊神话中阿耳卡狄亚的森林和丛林女神,雅典卫城上有一个洞穴是奉祀潘的,据说他有预言才能,并将预言术传授给阿波罗。——译注

[2] 《威廉·巴特勒·叶慈诗集》(*The Collected Poems of William Butler Yeats*)(纽约:Macmillan, 1956),页324。

纺织物中的教训

当一个设想从你心灵的隐秘之处挑选好主题之后,那就让诗歌来给你的原材料穿上言词的服装。既然她是来服务的,就让她做好准备,准备为她的女主人服务;就让她提高警惕,以免因为一头乱发、一个衣着褴褛的身体,或者一些细枝末节而不讨人喜欢。

温索夫的杰弗里,《新诗学》(约1210年)[1]

当诗歌开始关注遮蔽和揭露的时候,诗歌本身似乎也把某些更肉体的东西、某些有裸露意图的身体包裹起来。衣服是诗歌的一个古老喻象,而这喻象本身有如一块窗帘,把在心灵"隐秘之处"发生的一切都遮掩起来。温索夫属于如今实际上已经绝迹的那一群人,他们怀疑在极其华丽的外表下的是一个身体肮脏而且毫无吸引力的女娃。她的身体修饰得越完美、遮掩得越严实,越好。

但是,对隐藏在衣服背后的身体因为掩藏得太好以至于销声匿迹的恐惧则较此更为古老。为了抗拒这样的恐惧,衣服应该包

---

[1] 温索夫的杰弗里(Geoffrey of Vinsauf)《新诗学》(*The New Poetics*),珍妮·巴尔策·柯普(Jane Baltzell Kopp)译,载詹姆斯·墨菲(James Murphy)编《中古修辞艺术三种》(*Three Medieval Rhetorical Arts*)(伯克利:University of California Press, 1971),页35。

含一些能让其自身解体的空间——针线崩开的折口，扣不紧的紧身内衣。身体和身体的冲动都需要"证据"，正如在这首阿那克里翁体诗中对画师的那几行指点一样：

> 让她的其他外衣
> 与紫色的披肩一齐垂下，
> 但是要让一点点肉
> 露出来——身体的证据。

或者，在这首更耳熟能详的英语诗中：

> 服饰上甜蜜的混乱
> 在衣服上煽起了放荡；
> 细麻围巾甩在肩上
> 带来美妙的心烦意乱，
> 一道缝错的蕾丝花边，它处处
> 勾住深红色的胸衣，
> 一个没有用心修饰的袖口，
> 纷乱飘动的丝带，
> 一道迷人的波纹，引人瞩目，
> 出现在乱糟糟的衬裙上，
> 一根漫不经心的鞋带，在它的结子上
> 我看到一种野性的端庄，
> 这一切确实更能迷惑我，胜过当

艺术每一部分都过分精确时。

罗伯特·赫里克[1]

这是一篇修饰得很好的小诗,在避免完美之时,宣告了修饰的完美。但是,这首优雅的小品已经在不知不觉中变成了一篇教人思考诗歌究竟是什么的典范之作,它已超出了诗歌解释的常规观念。若干个世纪以前,罗伯特·赫里克就发现女人在服饰上某种程度的疏忽大意对人具有性刺激作用,坦率地说,这一点没有什么新闻价值。我们观察到,对于实质上每一个衣裳齐整的文明来说,这样程式化的疏忽已经成为一种艳情的表达符码,这种观察可以表达得更简洁、更精确。

这首诗重申了一种时尚的常规,在赫里克那个时候,这已经变成了诗歌的常理。我们怎样才能解释这首诗特有的弹性?我们怀疑,在经典和编选选本的惰性表面下,有某些重要的事情正在这里进行。无论这是些什么事,它既不是显而易见的,也不是深藏不露,完全看不到。就像穿着衣裳的女人身体一样,它永远是显山露水,给人一个意义暧昧的教训,或者是关于自然本性如何打破束缚,或者是关于自然本性的爆发怎样受到了压制。

就诗歌中的审美教育而言,赫里克的小诗可以与视觉艺术中的裸体雕像和裸体绘画相提并论。它是一篇完美的选本佳作,鼓励读者去观察那些在遮掩显露的身体时捉襟见肘的空文虚饰

---

[1] 罗伯特·赫里克(Robert Herrick,1591—1674),17世纪英国诗人,通常被认为是最伟大的骑士派诗人。——译注

和形式。在一幅画的画布上，用颜料涂抹成的身体遮住了画布，而画布又把一堵普通墙面上的一段空白空间遮挡起来。但是，诗歌中的这个身体是以文本和有裂缝的纺织物为遮蔽的。身体及其孪生遮蔽物——艺术和纺织物——唇齿相依。身体需要衣服，以便显露自己（否则，它就要淡出，退回到不受人注意的伊甸园的动物群中）；而没有身体的衣服便不再是衣服。如果遮蔽的艺术"过分精确"，无论身体还是艺术都不会引起我们的注意。

这种遮蔽和揭露的诗歌往往是命令式的、劝告式的，或者至少是教导式的。男性诗人们表现出一种令人不安的倾向，教导女人们在何时以及以何种方式穿衣和脱衣，设计呈现欲望的场景。对于促使多恩博士详细指点其妻子脱衣的那种冲动，我们可以毫不费力地理解；但是，自动的裸露则会令人心烦意乱，可能促使诗人发号施令让女人把自己裹藏起来，不管这号令多么形同游戏。当新拉丁诗人乔万尼·彭塔诺（1429—1503）"对赫耳弥俄涅[1]说，遮住她的乳房"（Ad Hermionen, Ut Papillas Contegat）时，她展现于假想的遮蔽行为中的裸露，与展现在暴露之举中的裸露是一样多的，这种对体面的遮掩的要求，比多恩要女人脱衣的命令还要耸人听闻。归根结底，诗人们需要的只是处于遮蔽与裸露之间的那种运动——不管是朝哪个方向——即处于抵制欲望和回应欲望之间的那种运动。

即使这一类诗歌只是对煽动欲望的通则进行报道，就像赫里

---

[1] 赫耳弥俄涅（Hermione），希腊神话中斯巴达国王墨涅拉俄斯（Menelzus）与海伦（Helen）之女，嫁于俄瑞斯忒斯（Orestes）为妻。——译注

克的诗所做的那样，它们仍然带有言说者身体意向的印记。然而，赫里克对欲望通则充满自信的陈述是与这种情况的事实相对立的：因为欲望往往顽强地随机而变，无法预料；尽管有利条件会出现，欲望会被激起，但爱神厄洛斯在伏击时才射出他最致命的一箭。

当赫里克向我们精确地描述欲望起因的物理过程时，我们知道，这是对在自然与艺术之间、或者在人力控制范围之内的事物与身不由己的事物之间的那场历史悠久的争论的一个评述。在身体和遮蔽身体的关系这个问题上，自然和艺术争论不休；但在欲望与*依靠*身体和遮蔽来控制欲望之间，也同样有争论。在这一首诗的每一行中，我们都能读到要求控制和要求挣脱控制这两种相互冲突的声音，而这场较量至今胜负未决。

如果我们把赫里克所写的煽动欲望的通则置于某种具体情境的假想性爆发之中，我们就会发现有一大堆可能性，每一种可能性都为诗的行为与激情、艺术与自然制订了一种截然不同的关系。假设这首诗是根据特定的欲望事例而得出的一个结论，而这种欲望是可能在诗歌产生之前的那段寂静中发生的。这个游戏的、机智的声音，在发现那个左右毁灭性细节的法则的同时，也为它自己找到了距离：是的，它是这样发生的：它是服装上一种甜蜜的混乱……但是，反过来，让我们假设这首诗是猜想性的幻想，它盼望着欲望的爆发。这种机智表达了由一个包装打扮得过分完美的世界和一种对外在强制的渴望所带来的痛苦——因为这里有一种焦虑，惟恐由于我们温文尔雅、彬彬有礼，身体完全消失不见[1]。这首诗中的声音声称它愿意受到迷惑,然而,它的声调以及那精心操纵的暴露过程都说明有一种距离,使他未被触及,也许还遥不可及。我们无法决定怎样理解这对矛盾:既盼望被欲望淹没,被爆发出来的自然本性征服,又试图摆脱强制,将爆发出来的自然本性压制下去。

或者,假设这首诗的求欢本身也是一种"过分精确"的艺

---

[1] 对自然本性完全从男人和女人身上消失这种可能性,我们一向有深刻的担忧;这种担忧正是遭遇到女人/顽石或男人/顽石的结果。产生激情的能力以及对自然本性的冲动保持开放的态度,这通常被认为是属于其他国度,属于比较炎热的气候,以及更古老的时代,比起我们自身所处的这个极其文明开化的世界来说,他们真是太野蛮,太有诱惑力了。我们这种温文尔雅,这种自觉的抑制约束,亦即赫里克之所谓"艺术"者,发挥到极致,也有可能带来全然灭绝自然本性的威胁;而"栩栩如生的表现"也可以是身体的替代,而不仅仅是一种遮盖。迈克尔·德莱顿的《有感》第 27 首明确提出:

> 是否这里的爱不像别处,
> 它与好多国家都不相同?
> 是时光使它失去了淳朴,
> 还是在岛国上随俗而从?
> 　是我们的情比不上他们,
> 而他们较少做作的表达?
> 是自然较少影响其后人,
> 对我们的先辈更多倾轧?
> 　我相信我叹息发自心底
> 像以前所有人一样真心,
> 我对你敬重愿为你效力,
> 一如那个最真挚的爱人。
> 肯定是自然对我有偏心,
> 只有你敢违背她的禁令。——原注

迈克尔·德莱顿(Michael Drayton, 1563—1631),英国文艺复兴时期诗人,《有感》是其代表作之一。——译注

术,是对对方的一个招引,是关于如何表演欲望场景的指导。最后这种可能性总是存在的。这首诗是教育性的;它指引年轻男人应该到何处去寻找女人的野性被压抑的证明,同时又指导年轻女人如何在总体控制的表面边缘留下野性的印记。这首诗是,或者说想要成为,一个精确的关于疏忽的艺术的榜样,是一条精心布置的花边,自然本性就在这里透过掩盖它的公开的表面来展示它自己。

也许这首诗的效果就在这里:与那些危险的力量游戏,使它们保持平衡。诗人的声音一直在情欲和机智的距离之间保持巧妙的平衡。他的语气默默地表明,由于理解了自然本性的作用过程,他就能够与其同行而不致被其席卷而去;然而,他的注意力被过多地吸引到女人的身体方面,以至于他对自己是否无懈可击也不确信了。在这场较量中,我们既不能够、也不愿意完全归属于任何一方,我们只能投身其中,让双方较量下去。

这里必须遵守严格的服饰规则。正如列奥·史匹策所敏锐地注意到的,赫里克的诗绝不是对于懒散混乱的赞美诗;它要求普通的秩序以表达和限制若隐若现的野性的蛛丝马迹。另一方面,任何想彻底压制本性的企图不仅惹人讨厌,而且有可能是自欺欺人的,因为明智的人都很理解:

> 但是不要让任何人过分相信他能战胜自然本性;因为自然本性可以埋藏很长时间,一旦时机成熟,或者受到诱惑,它还会复活的。
>
> 培根,《论人的自然本性》

> 因为自然本性不会受到嘲笑。对她的偏见从来不会持续很久。她的法令和本能是强有力的,她的感觉是与生俱来的。她在外面有强大的作用,在我们体内也一样有强大的作用;她只要受到一点点轻视,就会立即对其对手的鉴赏和评判横加责备,大肆报复。
>
> 安东尼·库柏(舍夫茨别利伯爵),
> 《人、风俗、意见及时代的特征》(1711)

然而,我们也不可能仅仅是自然本性,这一点也并没错,而且可能烦人得多:如果没有不由自主的微笑和眨眼,赫里克就没有办法把他的痴迷表现出来。

他同样不能胜利地摆脱自然本性或者胜利地回归自然本性,只能用言词把自己装扮起来,这言词正如想象中的女人的服装。他精心安排了这场展示,既列举又给衣橱里的各样东西一一配套。他从对服饰这一范畴的总体看法和一般描述开始,接着缕述衣服的细节(从头到脚缕述,像喜欢铺叙的诗人常做的那样)。但是即使当他逐项列举时,这种系统性的巡游也威胁着要将衣服拆开:他的目光跑到衣服的边缘,伺机进入。

服装形成了一种盾牌似的防护空间,诗人描绘其细节,是为了从中寻找一些饶有意味的缺口。正是在这些边缘之地,自然本性露出原形——披肩、胸衣(罩住乳房)、袖口、在裙边底下露出的衬裙,还有鞋带——在这些边境之地,服装似乎已做好准备越境而进入肉体世界。这是围绕着杂乱无序的边缘进行的一套整齐有序的花言巧语,是一次与隐藏的力量的巧妙周旋,是冒险。

每一件微微凌乱的衣服都会激起人的欲望,因为它是某些内在的东西的证明,既包括女人的裸体,也包括她心底的野性。假如我们专心致志地寻找那些颇有破绽的压抑,所有的表面都会变成被压抑的深层的标记。诗中的言词也同样如此。我们意识到在这些花言巧语背后藏着如饥似渴;人的自然本性可以显山露水,只要先经过包装,然后再在凸起的部位、在褶边以及绷紧的地方被人发现。正是在有破绽、褶边破裂、线缝崩开的地方,艺术臻于完美无缺;在这种时候,它唤起了既受到约束又失去控制的自然本性。

我们既不喜爱自然本性的清白无瑕,也不喜爱我们的堕落,而只喜爱吞食禁果的那一瞬间。我们喜爱的是这场争夺较量——也许是因为在这场较量中双方始终处于我们力所能及的范围之内。这个时有破绽而又臻于极致的艺术既不效忠于自然本性,也不向礼制约束俯首帖耳:为了保持双方不相上下难分胜负的状态,它会借力给其中任何一方。这样一种破绽的艺术,总是使控制与失去控制在言词上针锋相对。它讲述的是一种"美妙的心烦意乱",给破坏判断的那种环境提供了一个评价性的、既花哨又精确的判断。它漫不经心地指出,胸衣"处处"被褶边绷得紧紧的,虽然诗人的目光并没有像他们所声称的那样到处乱飘,而是被吸引到乳房、凸起的布料中敞开的地方以及里面的通道。"引人瞩目"/"乱糟糟的衬裙":冷静地评判其好处,不动声色地吸引人们去注意绸缎上的凌乱。但是,尤其重要的是,这样一种艺术归根到底在"野性的端庄"这样一个矛盾修饰法中得到了概括,而这"野性的端庄"具体表现在那个起系结作用而又面临被放松、被"解开"、被拆散之危险的"结子"上。

结　尾

> 娇情因曲动，
> 弱步逐风吹。
> 悬钗随舞落，
> 飞袖拂鬟垂。
>
> 　　　　　萧纲（503—551），《咏舞诗》

　　这个女人身体柔软，她受到自然本性力量的驱动，这种力量既作用于她的外表，又作用于她的内心。舞蹈这一形式艺术及其形式装饰展现了它们的自我消解。而这首诗以其自身受到控制的形式艺术庆贺自然本性的胜利，或许是庆祝——这里有不确定的因素——舞者巧妙地表演了自然本性的胜利，慢慢进入癫狂的境界，直到最终的鬟乱钗垂。

　　在身体力量与掩盖身体的艺术力量之间，有一些相互感应的节奏韵律。歌曲的技巧推动着情感，而情感又推动着身体，这个穿着鲜艳衣服的身体仿佛一朵落花，随着每一阵风摇摆。动作的强化，使舞步变得杂乱无序，并且摇松了头发上紧扣的钗鬟。于是，艳情的强度回到了歌与诗的形式秩序之中，而运动正是由此开始的。它是对在身体和艺术之间那场可爱的冲突中某种胜利的庆祝——但我们根本无法知道胜利究竟属于哪一方。尽管这些南朝宫廷贵族们对激情的这个巧妙表演赞叹有加,但是,在这场表演底下隐藏的一切都是一种不可能实现的渴望:渴望变成那朵落进春风里的花。

177 枉费的痛苦

> 伤高怀远几时穷?
> 无物似情浓。
> 离愁正引千丝乱,
> 更东陌,
> 飞絮濛濛。
> 嘶骑渐遥,
> 征尘不断,
> 何处认郎踪?
>
> 双鸳池沼水溶溶,
> 南北小桡通。
> 梯横画阁黄昏后,
> 又还是斜月帘栊。
> 沉恨细思,
> 不如桃杏,

第五章 裸露/纺织物

犹解嫁东风。

张先（990—1078），《一丛花》

中国的曲子词艺术是一种后起的程式化的艺术。在词中，我们经常听到一种慵倦的声音，对所有日常事物包括诗歌和世界都感到慵倦。离开了没有季节轮回、没有变化的伊甸园，我们进入了一个轮回更替循环往复的世界，与伊甸园那种年复一年的生活常规相比，这个世界的程式化毫不相形见绌，但人们却有截然不同的理解；现在我们充分地意识到我们正被这些循环往复的机制驱使着。更糟糕的是，在这个循环往复的世界里，词人们发现自己甚至在重复这样一种看法，即这个世界及其诗歌最终是不断重复的。

几乎在张先作这首词之前一个世纪，末代皇帝兼词人的李煜曾在他最著名的一首词的开头，写下了这样一种对循环往复的自然的看法："春花秋月何时了？"此时此刻，张先在这句恰恰是模仿他的前辈句式的词中，发现人们的反应也是彼此相似、相互重复的："伤高怀远几时穷？"

这个看法，与张先类似的诗人和词人们以前曾经说过一千遍：离别以及其他各种长久的失意惆怅驱使人们登高望远。也许是因为诗人对这一行为姿态写得太多了，诗歌的读者们，当他们个人失意颓丧或希冀盼望的时候，也会登高远望；而且，当后代诗人们发现前代诗人们的看法已在当代人普通的感觉与行为中得到印证，他们就继续描写同一种行为动作。假如他们对这种重复感到不安，也可以改变反应的方式，可以花样百出：他们可以宣称不愿意登高凝望，或者告诉别人不要这么做；他们可以登临高处,眺望远处,然后告诉我们,他们无动于衷,只有冷淡漠然;他们甚至也可以评说这一类登高凝望是多么陈旧老套。但是,每一次改变都只是为了再一次证实这一范式化的行为,直到它在人类精神中仿佛获得某种自然本能的地位,剩下的惟一要说的话就是"何时穷?"——这话更多是指那些失意颓丧和希冀盼望,而不是指那种程式化的反应。这句话也将被一遍又一遍地复述。不仅人的自然本性后先重复,人类的境遇以及由这些境遇所引起的种种情感也是重复性的。

奥斯卡·王尔德[1]曾嘲笑他的同时代人对自然的阿谀奉承冗长乏味,他提出,艺术创造可以补偿想象力贫乏的自然。但是,一百年后,我们发现他的提法被简化为艺术的最低级的陈词滥调;我们还沮丧地发现,即使标新立异以及标新立异这一思想观念本身也会因为不断重复而令人厌烦。

有一种普遍流行的怀疑看法认为,太熟悉的东西缺少力量;针对标新立异而言,这话可能是对的,令人遗憾的是,针对人类感情而言,它就不对了。引人注目的是,人类情感中那些最陈腐老套的悲欢离合,对我们在这种陈腐老套面前所感到的难堪居然漠不关心。"无物似情浓。"本书译为"dyes deeply(染成深色)"的"浓"字,描写的是某些强烈并且富有渗透力的事物:颜色的浓郁、酒的浓烈、激情的浓厚的影响力。张先这首词作中司空见惯的角色,是一个期盼着那个并不在场的男人的女子,她不仅声言要体验这种情感,而且明白自己正在体验着它,并对此感到厌

---

[1] 奥斯卡·王尔德(Oscar Wilde,1854—1900),英国小说家、剧作家、诗人,19世纪末英国唯美主义的主要代表作家。——译注

倦：在心灵的纺织物中，还有一些未染过色的丝线，她可以借此来评说这份浓情平淡无奇，也可以评说这份浓情具有折磨人的力量。

这样的曲子词是一出出情感的小戏剧，但是，被戏剧化的情感并不是浓情，就这一具体例子而言，也并不是对爱情的期盼，而期盼爱情只是这首词表面上的主题。相反，在激情本身与那个自我意识的细小空间之间有一种更加错综复杂的关系，戏剧和情感正存在于这种关系之中，这个自我意识的空间还没有被情的纯洁所熏染。这首词并没有讲述情，而只是以诗歌的方式、以个人的口吻，讲述她对情的厌倦；她对自己受到那个已成老套的欲望机制的压迫也感到厌烦，这个不同寻常的事实一点也没有削弱欲望的力量。最重要的是，她对她自己的厌倦也已感到厌烦了。

这场戏剧中所表演的情感是一种很强烈的情感，但它又是第二位的、反省性的情感，是所有强有力的感情所拥有的那些游移不定的伴侣之一。对自己在不知不觉间"陷进"这种第一位的情之中有自知之明，其结果便产生了这类反省性的情感。这些第二位的情感是由情感引发的；它们绝不是第一位的情的苍白反映，而是被如此增强放大，以至于它们常常会湮没第一位的情。而且，这些也许就是我们对我们本身作为自知自觉的人的惟一真确的感觉。从它们的力量中，我们可以推知第一位的情的威力，但我们永远无法与其真正接触。以对某个毫无投桃报李之意的人的情为例：爱人可能会对他或她不能摆脱吸引感到恼怒；或者对他或她行为的痴愚感到尴尬难堪；或对被爱的人给他或她带来这么大的痛苦感到愤怒；也有可能，到了最后，为没有得到满足的欲望而厌烦至死。我们就是这样的人,从不知道味道,而只知道回味。

这些第二位的、反省性的情感是随着我们对那股存在于自我身上并对自我发生作用、而我们却根本无法真正控制的力量的觉察而发生的。我们只有这些对策:采取某种态度,或者自愿作某种行为,由于受到在自愿自决和为情所役的相互冲突中某些不太相干的动力的作用,从来不会得到预期的结果。这些反省性情感的变形错综复杂,将各种第一位的情感团团包围住,虽然我们对它们理解得十分清楚,这种理解却并不是那种能够让我们获得自由的理解。这是上帝对伊甸园的园丁、我们的祖先开的一个大玩笑,那苹果只是把理解装在一个动物的身体之上,然后就驱使它一路同行。

在词体作品中,第一位的情感常常是清晰而且稳定不变的;第二位的反省性的情感则难以捉摸,并围绕着第一位的情感,沿着飘移不定的轨道,变动不居。我们无法精确地观测并找到它们,因为我们就沿着它们的轨道驰行。在张先这首词中,反省性情感的动力不是期盼,而是一种厌倦的恼怒,因为身体和心灵是被那些同样古老的动作所驱使的,而这一切无论在人类心灵中还是在较早的诗歌中都已屡见不鲜。这声音并不仗着情的力量而呐喊;它叙述着这种情,这种情使头转动,使眼睛定神,使身体走动起来。这声音感到沮丧,它作出了这样一个比较判断:在所有事物中,情的影响"最浓"。

心物相应的诗的古老机器开始运作了:这个女子注意到了外部世界的种种事物,通常认为这些事物能够反映并煽动情感,昆虫的乱丝,飘扬的柳絮,在人心中引起情感的"千丝乱"。在检视一个熟悉的园地的时候，张先词中这个女主人公一项一项地清点着她意料之中的那些事物。对今天的我们来说，这种特别的心物相应和特殊的姿态显得很陌生，它们只是在很久以前的那个时代、在另外一个大陆所惯用的表达情感的程式；但是，这种反省性的情感至今依然为我们所有。

德国浪漫主义作家亨利希·冯·科莱斯特[1]在他那篇关于牵线木偶剧的著名文章中，赞扬木偶虽然毫无知觉，却能表演出完美的动作；与此相反，他也注意到，人类的动作反而有一种不易察觉的笨拙难看，因为人类一直是自身动作的观察者。但是，有一种可能性科莱斯特没有考虑到。那就是：木偶也许完全有自知自觉，它有能力观察，只是全然无力中断自己那摇摇摆摆的完美动作。

这个歌唱者特殊的情感与行为被吸收纳入那个反复出现的模式中，就在她所遇到的情景中，这种情况又进一步重复出现，每个个体性的事物仿佛都消失在集体性的重复之中：

嘶骑渐遥，
征尘不断，
何处认郎踪？

在所有行人扬起的征尘中，这个行人消失不见了；他的踪迹迷失于所有人的踪迹之中。

---

[1] 亨利希·冯·科莱斯特（Henrich von kleist, 1777—1811），德国浪漫主义诗人，剧作家。——译注

> 我怎样才能认出你忠实的爱人？
> 　　我遇见过许多人
> 我来自那个神圣的地方，
> 　　有的人来到这里，有的人去向远方。

未完成与缺席，使情及其对象都降低到仅仅是一些范畴；在特定的案例和不定的范畴之间有一个反抗的空间，反省性的情感即在此应运而生。

181　　她是个珀涅罗珀式的人物，她困在对一种艺术仪式的表演之中，她既在编织同时又在拆除这件织锦的同一部分：她先是演出"花园那一场"，昆虫的游丝和成双成对的水鸟激起了期冀；接着，她演出"夜晚那一幕"，她躺在闺房中，彻夜难眠，她望着月光，寻思她的爱人是否也在想念着她而没有入睡。"又还是斜月帘栊"：她在这一场景中的表演很有规律，就像月亮圆缺那样周而复始，也如同以前诗歌中其他那些不可胜数的爱人一样有规律。"又还是"：她知道这一点，而且厌烦这一点。

　　除了这首词的最后几行，这个女子一直只是在重演中国人渴望爱情的全套表演路数——不过，这渴望是加引号的，她唱得越来越充满反抗的紧张，我们可以分享这种反抗，尽管她借以表明其反抗的手势和物体是我们缺少共鸣的。这里写到重复的世界，只是为了使我们能够学会对其恨之入骨，为了使我们能够培养这种反抗，从反抗中产生逃脱重复的幻想。我们会梦想颠覆所有这些重复：

第五章 裸露/纺织物

> 沉恨细思,
> 不如桃杏,
> 犹解嫁东风。

在演出了常规的渴望场景之后,这声音认识到她自身的憾恨,只好求助于一个伊甸园似的时刻,作为一种失去了的可能性:如果你"细思",你就会看出这是一个多么消磨人的浪费;不如像一朵花在春天消耗了自己。那个堕落的重复的世界产生了反省性的情感,而反省性的情感又竭力要完成自我的毁灭——摆脱自己所知道的在情的方面软弱无力的局面,使反省性的情感变化为浓情,抛开自己心中那个一直在注视自己的骑马行人。这种想消灭自我意识的欲望对其自我毁灭性了解得一清二楚:这一行为将带着我们越过人性的边缘,变成不是半自然而是完全自然的东西。那将是一个没有未来的时刻,从漫长的重复的时间中解脱了出来——这是一个死亡、自由和性结合的瞬间。

但这个想终止时间的欲望只有在时间的内部才能发生。我们从来不会忘记她发言时所处的位置,她对前景深切怨恨,是由于这一前景不可能实现。在跳跃的欲望和跳跃本身之间有一个空间;这个空间甚至使跳跃也变成了一种反省性的情感,并且与它最终期望颠覆的那个重复的王国一样重复出现。因为在这个最终的欲望——像花一样消耗掉自己——之后,隐藏着一条更早时代诗歌的脉络。这条线索可以追溯到李贺(790—816),他曾这样描写花儿:"嫁与春风不用媒。"[1]这里,花儿的无意义的毁灭也变成了一个在激情中自我毁灭的自由行为。

舞者的动作旋转得越来越快,直到舞袖拂到扎得很紧的鬟髻,它们坠垂了下来。我们无法确定这究竟是身体挣脱了艺术的控制,还是表现身体解放的一套得到有效控制的艺术造型。但是,即使它只是装扮出来的一次爆发,我们仍然知道是什么力量促使它对艺术产生了兴趣(或者装作没有兴趣),这一点可以在我们凝神屏息的欣赏中得到证明。再者,我们也无法确定究竟是这些力量以某种方式控制了装扮表演,还是在装扮表演中受到了控制。

脱 衣

因而,那无花果树叶所展示的理性,比起在较早的发展阶段所表现出来的理性要大得多。其中一个只是表现出有能力选择对冲动起作用的范围;而另一个——由于从感觉中清除了它的对象,从而有了一种更内转也更稳定的倾向——已经反映出它知道理性对冲动有某种程度的控制。从单纯的感官吸引发展到精神吸引,从单纯的动物性的欲望逐渐发展到爱情,与此同时,从单纯的愉悦感受发展到对美的一种品

---

[1] 字面意义就是"不用媒人作合。"所有合法的性结合都必须先提出来、经过安排并得到批准才行。——原注

按:此处所引诗句出自李贺《南园十三首》之一:"花枝草蔓眼中开,小白长红越女腮。可怜日暮嫣香落,嫁与春风不用媒。"——译注

> 鉴，最初只是对人身上的美的品鉴，最终发展到对自然中的美也有一种品鉴——这一切的发生都是由于有了拒绝。
>
> 艾曼纽埃尔·康德，《推测人类历史之开端》[1]

> 无论创作的是什么，都是罩在一块面纱之下的，……都是诗，而且只能是诗。
>
> 薄伽丘，《异教诸神谱系》第 14 章

> 祈愿上帝让我活得足够长久
> 有朝一日我的手能伸进她衣底。
>
> 贝都伯爵吉耶姆（1071—1127），《来自新鲜季节的甜蜜》

在诗歌中，衣服和对裸露的承诺是彼此联系在一起的，因为裸露正是出现在衣服凸起的部位和轮廓线上，或者在边角位置和褶缝中，抑或在衣服的凌乱和漂亮的脱衣动作之中。这种得到承诺的裸露可以自称是任何我们认为有价值的东西：它带着夸饰告诉我们它就是**意义**，或者告诉我们它只是一个想法，或者是被隐藏起来的动物的身体，或者是心灵的秘密；它有时是**他者**，有时是自我，有时我们实在无法分辨是哪一个。如果我们傻乎乎地急着去解开衣服，我们一定总会感到失望——不管我们希望发现的什么。解开来的东西被无情地忽视了，或者又再次被遮了起

---

[1] 艾曼纽埃尔·康德，《推测人类历史之开端》（*Conjectural Beginning of Human History*），艾米尔·L. 费肯海姆（Emil L. Fackenheim）译，载刘易斯·怀特·贝克（Lewis White Beck）编，《论历史》（*On History*，纽约：Bobbs-Merrill 1963），页 57。

来。我们每一个人都是 immemor（没有记忆的），都会忽视或忘记曾经觊觎过的东西。我们并没有想面对这种局面，即诱惑的强度取决于暴露的形式；不管这简单的伊甸园式的裸露有什么价值，它比我们的期望要苍白得多，与我们所梦想的也大不一样。但是，我们所预期的这种快感要求有这样一种信念，即我们要的就是这一东西本身，而不仅仅是解开衣服这一动作。如果没有这样的信念，解开衣服就没有意义。它是一个难题。幸运的是，我们的希望和我们对于快感的欲望总是使我们再一次被诱惑所吸引，这正是诗歌和所有伟大艺术所做的事。解开来的衣服一直被晾在一边，任其在我们房间的衣架上和我们的心上沾满灰尘。

> 但她对不在场的东西有一股深情——
> 　一种感动了许多人的感情——
> 人类中有一种至为愚蠢的人，
> 羞于看近在手边的，却遥望远处，
> 寻找随风飘来的东西，这希望却永远不能实现。
> 　　　　　　品达，《皮提亚颂歌》[1] 3，19—24

她所代表的那种"至为愚蠢的人"可能是这人世上存在的惟一的一种人。

诗歌试图将我们带回到吞食苹果的那一瞬间：急切的暴露终

---

[1] 皮提亚（Pythian）：原为阿波罗神庙的预言女祭司，此处指皮提亚竞技会，这是古希腊纪念阿波罗战胜皮同的庆祝会。——译注

于结束了,接下来的就是淡忘和再次遮蔽。很难将我们羁束在那里;诗歌处于两种形式的时间之间:伊甸园恒定不变,而我们这个堕落的世界则经常重复轮回。板滞的伊甸园只能提供那种像遮盖得过于严实的身体一样看不见的暴露。另一方面,最终的危险是身体及其诗歌都消失在华丽的外衣之中,这外衣已经忘记了自己的目的就是遮掩,因而也允许我们忘记藏在外衣下的身体。这里,诗歌消亡了,变成了一件艺术—物品:即任何人都可以偷走并穿上的衣裳。

> 我把我的诗变成一件外衣
> 用古老的神话
> 绣成纹饰
> 从脚踵遮到喉咙。
> 但愚人们将它拿去,
> 当着世人的面穿上它
> 仿佛是他们的精心制作。
> 诗歌,让他们拿去吧,
> 因为在裸体行走中
> 有着更多的功业。
>
> 叶慈,《一件外衣》[1]

叶慈这个诗人总是谈论把掩藏起来的东西暴露出来,还许诺

---

[1]《威廉·巴特勒·叶慈诗集》(*The Collected Poems of William Butler Yeats*)(纽约:Macmillan,1956),页125。

要掀开纱罩,并向我们展示在事物的内心究竟隐藏着什么。最初,他试图展示他希望从这首诗的表面构成中直接找到的那种美——却不知道这种精致的服装也可以从身体上脱下来,挂在一根竿子上,它作的暴露的许诺也消失了,变成一个自鸣得意的设想。

而现在,我们看到了,把诗歌的外衣看作是他自己的外衣、把他的身体当成是藏于衣服下面的身体,这一点对他来说是多么重要、多么不可或缺。这是他以前允诺袒露"事物的内心"的时候从来没有承认过、也许永远也不会完全理解的东西。但假如我们细心地倾听早先的那些诗歌,就会注意到他在操纵他的每一副诗的面具时所表现出来的那种紧张的均衡。此刻,当我们回溯往昔,我们就会看出这种紧张。

他告诉我们:"我把我的诗变成一件外衣。"他现在要我们知道(他怀疑我们先前有所误解)他了解自己创作这些诗歌时究竟在做什么,他要我们知道他能够自我控制,要我们知道他不是因为不知道别的诗歌才在早先的那些诗集中使用那些"古老的神话";对诗歌外衣的设计出于他自己的选择,是他自己所为。更重要的是,他要让我们真真切切地认清他的艺术是什么——一件外衣——以及我们应当从艺术的外衣下面发现什么——他本人。

也许我们已经错误地相信那些可爱的诗歌根本没有"内在",相信它们只是为了美的艺术——纯粹是刺绣者的手艺的对象,是挂在墙上的一件刺绣,是令人艳羡的表面。此刻他有力地提醒我们,他既是工艺大师,又是隐藏于这艺术杰作中的人物。他制成这个作品,穿着它展示给人看,这样他就会被看到,被羡慕,并且成为欲望的对象。

"从脚踵遮到喉咙"——他加上这一行是为了押韵，但这种形式上的需求往往从诗人那里抽走他所储备的某些东西，这些东西至关重要，其重要性超过了他们本来打算说的。事实上，他完全知道我们何以没有注意到他躲藏在外衣之下：它把他遮盖得太严实了。身体一点也看不到，除了位于喉咙之上而且处于衣裳范围之外的那一张嘴，这张嘴外在于身体的"内在"，这张嘴曾编织出第一件诗歌外衣，现在又编织出全身赤裸的皇帝所自称的那套新衣。

> 但愚人们将它拿去，
> 当着世人的面穿上它
> 仿佛是他们的精心制作。

对于此刻正在倾听的我们，他相当明确地申明了他的所有权，并且将已然发生的情况称为偷窃。我们更清晰地听到他要他的诗歌做些什么：这东西既然出自他的手，就应该为他服务，为他所有，打上他有权控制的印记。他企图让它成为一种不同寻常的占有，既能明确无误地指向他，同时又能将他掩盖起来，但不幸的是，它表现出来的只是一件东西，而且没有版权，还可以从其主人裸露的自我中剥离出来。由于它仅仅是"艺术品"，它就成了一件可以被偷走的物品。他已经发现当有人穿上同样的这件艺术品，作为艺术品创作者的他便不再附于其身。他已经注意到他的身体不在此处；而其他人并没有察觉。

他嘲笑其他那些人："愚人们"，他这样称呼他们，也这样称呼"世人"。他们就是其他诗人及其读者们,他们只看见精美的刺绣,却看不到内在的东西——这类艺术品可以属于任何人,这一点也许他们看得太清楚了。多年以前,他曾告诉我们,他只关心最一般最普遍意义上的美;确实,这一类的美应当为任何懂得到何处才能找到它的人共同拥有。现在,看到他原先的衣服被大批人穿在身上,他觉得受了伤害,他发现这一类普遍的美根本不是他的目的。他展示自己制作的那些美丽的事物,只是为了让我们能看一看他。

他以嘲笑来威胁我们。我们热诚地期望他不要将我们划入那个完全没有什么分别的世界中的愚人之列。他假装根本不是在对我们言说:

> 诗歌,让他们拿去吧,
> 因为在裸体行走中
> 有着更多的功业。

186　他被这一群人的误解伤害了,他用一副自尊的面具把自己打扮起来;他装做没有注意到我们在聆听,而继续对着他的"诗歌"言说。但我们知道,仅仅是因为他的自尊受到伤害,才使他转向别处,正如我们知道他所传送并且致语的这首诗歌悄悄地引诱我们,使我们自己与愚人们以及这个世界分道扬镳。他和他的诗歌诱使我们成为精挑细选的少数人中的一员,能够看出他的本来面目。关于这一招引的亲密性不会有任何误解——去观看他赤身裸体。不知用什么方法,他已经将一种文学的偷窃——被扒掉了衣服——转变成一种暴露和脱衣的勇敢行

第五章 裸露/纺织物

动。而在他祈求被人"了解"的呼唤声中，蕴涵着各种性的暗示。

我们承认他的成功，不是表现在他变得赤身裸体这一方面（它仅仅是作为一个许诺才在言词中占有一席之地），而是表现在他找到一件新的言词外衣，更能完美无缺地凸显内在身体的曲线。不，我们并没有把人与人摆出的姿势混为一谈；姿势这样的东西是不存在的，有的只是一个复杂的摆姿势行为，它是受欲望、伤痕以及焦虑所驱动的。假如对方误解了他，他会再次有所举动，并摆出一个新的姿势，指向他所留下的空荡荡地悬于空中的那个先前的形状。这种主动摆出来的姿态在企图掩盖真相的行为之中有所暴露；此时它表现得极为复杂：它是一个装腔作势的关于裸露的谎言，但却依然揭示了裸露。他用一件自尊的外衣把自己打扮起来，装作没有注意到他已被人看见。而且，他还用嘲笑将我们赶走，他知道，他那盛气凌人地驱赶人的姿态会吸引我们回转来看他。他并没有裸体；那只是声称而已，但是这声称就是一件很薄很薄的衣裳，暴露了可以从这件新的诗歌外衣背后看到和了解到的他那强烈的欲望。

在语言中彻底赤裸要么是虚假的声称、虚幻的记忆，要么是引诱。裸露就意味着沉默；尽管诗歌在其不满足之时，也会强烈地渴望静默，但那是无法做到的。不管个中障碍如何轻如蛛丝细如薄纱，它却是一个绝对障碍。假如除去这一层障碍，则所爱的人既会得到又会失去，从视听中消失，变成一种奇怪地"完美"（已经完成）的触觉；在这一过程中，触摸别人绝对不可能与本人被触摸分离开来。在诗歌中不存在实现这种完美的危险："急

303

急忙忙地消除所有间隔并不能带来丝毫接近。"[1]而且，每一个猛烈的力量都发现自己遇到了阻碍，或者遇到了一个同等强度的反向运动。

> 脱掉衣服，亲爱的，相互贴近
> 裸露的身体与裸露的身体缠绕在一起：
> 二者之间一无阻隔——即使
> 你穿的是最薄的轻纱
> 对我来说
> 就像巴比伦的墙；
> 胸贴胸，唇对贴：其他一切都在静默中
> 隐藏。我不喜欢
> 喋喋不休的口舌。
>
> 保罗斯（六世纪），《希腊文选》V.252

这是一篇很能反映晚期希腊之机智的作品：保罗斯彬彬有礼地拒绝向他人诉说触摸的完美性；不过他的彬彬有礼不是靠什么内在的矜持，而是通过双唇紧贴，使得爱人和被爱的人都缄默无言。只要有哪怕最薄的一点点纺织物存在，舌头就不会停下来，诗歌就会延续，大声宣告着欲望并期盼着诗歌自身的终结。

---

[1] 马丁·海德格尔（Martin Heidegger），《物》（The Thing），载《诗歌、语言、思想》（Poetry, Language, Thought），阿尔贝特·霍夫史塔特（Albert Hofstadter）译，纽约：Harper and Row, 1971，页165。

他并不是真的有这个意思。这只是一个诗句游戏。而且我们知道，即使——这一点是难以想象的——这个老于世故的晚期希腊人准备对某位博学的姑娘朗诵他的这篇隽言诗，其结果肯定不会是那姑娘充满激情地宽衣解带，而只会对他的机智聪明报以一笑。这首诗延滞了激情的碰撞并使其转移了方向，而不是使其跃进到彼此的聚合欢会。

诗歌的物理学有其精确的均衡式，可能就是操纵人类心灵欲望的那些均衡式：所有公开的动力都受到来自诗中某个其他地方的、某种势均力敌而又背道而驰的动力的牵制而处于静态平衡的状态。这种静态平衡并不是静止的一个点，它是一个平面（正如覆盖的纺织物也是一个平面），随着相反相持的两股力量而抖动、鼓起并裂开。所有靠近的动作都会被一个离开的动作拽回来，所有离开的动作都因受到极其强烈的招引而撤消。叶慈说得既骄傲又充满轻蔑，但又恳求我们去看去爱；保罗斯招引我们回到伊甸园，同时又用一种老于世故的微笑来败坏伊甸园。

他看到了所爱的人；为了能够注视她，他必须不让她发现自己在注视她。接着，他所爱的人发现了他的欲望。她察觉了注视她的目光；他再也不能掩盖自己的注视了。于是她将自己掩蔽起来。

> 自从你知道了我最大的希冀，
> 它将我心中其他的心愿一扫而光，
> 我就再也不曾见你，女郎，
> 撤下你的面纱，无论是在阳光下，还是在阴影里。

188

只要我藏起这些亲爱的想法——
它们总是让我想到了死亡——
我看到你脸上装点着友善；
但一旦爱情使你看出我在身旁，
你的绺绺金发从此被遮掩，
你爱怜的注视也就此撤下。

我最期望于你的都被你拿完，
你的面纱，无论天气冷暖，
遮住了你可爱的眼光，
也就带来了我的死亡。

彼特拉克，《诗集》第 11 首

　　彼特拉克诗中之美在于它的那种纯洁，它用这种纯洁来书写欲望最基本的法则。这首诗揭示了这些关于注视和遮掩的法则；假如诗歌中这一类揭示也实实在在地介入人际关系，它就有可能打破平衡，打破情感的僵局。但是，这个诗人充满激情地向他所爱的人诉说，与此同时又从来没有让她来读这首诗的意思，由是他维持了这种静态平衡。

　　他不可能跨过那个掩盖面容的纺织物的平面去触及他所爱的人，但是他至少可以想象诗歌介入并改变这种关系的可能性。他想象正在编织一个词藻的纺织物，这一编织过程将映射出她那煽动欲火的面纱；她会观看并被点燃。如果做到了这一点，他受抑制的欲望的痛苦也就会变成她的痛苦。如同米开朗基罗所构思的那尊所爱的人的心灵塑像一样，这样的一首诗也是将欲望强加于他人的艺术品。一旦她的深情突然之间反映了他自己的激情,我们无法确定在这种时刻会发生什么事。也许,他会像那喀索斯一样,跃过那个可以渗透的镜面,达到两相会合和水乳交融的完美接触。也许,逆向运动的物理学还依然有效:那喀索斯正在观看,突然看到一张脸充满饥渴地回望过来,他急忙撤退,让深情的双眼的影子永远困在池塘水面之上,而无法看到其所爱的人,将其视为对他的痛苦的报偿。也许,最奇怪的是,双方将一直相互注视,却无法接触,只能在共同的受苦中获得一种间接的会合。

> 假如这些消耗我的念头——
> 它们是那么强烈那么牢固——
> 是由合适的颜色装扮而成,
> 也许那个人把我点着并且逃走,
> 他会感受到一点这种热度,
> 爱情会在其沉睡的地方惊醒;
> 这时它会少一些孤寂冷清
> 我的足迹随着路程而疲倦
> 穿过草地翻过山岭,
> 我的眼睛不会那么经常湿润,
> 把冷冰冰的她点燃,
> 什么都不要留给我,
> 除了燃烧的火。

> 然而爱情的压力

> 剥夺了我所有的技艺，
> 我写的是粗糙的诗行，没有丝毫甜蜜……
>
> 彼特拉克，《诗集》第 125 首

他的那些念头燃起一团火将他淹没：假如他能够把这些念头用漂亮词藻的纺织物装扮起来，他所爱的人也会被点燃起来的。这是一个幻想，没有任何宁静平和的承诺，只是摆脱了分享痛苦时的孤寂而已。但是，这只是一个构撰出来的幻想：他的词藻受到被抑制的欲望的影响而变得粗糙，这些词藻没有得到有效控制，也就是说不能用引人注目的色彩将自己打扮起来。爱情既激发了对强有力的词藻的幻想，又使实现这种幻想变得渺不可期：他被困在反省性的感情、气愤和挫折之中。艺术总是"我的艺术与预期效果对抗"。

让我们从另一种方面来讲述这段纺织物的故事。那个被爱的人是贞妇珀涅罗珀，她竭力使自己衣着端庄娴雅，靠不断地编织，又不断拆掉织好的东西，从而使绣织的故事和求婚者都处于一种静止状态。她织好了又拆掉了的那件纺织物是莱耳忒斯[1]的裹尸布（他的"殓衣"）。这件东西一旦织好，就等于旧的爱情终结了，等于承认奥德修斯死了——因为他是一个"荡子"，而"空床难独守"。

> 她让所有人都怀着希望，她答应每个男人，
> 她把我们全部召来，爱的表演毫无保留，

---

[1] 莱耳忒斯（Laertes），奥德修斯的父亲。——译注

第五章 裸露/纺织物

> 可是她的心里却藏着另外一个念头。
> 此外,正如她的手艺、她的织机那样稀奇
> 她布置了一个罗网,很难躲避,
> 她这样对我们说:"觊觎我床的年轻人,
> 既然我那神圣的夫君已经在鬼录上登名,
> 你们不要太心急,最多一直到
> 我织完这件殓衣,以免织好的又失掉。
> 此外,我打算,当痛苦的死亡、
> 严酷的命运把英雄莱耳忒斯
> 席卷而走,这殓布将装饰
> 他尊贵的尸体,否则所有普通妇人
> 都会对我说三道四,
> 一个富有的人死后居然要蒙受羞耻。"
> 她说完这番话;这番话确实立即打动
> 我们这些温柔的心。但是她的这个工程
> 实在旷日持久,到夜里,对着火把,
> 她把在大白天织就的成品全都拆下,
> 三年里她的骗局逃过了我们的眼睛,
> 让我们相信她所有的伪装都是真情。
>
> 《奥德修斯》第2卷,
> 第143—163行(据查普曼英译本)

　　靠一边编织一边拆除,珀涅罗珀实现了自己的愿望;但是还有其他编织者。那些向她求婚的人,那批抱怨她在作假的荷马笔下的粗人,在文艺复兴时代却变成了彬彬有礼的引诱者,

他们把自己的欲望隐藏在精美的服饰和华丽的词藻底下:"精确的词语,如绫绸,如丝",贝罗因在其《爱之努力的失落》中这样称呼它们。纺织物不仅掩盖——求爱者可以用来"求爱"的诗歌"套服"[1]——而且以那些薄纱蛛网似的形式,显露肌肤,它是一个罗网,心灵缠结于这个网中,既不能前进,也不能后退。

> 珀涅罗珀,为了她的尤利西斯,
> 　设计一个罗网来欺骗那些求爱者;
> 　于是白天她完成了多少活计,
> 　到晚上她就要如数拆撒:
>
> 我的姑娘也想出这般狡猾的巧计,
> 　对付我的欲望纠缠不休的求爱:
> 　我花了许多天织成的一切东西,
> 　我发现顷刻间都已被她破坏。
>
> 这样,当我想结束我所开始的事,
> 　我却必须开始,永远别想完结:
> 　她一眼就毁掉了我长时间的编织;
> 　她一句话就把我整年的成果撕裂。
>
> 我发现这种工作与蜘蛛织网相同,

---

[1] 此处原文为"suit",兼有"套服"和"求爱/求婚"的双关意义。——译注

一丝微风就能使它劳而无功。

斯宾塞,《小爱神》,23,
《他所爱的人如何像珀涅罗珀那样让他前功尽弃》

在"为了她的尤利西斯"而演戏时,她的话就像突然刮来的一阵狂风,吹走了他的求爱的蛛网。他把自己描绘成那个未遂的通奸者,企图占据一个空位却徒劳无功,他明白他所编织的网是脆弱的。这些根本不是"优雅而牢固的网",不像当年克娄巴特拉俘获安东尼的那张网,而是像蛛丝、游丝。他是艺术家,是后代那些没能像皮格玛利翁那样取得成功的众多艺术家中的一位,他困在他的艺术的表演中,陷在重复之中:那个伟大的拆解者珀涅罗珀,从来不许他完成他的"求爱/套服",不许他完成这种将会役使她的欲望的艺术完美,就这样,她保住了权力。

言词和瞥视

言词是一把扇子!——从扇骨间
一双可爱的双眸正向外张望。
扇子只是撒落的一层漂亮花朵,
它确实遮住了面孔一张;
但并没有藏住花下的姑娘
因为眼睛是她最漂亮的地方

正在我的眼睛里闪亮。

摘自歌德，《标记》，见《西东合集》

他对夏娃
开始有色欲的眼光，她也
报以放荡；……

《失乐园》

遮盖有许多种名称（或者说，我们赋予许多事物以遮盖的功能）：它可以是言词，在这里它变成了那把扇子，那个表达暧昧动机的舞台道具——渴望被伪装成羞涩，羞涩又被伪装成矜持。于是这把扇子就变成了"一层花朵"（*Flor*），变成了一束叶子和花朵，那就是伊甸园中的无花果树叶，是遮藏面孔的。另外有个人就躲在它后面，被遮住了；树叶和花朵、或者遮盖脸部的纺织物、或者文本介入了。这时候，在缝隙之间，有一只眼睛，只有一只眼睛。这是介于我们已经堕落的人间世与伊甸园之间的时刻，正是这一个时刻将这两个世界分开，并使二者截然分别开来，提醒我们这两个世界的不同：一个是裸露，一个是隐藏。同时，言说了两个世界的这一时刻也是我们跨越边界的惟一希望。

也许他是一个有窥视癖的人，透过纺织物的缝隙偷看，希望能看见肉体。突然之间，这个正在偷看的人发现他反而被人看见了。目光与目光相遇对视，并且有一种相互淹没的趋势，就像池塘中的那喀索斯既是自我，又是那个被爱的人。或者双方都再次掩盖起来；她的目光退缩到扇子的那层纺织物之后；他转眼看着别的地方。无论作的是哪一种选择——相互淹没或是转移目光——相视只能持续短暂的瞬间；然后，就是黑暗。

有一种旧的看法认为诗歌能够将伊甸园复原给我们（当歌德讲到"言词"的时候，他指的是诗的言词，是一个 Beiname，亦即化名，它就像扇子一样，通过遮蔽而将所爱的人的眼睛展现出来）。也许这意味着在诗歌中我们有那么一个辨识和欲望的时刻——这个时刻本身并没有因为已经堕落的人间世而变得不那么复杂，但却仍然能够让我们看到并了解从复杂中逃脱出来会是什么样子。诗人就像一个亲切和蔼、宽大为怀的神灵，为我们安排了一次与重访伊甸园的邂逅，如同锡德尼《为诗辩护》那个著名段落中所说的：

> 也不要以为把人类心智的最高点与自然力相比就有多么出格；而是要给予创造那个创造者的天上的造物主以充分的敬意，因为造物主按照自己的模样创造了人，使人超越并高出那个第二自然[1]的所有作品：他在任何其他东西上所表现出来的都没有在诗歌身上所表现出来的多，他凭借神性气息的力量所创造出来的东西超过了她所做的一切——一点也不要怀疑亚当遭人咒骂的第一次堕落是出于轻信，因为我们挺直向上的才智使我们知道什么是完美之境，同时，我们受到污染的意志又使我们无法达到那种境界。

---

[1] "第二自然"，在本文此处指诗人所创造的自然，与真正的自然即第一自然相对。下一句中"她"所指即是第一自然。——译注

但是,目光与目光的相遇,即离开又回到伊甸园的那个时刻,必须"通过"文本才会发生,因为文本是一层遮盖。这就是我们觉得最难以接受的——对中介的需要,文本、外衣的介入,或者时间间隔。文本本身总是给我们讲述掀开面纱以及令人满意的最终暴露这样的甜蜜故事。正在埋头阅读的眼睛抬起来,于是两双眼睛相遇。这始终是我们最衷心的愿望——像一朵花一样销毁。但奇怪的是,我们只能在文本中遇见它,一如弗兰齐斯嘉[1]在《地狱篇》[2]中所说的:

> 曾有一天我们在愉快地阅读
> 　兰斯洛特[3]受爱情驱使的故事;
> 　我们没有猜疑,我们单独相处。
> 但阅读使我们的目光好多次
> 　相遇,我们的脸也变成了红色,
> 　但只有一瞬间我们不能自持。
> 当我们读到被爱者的笑如何
> 　受到了这样一位爱人的亲吻,
> 　这个男人绝不可能离得开我
> 他这样颤抖地吻了我的嘴唇。

---

[1] 弗兰齐斯嘉(Francesca da Rimini),意大利拉文纳大公之女,被迫嫁于 G. 马拉泰斯塔,因与夫弟保罗相爱,而被丈夫杀死,其故事见但丁《神曲》。——译注
[2] 《地狱篇》(lnferno),但丁所作《神曲》的第一部。——译注
[3] 兰斯洛特(Lancelot),英国亚瑟王传奇中最英勇的圆桌骑士,是王后格温那维尔(Guinevere)的情人。——译注

第五章　裸露/纺织物

　　加里奥托是作者也是那书名：
　　那一天我们失去了读它的心。

《地狱篇》，5.127—138

　　我们每一个人都单独将这首诗一直读下来，我们知道了在很久以前在另外一个国家他们如何停止了阅读。那一瞬间那些目光与我们的目光相遇，然后又飘移而去，掩藏起来[1]。那个水果可能被吃掉，甚至被众人分享了，但是某些东西就此介入，比如面纱和文本，比如在冰箱上留给所爱的人的一张字条：

　　这是告诉你

　　我吃掉了
　　放在
　　冰箱里
　　的李子

---

[1] 在我们的报告中，我们经常假装我们完全是独自一人，假装我们的伊甸园是孤独而又端庄的，并被转换成房子背后的一处幽静的花园，在那里，知识之树结出了"智慧的果实"，这里用的是"智慧的"这个形容词的新的升华的意义。因此，爱德华·杨格（Edward Young）在《原创写作臆说》中说："从这个忙碌而又无所事事的世界的扰攘之中，它开启了一扇后门，由此通往长满道德与智慧的花果的那座芬芳宜人的花园；这扇门的钥匙绝不给其他的人……他怎么能独立于这个世界之外呢？在他心灵的那个小世界，在那一微小然而富有成果的创造物中，他每天都能认识新的朋友，他们既给他带来娱乐又使他得到提高。"

> 也许
> 李子本是你
> 留作
> 早餐的
>
> 原谅我
> 它们真好吃
> 很甜
> 又很凉

威廉·卡洛斯·威廉斯[1]

亚当第一个到来,并吃下了整个苹果。这种本来可以与人分享的快感却拒绝让她分享,而只是通过文本传达出来。她几乎可以体味他所品尝过的滋味——但只是几乎,肉体透过言词若隐若现。这首诗是一次致词,不过它是一种最为奇怪的致词:言词中说的是道歉,但也炫耀了那种她没分享到的快感;这些言词是那种快感得到了中介的替代物。而我们,就像先前趴在多恩博士的卧房门上谛听一样,也会顺便对那张字条瞥上一眼,并对那些已经不在冰箱里的李子的经历作一次猜想。

花园里有果核,这一迹象表明所爱的人曾经在这里,而现在已经离开;有口信留下来——彼此有交流,但却从来没有会面。我们总想再靠近一些,更多的面纱被掀开,但却总是见不到肉

---

[1] 威廉·卡洛斯·威廉斯(William Carlos Williams),《早期诗作集》(*Collected Earlier Poems*,纽约:New Directions, 1938, 1951),页354。

第五章 裸露/纺织物

体——只见到一只回望的眼睛:"一切高雅的诗歌都是无限的;它就像那第一颗橡子,其中可能包含了所有的橡树。面纱一层又一层揭去,藏于最深处的赤裸的意义之美却从来没有暴露过。"(雪莱《诗辩》)

我们永远不可能再现伊甸园神话中的这一时刻(如同保罗和弗兰齐斯嘉曾做的那样——文本经常用这种可能性来揶揄我们)。我们一遍又一遍地尝试,但总会在某些地方出错,莫名其妙地就迷途而返。每一次努力都必须从吃水果开始,或者至少从吃的欲望或意图开始[1]。我们就像坦塔罗斯[2]一样,饥饿难当,总要不断地尝试。不要以为你可以安静地坐在一边看着它:静物画中的那些苹果是饥饿的提示,而不是形式的提示。一个人必须伸手去拿,以承受这种不可避免的失败,这失败将随之发生的沉思的距离变成了一个美丽的谎言。"一首诗应该是可触知的和沉默的/像一只球状的水果",麦克利什告诉我们[3]。但是你必须试图品尝。这首诗拿在手里也许会像一面"古老的奖章[4]"那样难以

---

[1] "他们在其作品中运用了与潜藏在水果之中的一切东西相当的最深刻的思想,以及与果壳和树叶相应的美妙动听富丽堂皇的语言。"见薄伽丘《但丁传》(*The Life of Dante*),载阿伦·H. 吉尔伯特(Allan H. Gilbert)编,《文学批评:从柏拉图到德莱顿》(*The Literary Criticism: Plato to Dryden*,底特律:Wayne State University Press,1962),页211。
[2] 坦塔罗斯(Tantalus):希腊神话中的人物,因犯罪而被打入阴间并被罚站立在没颈深的水中,当他想去饮水时水即流失,其头上悬有果树,当他想摘水果时,果子即离开。——译注
[3] 阿奇博尔德·麦克利什(Archibald Macleish),《诗集》(*The Collected Poems*,波士顿:Houghton Mifflin,1962),页50。
[4] 此处用典。此处所引麦克利什这首题为《诗艺》的诗的下一行,把诗比做"奖章",在手里捏弄。——译注

辨识，但它必须被轻轻地抚摸。

> 而这就像，在书里，偶然碰到
> 某些词语被人划掉——
> 仅仅因为它们被划掉
> 人们更加渴望将它们读到。
>
> 卡尔德隆[1]，《两扇门的房子难看管》

总是围着诗歌说三道四的那些道德家们是很对的：在他们心里，他们听见塞壬们正对着他们歌唱，将他们引向舟毁人亡。所许诺的快乐都是些原始鲜活的快乐，尽管这些快乐往往得不到，往往被中介，从来就没有真正实现过。

水 果

> 并刀如水，
> 吴盐胜雪，
> 纤手破新橙。
> 锦幄初温，
> 兽香不断，

---

[1] 卡尔德隆（Calderon de la Bàrca, 1600—1681）西班牙著名剧作家。——译注

相对坐调笙。

低声问：向谁行宿？

城上已三更，

马滑霜浓，

不如休去，

直是少人行。

　　　　　周邦彦（1056—1121），《少年游》

　　这里向我们提出了一种可能性：相对而坐，充满欲望地望着另一双充满欲望的眼睛。不管对这个男人还是这个女人而言，欲望都是克制、有掩盖的，并对表露欲望感到惴惴不安。两人都不大会发展到说出这种欲望，但欲望却泄露出来，渗透进各种事物、各种关注的力势、诸种行为以及诸多含糊暧昧的言词之中。

　　我们知道这首曲子是为一个男人演奏的，即使仅仅是因为要摆脱相对而坐时的那张紧张的沉默局面，这个女人也要首先打破僵局，开口说话。她的话是有掩盖的，但只盖了一层薄纱，低低的声音表明了她的踌躇迟疑。她披露了隐藏在对他的关切背后的她自己的欲望——现在回去很不方便，夜很冷，路很滑。她的关切有着里尔克对上帝的关切的那种透明度。她做了诗歌所做的事：勾画一个外部世界，以展示一个内部世界，同样，词中这幕"室内的"场景正是人的内心的外在表现。

　　他们的心一直在慢慢融化，朝着这个时刻，朝着这个遮遮掩掩的留宿的邀请。他们就这样相对而坐，房间似乎变得暖和起来，香氛越来越浓，笙的乐声更令人陶醉。欲望虽然被激了起来，却总是难以启齿。问题往往在于对方是否在回望，以欲望回应欲望,两对目光是否能够相互呼应。他发现回应的目光正穿过表示现实关切的经过掩饰的语言向他凝视。证据就是他发现有另外一个人:不仅有表面,而且是既有表面又有深度。

水果启动了整个过程。尽管我们吃橙子的时候不用盐,尽管中国根本没有把吃水果这一行为神圣化的伊甸园传说,但是这一行为并没有在翻译中失落。在这里,历史是无关紧要的。词中写到冷冷的并刀,水和雪的形象,手指和嘴唇上沾的橙汁,这一切在屋里浓郁的香气和暖气的烘托之下,散发着对人的招引。并刀随着眼光闪烁,刀光如水,就像汉语中用"眼波"一词形容女人的欲望神情一样。外面天黑了;屋里正笼罩着浓重的香雾;在屋子中央,有一道白光闪过,那是白色的盐。这里有撕开,有剥皮,混合着香味以及对甜美滋味的期待,还有笙的乐声。每种主要的感官都被依次调动起来,只有触觉被延滞,一直推迟到诗歌完结之后的静默之中。

橙子绝不是一个审美对象,不管它多么像一个审美对象那样凝聚并限制了人们的注意力。欲望,无论是浓缩的还是抑制的,渗漏到肢体动作之中;它通过圈住并且框住这个"东西"的那双手渗漏出来。这个东西就是水果,它长得丰满结实,正等着被人剖开。它的硬壳被划出一道口子,刀子剖开它,露出里面的形状,就像雕塑家从大理石块中发现了裸露的人体一样。隐藏的形状渐渐地被各种感官所发现,它既是欲望的结果,又是欲望的置换:它是皮格玛利翁的雕像,本来就是供人消受的。

这里有一个东西和一个将其剖开的行为——一次切割和对一个坚硬壳面的明显毁损。它要求打破障碍,打破那牢靠的遮盖物。这个东西和她放在上面的那双纤手隔在他们中间,吸引他们的注意，延宕他们的身体相遇。但也许，这就是他们能够相遇的惟一地点——在水果与诗的语言里。这是一个独立的、界限分明的空间，心灵虽然被等量的吸引与畏惧维持在一种静止不动的状态，却可以跨越这个空间。

结　语

尾声一（假出口）：对身体毁损的缕述

那一天，我们走进博物馆，按照旅行指南，我们沿着长长的一排又一排彼此通连的房间一路走过去，巡视那里面所收藏的各种艺术品。形形色色的身体、各种神祇和女神裸露的形体，当我们路过的时候，都被提供给我们仔细审查，我们被弄得筋疲力尽。我们早已被告知，这里有一些我们应当吸取的教训，我们力求从中找到某种能够涵盖其不同的隐秘秩序，找到某种博物馆的秩序。我们密切注视着，同时将形体与形体相比较，我们还阅读了所有解说词。当我们围聚在每一个雕像的基座四周，我们感觉自己使用第一人称复数很安全：我们的注意力凝聚在、我们的眼光集中在这个雕像上。我们是有窥视癖的人，我们窥视别人，却不被别人窥见。而就在这时，透过石头的破裂之处，神对我们报以回视。

结 语

> 我们不认得他那没人听说过的头，
> 两只眼睛苹果就在那儿成熟。然而
> 他的躯干仍像大柱台一样闪耀着
> 他注入其中的目光，刚刚被迫收回，
>
> 抑制自己只发微光。否则胸部弧线
> 就不会让你花了眼，在优美的臀部
> 曲线中，就不会有什么微笑能进入
> 到其中心那个曾有生殖力的地点。
>
> 否则这石像将以毁损的身躯而立
> 距肩膀明显的凹陷只有一点距离，
> 不会像野兽的毛皮那样闪烁发光，
>
> 也不会从它的边界四处迸裂炸破
> 像一颗星星：以至于没有一个地方
> 看不到你。你必须要改变你的生活。
>
> 拉伊纳·马利亚·里尔克，
《一座阿波罗神的躯干雕像》[1]

　　这首诗在开始其叙述时，将这一事件移置到过去，这是一种适合于作汇报的时态："我们不认得他的头。"然而，当我们第一

---

[1] 躯干雕像（Torso），没有头和四肢、只有裸体躯干的一种人体雕塑。Torso 一词也用来指残缺毁损的作品。——译注

次来到那个大厅并定睛凝视这座神像大名鼎鼎的躯体之时，我们并没有注意到他没有头。我们没有注意到是因为我们以前都见过躯干雕像，其中既有由时间所造成的简化性毁损，也有艺术对这一类不可避免的简化所作的故意模仿。积习使我们对这一类残缺视而不见。只是到后来，当我们震惊于我们的凝视匪夷所思地得到回应之时，我们才意识到他的头已经失去了。观看所有这些残破之处及缺失，已经成为这个神给我们的某种礼品，成为神给我们的一种令人不安的祝福。

在这篇诗歌的叙述中，我们通过称引名称而复原了缺失的部位：这个头，以及最主要的，它的依然能够以这样或那样的方式注视的眼睛，这双眼睛不仅是石头所缺失的形体，而且是"眼睛苹果"（Augenäpfel[1]，即"眼珠"）。这些眼睛是以前就生长成熟的水果，是使真实的注视和"认得"变得可能的伊甸园苹果。这种苹果还没有被我们吃掉，我们可以看着雕像的裸体却一无所见。看来这样的眼睛不会再呈现在我们眼前了，因为它们已经被简化的习惯和时间这个 *Edax rerum* 即"万物吞食机"所吞食了。

当然，让我们感到惊奇的是，一旦这些眼睛苹果被吃掉，整张脸如何经受了一次变形并退缩到身体的其余部位中去，这部分身体盯着我们，用那种注视使我们变得盲目，并朝我们微笑。也许这种微笑是一种色迷迷的微笑，其中心是神折断的腹股——失去的其他一些身体部位都收回其力量退到身上的其余部位中去。但是，在身体边界的日渐毁损压缩中，同时还存在着一种凝聚，

---

[1] Augenäpfel，德语词，意为"眼珠"、"眼球"，由 Augen（眼）和 Äpfel（苹果）合成。——译注

它作用于那些没有心理准备的观众,同时消解了用第一人称复数时所具有的那种集体安全感,并使我们每一个人在神的面前都变成了单个的"你"。

让我们设想对于神来说这一过程是怎样发生的:他从他的基座上向外注视,试图向这样一群茫无表情的听众致辞,这些第一人称复数却视而不见,听而不闻。这时,他向人群看过去,他专注地盯住一个人,说道:"你。"突然之间,彼此的关系改变了,这不只是针对被他挑选中的那个人而言,其他人也是如此。他们明白,就在那一瞬间,他们自己已经失去了那种具有保护性的匿名身份。没有一个人曾经像这样一个时刻那样是一个完完全全的单个的"你",那无法逃避的致辞行为使其陷在人群中而不能自拔。

我们都一直站在这块石头周围,我们参观博物馆的习惯和审美距离使我们感到安全,我们一面对此一时期的艺术风格作些笔记,一面对这座躯干雕像表现出的原始活力品头评足。突然,这个神朝外面看过来,并说道:"是你!我说的就是你!"当日亚当在伊甸园中的感觉也正是这样:刚刚吃下苹果,就发现自己被所爱的人或者神看见,从而被揪离了赖以藏身的动物群:"是你!"眼睛苹果被吃掉了,腹股也折断了。

这首诗不是这样。女神再也没有像当初为皮格玛利翁所做的那样,把石头软化变成有生命的人;而神也不从诗歌中向外张望。某些层面总是掩盖艺术作品,不让其露出伊甸园中的身体。这首诗只能列举所失去的东西。我们永远无法知道面对这种注视这首诗是畏缩闪避,还是渴望着这种注视所具有的令人局促不安的力量,但我们确实知道这首诗并没有在这样一种注视之下成形,它也没有向我们展示这种注视:它只是指示道路并且说明这段距离遥不可及的一个路标。在详细描述那些并没有因毁损残缺而失色的每一点时,诗人提示我们注意这个东西确实破损了;他提示我们注意从这里到那里的距离。正是这面文字艺术品中反映毁损的镜子,逐渐退出双方的遭遇,允许诗人在这首诗中用现在时取代过去时。一开始心里感到的震惊和惊奇,由于神确实有可能看见你,现在变成了放心和安适。

最后,诗人给了我们一句道德教训,仿佛要告诉我们这个遭遇仅仅是关于我们的教养和教育(*trophe*)的一个寓言:"你必须要改变你的生活。"这句话将作为我们刻在博物馆里躯干雕像基座上的题词。这也是一颗定心丸——我们有了一个立脚之地,在那里,我们可以自由地听取神的教导,而且,假如我们接受了这种指挥,我们就的确可以变成某种东西。这题词是真正的形象化的诗歌语言,是我们畏缩回避神的注视的后果;它不是神的命令式的语言,而是我们自己的语言,想要牢笼这样一种注视的力量。神向我们致辞,我们甚至也许被改变了,但并不是按神所指挥的那种方式改变。我们是以那种完全超出我们的控制、不为人察觉的方式而被改变的,我们现在正掉头而去,钻进这个博物馆的迷宫里,越钻越深。

尾声二(此路不通):防止逃离的条例

沿着并且通过理性的轨道,人类借助艺术认识到理性究竟从记忆中抹去了什么。

阿多诺,《美学理论》[1]

因此,我们当前这个时代就总体条件而言是不利于艺术发展的。甚至正在从业的艺术家,不仅被包围着他的那些反映反省性思想的洪亮声音引入歧途并受到污染,而且也被对于艺术的看法与判断的普遍倾向所左右而误入歧途,从而将更多的思想引入到他自己的作品中。更确切地说,精神文化的整体是这样的:他自己处于这样一个反省的世界之间,处于这个世界的各种关系之间,无论如何不能靠意志或决心将他自己从中抽离出来,也无法为他自己设想出并回复到一种独特的与世隔绝的状态,这种隔绝,或者是通过一种独特的教育过程,或者是通过与生活中的各种关系保持距离,使他能够找回那些已经失落的东西。

黑格尔,《美学讲演录》

黑格尔用这些话剥夺了艺术最大的希望和前途,并给历史贴上了他的封条:它是一个封闭的过程。在黑格尔这个纵横交错的体系中,艺术是精神赖以得到感性体现的模式;它属于精神史上的一个特殊阶段,这个阶段的时代已经过去,它将不可避免地被自觉的、反省性的思想所取代。黑格尔坚决主张反省性的思想之所以在现代艺术中出现,是因为艺术家根本上是这个时代的一部

---

[1] 阿多诺(T. W. Adorno),《美学理论》(*Aesthetic Theory*),C. 伦哈特(Lenhardt)译(伦敦:Routledge & Kegan Paul, 1984),页99。

分,而艺术的本质在这个时代也正在被迅速地排挤掉[1]。历史的盲目机制腐蚀了现代艺术家的作品,并损坏了它,不管艺术家多么煞费苦心。这里没有逃离之路:只有一些破碎的雕像和一堵破碎的墙上的形象,除了其表面,根本没有第三维空间。

黑格尔的历史秩序中这些特殊的阶段比起在上引段落中变得异常清楚的那个假说来,也许意义不那么重大。这个假说处于黑格尔思想的中心位置,已经变成了我们这个现代世界中最不被人质疑的老生常谈之一。根本上,我们"属于"我们的历史位置和历史时刻;我们栖息于其中,而且在各个重要的方面都为其所决定。任何移居他处或者采用别的方式的企图,就像艺术家的企图一样,都是注定要失败的,而且毫无意义的。黑格尔所说的历史是极权社会的原型,在这种社会中,个体是由他在整个体系中所处的确定关系所构成的。它是一个有力的假说,但是,究竟是什么力量促使他在这里将这一点陈述得那么赤裸裸那么不加掩饰呢?

这里存在着另外一个问题。黑格尔对现代艺术家的观点究竟只不过是我们基本的"历史性"的普遍原则的一个事例呢,还是在这种普遍原则与这个特殊事例之间存在着某种独特的联系,由于这种联系极为不确定,而迫使哲学家厉声地、连篇累牍不厌其烦地否定了艺术本身有后退运动的可能性?黑格尔敏锐地意识到,这正是艺术家有可能企图做的,即,"为他自己设想出并回复到一种独特的与世隔绝的状态,这种隔绝使他能够找回那些已经失落的东西。"这种可能性受到冷嘲热讽,这种企图被严令禁

---

[1] "现代"是从黑格尔的观点而言的,包括黑格尔时代以来的各种艺术。

止。但是，黑格尔用以描述这种不可能性的方式回应了，也许是无意地，那么一段漫长的历史，在这段历史中，艺术家所主张的正是这样一种孤独：既不从属于群体，也不反对它，而是以这样或那样的方式与之分离。

黑格尔赋予艺术家的这种后退的冲动，亦即企图找回那些已经失落的东西的欲望，似乎是黑格尔对艺术处境所作的描述的一个必然结果，这一冲动或欲望在这个已经将其遗弃的世界、在这个被趋向反思的自觉的世界里继续存在，但日益削弱。在黑格尔的体系中，各种前进的精神力量都会阻止这一类的后退运动。然而，"现在且当游戏，趁我们还没有认真"，我们可以提出这样一种可能性，即这一特殊事例不是从这一体系中推出来的，相反，整个体系是作为对这一特殊事例的回应而建立起来的——易言之，这个断言艺术最终必定为反省性思想所取消的体系，可能是一个恰恰是为了取消艺术的后退运动的可能性而树立的建构。它是一个过于大胆的假设，但它仅仅是游戏而已。我们提议艺术中这个假定的后退冲动与阻止它的那个体系同时成立。艺术不是展示被反省性的哲学思想所超越的那种精神的一种古老模式，相反地，它与哲学总是互构共生的，它总是具体表现哲学想要压制的这种特殊的冲动或欲望。历史辩证法观念变成了一个巧妙的发明，用以摧毁了那个暗藏的孪生兄弟，将他置换到过去，并告诉他他已经过时了、死亡了而且仍然处于死亡状态。但是，实际上，艺术对于孤立（从现有的关系中孤立出来）的要求，是伴随着历史决定论的观念一起产生的；艺术的后退冲动是与前进的观念难解难分的。艺术对于疏离的要求（或者至少是艺术中表现出来的对于疏离的强烈欲望），是在哲学的极权性冲动和极权主义文化中打开的一个缺口。它必须囚禁于博物馆之中,必须封存在画框之内。

黑格尔准确地判断出危险究竟在什么地方:他意识到艺术企图找回那些已经失落的东西。艺术关注着这些损失,而且它这么做,实际上就是对当前以及当前的趋势作无声的批评。黑格尔知道,艺术的后退是一个居心险恶的反抗,而不仅仅是尼采所描绘的那种文过饰非的力量:

> 艺术顺带完成了保存甚至修饰那些已经绝迹、已经淡出的思想的任务;当它完成了这个任务,它就编织一条饰带缠系于各个时代之上,并召唤它们的精神回来。当然,只有那仿佛具有生命的幽灵,比如说那些游荡于坟墓之上的,或者从一个死去的爱人梦中重返的,会这样应召而来,当然,至少有片刻的时间,古老的情感复活了,心脏也有节奏地跳动起来,要不然,这节奏就要被人遗忘了。正因为艺术具有这种普遍的益处,所以,如果艺术家没有站在人类前进性成熟的最前排,人们应当原谅他。终其一生,他都好像一个孩子,他站在那里一直不动,任凭艺术的冲动向他袭来;但人们公认,来自生命最初阶段的情感,比起当前这个世纪的那些情感,是更接近于早先时代的那些情感的。不知不觉中,他承担的任务使人类返老还童:这是他的荣耀,也是他的局限。[1]

---

[1] 弗利德里希·尼采(Friedrich Nietzscher),《人性的,太人性的》(*Human, All Too Human*),马里恩·费伯(Marion Faber)译(林肯:University of Nebraska Press, 1984),页104。

结　语

像柏拉图一样，尼采对艺术的这种力量既敬畏又轻蔑，但在解释为什么这种力量有这么大的吸引力的时候，他显得比柏拉图还要无能为力。

那么，让我们继续游戏，并假设只有在现代艺术的后退运动中才真正可能有辩证的运动。隐含在艺术对损失的承认之中的欲望，亦即黑格尔试图加以压制并由此使历史臻于一个完美的停顿境界的那种欲望，是与他人遭遇的一个标志。我们据之设想未来——我们的乌托邦、社会计划以及"自觉意识"的种种运作——的那种伪辩证法（换言之，即对辩证法的一般看法），只不过是根据一个具有限定性的现在所作的草草伪装的推断而已。在这种伪装的希望和自由意志之下，我们的设想屈服于我们的被限定性，陷入一种已经取代了悲剧的忧郁宿命论。只有与一个已经实现了的他性、与一个实实在在的未被吞并的他处相遇时，才可能有真正的辩证运动；我们可以在其他人、其他文化和其他时代发现这些东西，但我们却不能从我们自己的头脑中、从我们自觉意识到的现在中制造出这些东西。如果我们以过去的例子作为范例（既然艺术的历史性后退冲动曾引起黑格尔最大的不安），我们就放心大胆地承认我们所遇到的过去根本上已经被我们具有限定性的现在所调和了；但是在这么说的同时，我们也承认有一些既具有限定性又具有他性的东西被调和了，我们也许会试图解释这些东西，而它们却顽固拒绝被完全包容。

在利用思想体系和轻蔑嘲笑与那种后退冲动作斗争中，黑格尔试图镇压反抗引起的有力骚动。如果这种后退运动有可能，我们就有可能在某种小的方面站在"他处"，与历史给我们限定的关系之外的一些东西发生接触。这样一种可能性有可能粉碎历史的那种决定性和整体化的力量,以及通过主张历史的必然性来证明自己的合法性的各种压制性的社会力量。艺术要求自我孤立的欲望对于集体的控制来说是一个威胁,因为,正如黑格尔所深知的,这样的孤独任何人都可以利用。如果一个人能够成功地拒不接受黑格尔对历史的看法,那么,转瞬之间,全体人员都将随波逐流漂过这些裂口,发现"那些已经失落的东西",并带着危险的不满足感以及欲望回到历史性的现在。

黑格尔批评艺术有可能逃离那种具有限定性的历史性现在,其最有力的方面即是后来变为现代老生常谈的:也就是说认为我们每一个人以及我们这个世界的每一部分都是由一个"现存关系"(*Lebensverhältnisse*[1])体系所决定的;而且认为我们在这一整体性体系之外根本没有立足点。社会以及我们思想的传统结构都被整体化而纳入一个巨大的人文生态系统之中。不像那些小的社会生态系统,比如家庭或团体之类,在这些小的社会生态系统之中,每一个个体成员既塑造整体,也被整体所塑造;这种关于历史性现在的整体化人文生态系统是极其巨大的,它能够决定个体,但人们却察觉不到它受到个体的限定。一个整体化的历史性现在也不可能完全与现代国家中的那些极权主义的方面截然分开,在这里,人类生活中各种小的组合都被打碎了、削弱了、贬损了,目的在于强化个体在任何社会关系中的虚弱无力感。这是卡夫卡式的世界,在这个世界中,个体透过一层又一层的社会生态系统冒出来,寻找一个地方让权力和影响发挥作用,结果却发现那权力还隔着好几层高高在上,或者已经扩散到某些不可企及

---

[1] 德语,意即"现存关系"。——译注

的空间去了。

认为我们都是一个由众多关系构成的体系中被限定的一分子、而我们自己却不能影响这个体系,——这种看法从整体上看很正确,因为我们整体都被劝说这种说法是对的。这不是一种可以论证的关于我们的存在的情形,而是一种诠释学,一种煞费苦心的阐释结构,在这种阐释结构中,所有与众不同的事物都可以简单解释为离经叛道或者只是漠不相干。

艺术依然是对上述那种劝说的一种威胁;它表面上很安全,因为,正如尼采所说的,它只是提供了某些可选择的权力的影子,但它依然令人不安地体现了那些未被镇压下去的反抗和那些非法的欲望,这些反抗和欲望拒绝被阐释结构所包容吸收。艺术能够将我们纳入像所有历史性现在的现存关系一样活跃的那些关系之中,这些关系不仅活跃,而且更有诱惑力,因为艺术致力于诱惑我们,而不是征服我们。

任何凭借经验以反对压制性力量的努力,也只能在经验上取得这样一种程度的成功,即它自身也感染了这种压制性和极权性的力量:治疗助长疾病,而且使疾病永久地拖延下去。艺术放弃权力和有效的控制。它在这么做的时候也就占据了一个特殊的位置,即既与这个压制性的社会同流合污,同时又只有它真正对这个社会奋起反抗。只有在一个压抑的极权性世界里,这个自相矛盾的实情才令人烦扰不安。

黑格尔清楚地看到这种威胁就在现代艺术的后退冲动之中,这种冲动对历史提出了一种不同的解释。提出后退的可能性,或者拒绝继续往前走,或者走向他处(艺术只能将这些作为可能性提出来),通过上述这些做法,艺术创造了一种历史观,这种历史观不是靠替换和取而代之，甚至也不是靠周期循环性，而是靠一种没有和解的盲目聚合来发挥作用；它是在每个秩序结构的某一点上出现的混乱。艺术不能拒绝时间性——如果它拒绝，那就将没有任何他性的可能，因而也就没有任何欲望——艺术不是废除和抹杀过去，而是把过去作为一种得到确认的失落、因而也是作为一种可能性，包容于现在之中。

结语：走向他方

大王亶父居邠，狄人攻之。事之以皮帛而不受，事之以犬马而不受，事之以珠玉而不受。狄人之所求者土地也。大王亶父曰："与人之兄居而杀其弟，与人之父居而杀其子，吾不忍也。子皆勉居矣！为吾臣与狄人臣奚以异？且吾闻之：不以所用养害所养。"因杖策而去之。民相连而从之，遂成国于岐山之下。

《庄子·让王》

征引文献来源

文森特·亚历山大(Aleixandre Vincent):引自《渴望光明:文森特·亚历山大诗选》(*A Longing for the Light: Selected Poems of Vincent Aleixandre*),刘易斯·海德(Lewis Hyde)编,1979年,版权属于Harper and Row Publishers, Inc.。

爱米莉·狄金森(Emily Dickinson):引自《爱米莉·狄金森诗全集》(*The Complete Poems of Emily Dickinson*),托马斯·H. 约翰森(Thomas H. Johnson)编,1929年,版权属玛莎·狄金森·比安琪(Martha Dickinson Bianchi),1957年版权延期,属于玛利·L. 汉普逊(Mary L. Hampson)。蒙Little, Brown and Company惠允引用。

贺拉斯(Horace):引自《贺拉斯颂诗十五首》(*Fifteen Odes of Horace*),塞德利克·惠特曼(Cedric Whitman)译,1980年,版权属于安妮·M. 惠特曼(Anne M. Whitman)。

鲁斯·P. M. 雷曼(Ruth P. M. Lehmann):《米迪尔召唤伊丹飞向仙境》(*Midir Summons Etain to Fairyland*),引自《早期爱尔兰诗》(*Early Irish Verse*)鲁斯·P. M. 雷曼奥译编,1982年,版权属于得克萨斯大学出版社。蒙出版者惠允引用。

巴勃罗·聂鲁达(Pablo Neruda):引自《二十首情诗和一支绝望的歌》(20

Poemas de Amory Una Cancion Deseperada），蒙巴勃罗·聂鲁达基金会惠允引用。

西尔维娅·普拉斯（Sylvia Plath）：引自《西尔维娅·普拉斯诗集》（*The Collected Poems of Sylvia plath*），特德·休斯（Ted Hughes）编，1960 年、1971 年、1981 年，版权属于西尔维娅·普拉斯遗产，蒙 Harper and Row Publishers Inc. 惠允引用。

拉伊纳·马利亚·里尔克（Rainer Maria Rilke）：引自《拉伊纳·马利亚·里尔克诗选》（*The Selected Poems of Rainer Maria Rilke*），斯蒂芬·米切尔（Stephen Mitchell）翻译并编辑，1984 年，版权属于 Random House Inc. 。

鲁米（Rumi）：引自《鲁米神秘诗集》（*Mystical Poems of Rumi*），A. J. 阿伯里（A. J. Arberry）翻译，1968 年，版权属于 A. J. 阿伯里。

威廉·卡洛斯·威廉斯（William Carlos Williams）：引自《诗集，卷一：1909—1939》（*Collected Poems, Volume I: 1909—1939*），1938 年，版权属于 New Directions Publishing Corporation，蒙 Carcanet Press Limited 惠允引用。

威廉·巴特勒·叶慈（William Butler Yeats）：引自《诗集》（*Collected Poems*）。《一件外衣》（*A Coat*），1916 年，版权属于 Macmillan Publishing Company，1944 年版权延期，属于伯莎·乔吉·叶慈（Bertha Georgie Yeats）。《一个活的美人》（*A Living Beauty*），1919 年，版权属于 Macmillan Publishing Company，1947 年版权延期，属于伯莎·乔吉·叶慈。《阿波罗神谕的消息》（*News for the Delphic Oracle*），1940 年，版权属于乔吉·叶慈，1968 年版权延期属于伯莎·乔吉·叶慈、麦克·巴特勒·叶慈（Michael Butler Yeats）和安妮·叶慈（Anne Yeats）。蒙 A. P. Watt Ltd. 代表 Michael B. Yeats 和 Macmillan London Ltd. 惠允引用。

索　引

（条目后的数字为原书页码，即本书边码）

Adorno, Theodor 阿多诺，西奥多 88, 201

Ajax 埃阿斯 127–133, 144, 151

Aleixandre Vincent 亚历山大，文森特 25

Anacreonta 《阿那克里翁体诗集》 144, 156, 171

Archilochos 阿耳喀罗科斯 7–11, 144, 151, 154

Ausonius 奥索尼乌斯 159

Ballad of Thomas the Rhymer 《吟游诗人托马斯之歌》 12–14, 47–48

Baudelaire, Charles 波德莱尔，夏尔 42–43

Books of Rites 《礼记》 31–32

Calderon de la Barca 卡尔德隆·德·拉·巴尔卡 195

Cartwright, William 卡特莱特，威廉 125–126, 170

Catullus 卡图卢斯 168–170

Chang Hsien 张先 177–182

Ch'in His 秦系 92–94

Chou Pang-yen 周邦彦 195–197

Chuang Chou 庄周 19, 91, 162, 205–206

Colonna, Vittoria 科罗娜，维多利亚 50, 82–83

Condillac, Abbé de 孔狄亚克，神父 69, 105

Confucius 孔子 119

Daniel, Samuel 丹尼尔，塞缪尔 76

Dante 但丁 73, 193–194

De Man, Paul 德芒，保罗德芒，保罗 96–97

Dickinson, Emily 狄金森，爱米莉

337

153

Donne, John 多恩,约翰 33-41, 173, 194

Freud, Sigmund 弗洛伊德,西格蒙特 103

Goethe, Johann Wolfgang von 歌德,约翰·沃尔夫冈·冯 134-145, 191-192

Griffin, Bartholomew 葛利芬,巴索罗缪 76

Hafiz 哈菲兹 135-143
Hartley, David 哈特莱,大卫 115
Hegel, G. W. F. 黑格尔 201-205
Herrick, Robert 赫里克,罗伯特 172-176
Hesiod 赫西俄德 8, 47
Hölderlin, Friedrich 荷尔德林,弗利德里希 168
Homer 荷马 1, 8
Horace 贺拉斯 26-30, 45, 57, 73
Hsiao Kang 萧纲 176

Iliad 《伊利亚特》 1-2, 163
Inferno 《地狱篇》 193-194
Ion 《伊安》 37, 82

Kant, Immanuel 康德,艾曼纽埃尔 4, 152, 182
Keats, John 济慈,约翰 30, 123
Kleist, Heinrich Wilhelm von 科莱斯特,亨利希·威廉·冯 180

Lao-tzu 老子 91
Li Ho 李贺 182
Li Shang-yin 李商隐 166-167
Li Yü 李煜 177
Lope de Vega 洛佩·德·维加 85-91
Lorca, Federico Garcia 洛尔加,费德尼科·加西亚 105-106
Lowell, Robert 洛威尔,罗伯特 35

Macleish, Archibald 麦克利什,阿奇博尔德 195
Mallarmé, Stéphane 马拉美,史蒂凡 43-47
Marcabru 马卡布律 59-64
Marlowe, Christopher 马洛,克利斯多夫 56-59
Michelangelo 米开朗基罗 74-75, 79-84, 94, 126, 156, 188
Milton, John 弥尔顿,约翰 164-167
"Mulberries on the Path" 《陌上桑》

67 –68

Narcissus 那喀索斯 73 –74, 126, 157 –158, 188 –189, 192

Neruda, Pablo 聂鲁达,巴勃罗 48 –52, 74

Nietzscher, Friedrich 尼采,弗利德里希 203

"Nineteen Old Poems" 《古诗十九首》20 –24

Odysseus 奥德修斯 127 –130, 133, 190 –191

Odyssey 《奥德赛》2, 134, 190

Ovid 奥维德 39, 70 –72, 130 –134, 157

P'an-p'an 盼盼 118 –124, 147 –149

Pascal, Blaise 帕斯卡,布莱瑟 94 –97

Paulos 保罗斯 186 –187

Pentadius 彭达丢斯 74

Petrarch 彼特拉克 75 –76, 187 –190

Pindar 品达 127 –130, 183

Plath, Sylvia 普拉斯,西尔维娅 150 –153

Plato 柏拉图 1 –2, 4, 7 –9, 203

Plutarch 普鲁塔克 7 –8, 11, 163

Po Chü-yi 白居易 52 –55, 118 –124, 142, 147 –149, 167

Pontano, Giovanni 彭塔诺,乔万尼 173

Pygmalion 皮格玛利翁 70 –75, 80, 84, 107, 191, 200

Raleigh, Sir Walter 罗利,沃尔特爵士 16 –17, 57 –59

Rilke, Rainer Maria 里尔克,拉伊纳,马利亚 45 –46, 77 –79, 96 –100, 102, 196, 198 –201

Ronsard, Pierre 龙沙,皮埃尔 84 –85, 132 –134, 156 –158

Rousseau, Jean-Jacques 卢梭,让-雅克 101 –105

Rumi 鲁米 134, 145

Shelly, Percy Bysshe 雪莱,珀西·比什 195

Shih Ch'ung 石崇 145 –148

Sidney, Sir Philip 锡德尼,菲利普 36 –37, 40, 72, 82, 193

Spenser, Edmund 斯宾塞,埃德蒙 69 –70, 125, 191

Spitzer, Leo 史匹策,列奥 174

Su Tung—p'o 苏东坡 121-124, 142, 147

Tu Fu 杜甫 106-110, 161-162
Tu Mu 杜牧 147-150, 159-160

Vidal, Peire 瓦达尔,培尔 83
Vinsauf, Geoffrey 温索夫,杰弗里 171

Wilde, Oscar 王尔德,奥斯卡 178
williams, William Carlos 威廉斯,威廉·卡洛斯 194-195

Yeats, William Butler 叶慈,威廉·巴特勒 171, 183-186
Yüan Chen 元稹 52-55

译者后记

翻译这本书，对我来说，是偶然，更是冒险。

记得是1997年冬天的某个下午，突然接到一个从北京打来的电话。打电话的是三联书店的编辑冯金红女士。说突然是因为那时我还不认识她。在电话里，她直截了当地言明她的来电之意：三联书店有意将哈佛大学宇文所安教授的《迷楼：诗与欲望的迷宫》一书译成中文出版，她辗转找到我，希望我能担任此书的译者。说实话，对于这本书以及它的作者宇文所安教授，我并不陌生，但是说到翻译，事关重大，我颇感踌躇。

早在20世纪80年代后期，我就翻译过宇文所安教授一本论文集中的一篇论文，90年代以后，又陆续读过他的另外一些著作，包括《初唐诗》、《盛唐诗》以及《追忆》等，这些书与我个人的专业方向相近，而且先后都译为中文出版了。这些书新颖的视角，清畅生动的文笔，为90年代中国古代文学研究界吹来了一股清新的风，使读者兴味盎然，给我本人也留下了深刻的印象。所以，1995年到1996年间，当我在哈佛燕京学社做访问学者时，就留心寻找他的其他著作来拜读，同时也利用这样的机会，与宇文所安教授作当面的请教和讨论。承他的好意，我得到了他题赠的几种著作，其中包括这部《迷楼：诗与欲望的迷宫》。

这部书1989年由哈佛大学出版社出版，属于哈佛大学比较文学研究丛书中的一种。作者斯蒂芬·欧文（Stephen Owen，1946— ），汉名宇文所安，耶鲁大学东亚语言和文学博士（1972），历任耶鲁大学讲师、副教授，现任哈佛大学中国文学教授、比较文学教授，美国艺术科学院院士。宇文所安教授擅长中国抒情文学、诗歌历史与理论、比较文学等领域的研究，他在唐诗方面的研究成果尤其引人瞩目。他的著作以视野开阔、思维灵活见长，分析立论出入不同学科、时代和文化，常常给人意想不到的启示。本书即最显著地体现了这些特点，表面上，它讨论的是一个古老的话题——中西诗歌中的欲望问题，实际上，作者从那些很常见或者不经见的诗作中，敏锐地发现了新的问题，从那些看似风马牛不相及的、属于不同文化和历史时期的中西诗作之中，发现了最动人的联系。通过未必有历史联系的文本的比较对读，他创造出一种新的阅读经验和研究结构，从而实现了古今中西诗学和文化的真正对话。引诱与推拒，希望与失望，暴露与掩盖，替代与逃避，妥协与失败，诗歌中对于欲望的各种不同的表现模式，千门万户，繁复曲折，犹如一座迷楼，让人目迷五色，迷离恍惚，迷失津渡，迷途忘返。作者以导引读者游览这座迷楼来组织全书的结构，他带着我们巡历中外古今诗学之回廊，从《伊利亚特》、《陌上桑》，到白居易、苏东坡、里尔克、聂鲁达，从《庄子》、《礼记》到康德、尼采，逶迤走来，移步换景。它不仅是一部别出心裁的比较诗学论著，也是一部见解独特的诗歌理论。

我现在还清楚地记得粗读此书时的印象：旁征博引，出入中西诗歌文本，笔致精微，灵思歧出，颇多胜义，但涉及西方文学典实很多，或明或暗，颇有我不甚了了之处，好在只是泛览，可以"不求甚解"。但如今说的是翻译，就完全是两码事了。我支支吾吾，不知怎样推却才好。

也许是潜意识中对三联书店的好感和信任，也许是因为冯金红提到她与我有北大校友之谊，也许是因为不愿意拂了向她举荐我的那个老朋友的面子，总之，说着说着，我的语气渐渐松动了。我答应再考虑考虑。1998年5月，我到北京参加北京大学的一次学术会议，冯金红来看我，再次谈及此书的事宜。此后我一退再退，竟至答应了下来。随后三联书店开始与哈佛大学出版社洽谈购买版权，到最后签下译书合同，已是1999年初了。我只提了一个附加条件：给我充足的时间，不能催稿。话是这么说，其实自己心里也很清楚，总不能没有限期吧。

可以说，对这项任务的艰巨性，我一开始就有心理准备，况且宇文所安教授也早已提醒过我。及至1999年初正式动手，我才体会到，此书的难度大大超出了我的预期。可是那时与出版社已经签了合约，真正是骑虎难下。我一鼓作气，干到那一年暑假结束，居然完成了前言和头两章，可是后面的似乎越来越难对付，最初的勇气受挫，搞得我意兴阑珊。接下来两三年一直很忙，不断有别的事半路杀出来，逼得我先腾出手来处理，其间到牛津大学访学又去了四个月，翻译的事就这样时译时辍，拖拖拉拉，后面三章连同尾声直到2002年秋天，才最后宣告竣工。算起来，从头到尾经过四年多时间，我自己都感到不好意思。面对编辑的催促，我甚至后悔当日莽撞接下这个任务。我的拖拉肯定给她的工作造成很大不便，在这里，我向她道歉。我想说，这绝非我的本意，要怪就怪我水平不够，而且分身乏术。同时，对她的耐心和理解，我也在此表示真诚的感谢。

　　此前，我曾从英语、日语翻译过学术论文十来万字，但总的来说，那些都是单篇的汉学论文，没有一部专著。本书的情况完全不同：首先，它是一部比较文学（比较诗学）著作，理论性颇强。它不是一部纯粹的汉学著作，尽管作者本人是著名汉学家，而且书中涉及汉语诗歌文本及其阐释，对于汉学研究也极有启发。其次，书中引证了许多西方诗歌，从荷马史诗到西尔维娅·普拉斯，翻译起来也很费力。需要说明的是，所有这些诗作都是译者此次重新翻译的。众所周知，诗歌难译，难在传达原诗的意味，难在保存原诗的形式。诗歌翻译本无一定之规。我个人认为，对待不同形式的诗应该用不同译法。对格律诗尤其是格律谨严的十四行诗体，本书一般都用严谨的格律体来翻译，在用韵位置、每行音节数相同（译文中处理成每行字数相等）等方面，尽可能与原诗亦步亦趋。对极少数韵式比较复杂多变的诗作，本书则灵活掌握，有的即采用汉语诗中常见的偶句用韵的形式来翻译，例如原书第86—87页的维加诗，每8句一节，句子都比较简短，译文中也尽量用短句，每句用三顿或四顿来译，基本上两句一韵，一韵到底。原书征引的诗歌，很多附有法语、德语或西班牙原文，这给译者提供了一个便利：可以对照原文，准确把握原诗的形式特点；可以参考原文，比对揣摩原诗的意思。为了使译诗在内容和形式上尽可能与原诗吻合，我字斟句酌，"斤斤计较"，有时候忙碌一天，还搞不掂一首诗。在译诗过程中我自己制订了一套规则并遵而行之，这无异于自套枷锁自找苦吃，但我希望因此能够给读者带来一些阅读和欣赏的快乐。同时，为了帮助读者理解原文，对书中涉及的重要人名以及文学典实，译者附加了一些注释，为了区别于原注，这些注释一概以"译注"标明，未加标注的一概是原注。

　　这本书能够译成，要感谢宇文所安教授的支持。不仅出版社在洽商本书版权购买过程中曾得到他的支持，我在翻译过程中遇到的疑点难点，也多亏他及时指点赐教。更使我感铭的是，当这部译稿全部完成之后，他不仅欣然撰写了一篇中译本前言，而且为我约请其内子田晓菲博士和其高足王宇根先生从头到尾进行校阅。田晓菲校阅前言及第一、二两章，最后三章及尾声先由王宇根校阅，再经田晓菲校订。他们为我纠谬订讹，润饰文字，工作极其认真细致，其功匪浅。我谨在此对田晓菲博士和王宇根先生致以深挚谢忱。至于译文中还存在的理解有误、译述不准确与不明晰之处，则理当由我个人承担责任。我也期望读者诸君不吝赐教。

程章灿

2003 年 6 月于秦淮河西之龙江